地下室の殺人

アントニイ・バークリー

JN154170

新居に越してきた新婚夫妻が地下室の床下から掘り出したのは、若い女性の腐乱死体だった。被害者の身元も不明で糸口さえつかめぬ事件に、スコットランド・ヤードは全力をあげて捜査を開始した。モーズビー首席警部による「被害者探し」の前段から、名探偵ロジャー・シェリンガムの登場を待って物語は新たな展開をみせる。探偵小説の可能性を追求しつづけるバークリーが、作中作の技巧を用いてプロット上の実験を試みた、『最上階の殺人』と双璧をなす円熟期の傑作。

登場人物

レジナルド&モリー・デイン……新婚の若夫婦
ハミルトン・ハリスン……ローランドハウス校の校長
エイミー・ハリスン……ハミルトンの娘。同校教師
フィリス・ハリスン……ハミルトンの後妻
パーカー……古参の上級教師
ダフ……教師（ラテン語）
ウォーグレイヴ……教師（科学）
ジェラルド・ライス……若手教師。クリケットの監督
エルサ・クリンプ……教師（音楽とダンス）
メアリ・ウォーターハウス……教師（低学年クラス）・校長秘書
リーラ・ジェヴァンズ……寮母

マイケル・スタンフォード……アリンフォード村の副牧師
モーズビー……犯罪捜査部の首席警部
グリーン……警視
フォックス……警部
アフォード……部長刑事
ジョンスン……部長刑事
ロジャー・シェリンガム……小説家

地下室の殺人

アントニイ・バークリー
佐藤弓生訳

創元推理文庫

MURDER IN THE BASEMENT

by

Anthony Berkeley

1932

目次

地下室の殺人

グリンとナンシーに

プロローグ

レジナルド・デインは、荷物に埋もれた客間の隅に新妻を引っ張って行くと、入口のほうを気にしながら囁いた。

「ねえきみ、あの人たちにいくら払えばいいと思う?」

「見当もつかないわ、あなた」モリー・デインは囁き返した。「十シリングぐらいでどうかしら」

「三人もいるのに?」レジナルドは疑わしげに耳打ちした。「もっとはずんだほうがいいんじゃないかな、一ポンドくらいは。結構チップを稼いでいそうじゃないか」

「十分すぎるわよ」

若きデイン氏は共犯者めいた表情で頷くとその場を離れ、いかにも呑気そうに、アシカを思わせる髭をたくわえた大男のほうに歩いて行った。男は開け放したドアの内側で、考え事をしているかのようにぶらぶらしていたが、レジナルドが近づいてくるのに気づくと驚いた顔をして見せた。

「万事ぬかりはないと思いますがね」大男は慇懃《いんぎん》に言った。

レジナルドは頷いた。彼はあることに気づいていたが、口には出さなかった。家具の一点一点には、それらを置くべき部屋名を記したラベルが前もってきちんと貼られていたにもかかわらず、置き場所が間違っていたのである。レジナルドとモリーが家具の並べ替えに苦労するのは目に見えていた。しかしデイン氏は年若く、不必要に騒ぎ立てるタイプの人間ではなかったので、こう言っただけだった。

「ああ、そうだね。これで十分だ、完璧だよ。すばらしい。じゃあ――これを取っておいてくれ」

レジナルドが差し出したものを見て、アシカ髭の男は一瞬、面食らったようだった。

「いや、悪いなあ、だんな」男は意外そうに言った。「どうもご親切に」

「ええと――そいつは三人で分けてもらえるだろうね」

「ええ、そうします。恩に着ますよ」

「どういたしまして」レジナルドはそう言うと、すみやかに退散した。

彼が小ぢんまりとした客間に戻ると、妻が心配そうに「あれで足りた?」と尋ねた。

「足りたんじゃないかな」レジナルドはあっさり答えた。「喜んでたみたいだよ」

二人は肩を寄せ合い、まだカーテンのない窓から外を窺った。

三人の男はバン、ガタガタと音をたてながら引っ越しトラックの後部を閉めていた。一人が運転席に、もう一人がその横に乗り込むと、残りの一人が後ろによじ登り、一杯ひっかけることしか頭にないような上の空の表情で、アーテーの三人の使者よろしく車を出して走り去った。

不和の女神アーテーがいつか地上に舞い戻ることがあるとすれば、そのときは運送業者の格好で現れるに違いない。引っ越しトラックにはどこか不吉なところがある。無慈悲がトラックを駆り、運命がハンドルを握るのだ。

ともあれ、レジナルド・デインは腕を妻の腰に回して室内を見渡した。「やっと落ちついたね、ダーリン」

「ええ、そうね」妻は同意した。

「残念だね、ハネムーンが終わっちまって」

妻は微笑むと首を振った。

見上げた妻の笑顔は美しかった。デイン氏は妻にキスをした。

「それではいざ、ミドルセックス州ルイシャムはバーント・オーク・ロード四番地の名で世に知られたる、二戸建《セミデタッチド》て屋敷（一棟に二軒の住宅が入る英国に多い様式）の全貌を見て回ろうではないか」レジナルドは何やらうろ覚えの言い回しをもじって言った。

デイン夫妻は互いの腰に腕を回し、儀式めいた厳粛な足取りで部屋から部屋へと歩いて行った。どの部屋も片づいておらず、家具の位置はでたらめで、新品のダイニングテーブルには派手な傷がついていたけれど——まあいいさ、幸せなんだから。

そのあとモリーが初めてのキッチンでお茶の支度を始めたので、レジナルドはぶらぶらと表玄関のほうへ向かった。彼はドアを開けて狭いポーチに立ち、足下の細長い前庭をほれぼれと眺めた。それから食堂の外側に回ると、開け放たれたフランス窓を背に小さな庭を検分した。

庭には猫の額ほどの芝生と、草ぼうぼうの小さな花壇があった。かつては花の一輪も咲いていたであろう花壇にも、今は陰鬱な一月ということもあってその面影すらなかったが、レジナルドにとってその庭は六月のキュー植物園より美しかった。

「確か、地下に穴蔵があるんだったな」レジナルドはキッチンの入口まで来て歌の文句のように呟《つぶや》いた。「ちょっと見に行ってみるか」

せっせとバタートーストを焼いていたモリーは朗らかに応じた。「あんまり汚さないで、あなた。お茶のあとにしたら？　それより、カーテンをどこかから見つけてきてちょうだいな」

「カーテンだって！」レジナルドは鼻を鳴らした。「金貨を隠した箱が地下室にあるかもしれないってのに？　誰かが忘れて行ったってこともありうるぜ。いいかい、地下室にお宝があるかどうかがはっきりするまで、お茶はあと回しだ」

彼は地下へ通じるドアを開けると、狭い階段を駆け降りて行った。

貯蔵庫は確かに広くはなかったが、そもそも郊外の二戸建て住宅に地下室があること自体が異例であり、おまけに電灯まであった。レジナルドは明かりを点けると、煉瓦の敷きつめられた地下室を満足げに眺めた。漆喰《しっくい》を塗った室内の幅は八フィート、奥行きは十フィートというところか。蜘蛛の巣がいたるところから花綱のようにぶら下がっている。これほど立派な蜘蛛の巣を見たのは初めてだ。あそこの古いポートワインの瓶にも房飾りのように……。

たちまちレジナルドの心中に、さまざまなボトルが所狭しと並べられている情景が浮かんだ。まさにここはワインの貯蔵庫にうってつけだ。温度もちょうどいいし、空気も乾燥している。

漆喰を塗った壁は堅牢そうだし、煉瓦の床も湿っているようには見えない。ただ、あの隅はいったい……地下室の奥の一角に向かってレジナルドは歩いて行った。

その一角には明らかに変なところがあった。わずかな窪み——その部分だけ、長さ五フィート、幅十五インチほどにわたって細長く窪んでいるのだ。ほかの部分とまったく同じ状態で煉瓦が並べられたとは思えない。レジナルドは窪みの縁をなげやりに蹴飛ばしたが、びくともしなかった。

やがて、ある部分が彼の眼をとらえた。床一面が暗い灰色の細かな土ぼこりで汚れているのはすぐに見てとれたが、その窪みのうち部屋の中央に近いほうの端だけが、ほかとは色の異なる区画を成している。そこだけは明るい灰色を帯び、煉瓦の赤い色がほかの部分ほどはっきりしない。がぜん興味を抱いたレジナルドは、身をかがめてその場所をよく調べた。

彼は口笛を吹き、床の残りの部分も熱心に観察し始めた。そして、思いがけず探しものを見つけたときのように突然しゃがみ込むと、部屋の中心部分の煉瓦を何度か撫でて指先の感触を確かめ、しまいに歓声を上げながら地下室を飛び出してキッチンに駆け込んだ。

「あったよ、ダーリン。金貨の箱だ！」

熱湯をティーポットに注いでいたモリーは顔を上げた。「何ですって？」

「そうさ、金貨じゃないにせよ、とにかく何か埋まってる。誰かが地下室の床下に隠して、上から煉瓦をかぶせたんだ。来てみろよ」

「でも、トーストが冷めちゃうわ」

「トーストなんかトースターに突っ込んでおけよ。ダーリン、きみも来るんだ」

あとからついて来たモリーに向かって、レジナルドは鼻高々に説明した。「その窪みをごらん。あそこだよ。そこだけ色が明るくなってるだろう。あれはモルタルとセメントを混ぜ合わせて煉瓦を並べ直した痕だ、間違いない。そこだけ継ぎを当てたみたいじゃないか、ほら――誰かが煉瓦をのけて掘り返したんだよ、しかもそれほど前のことじゃない。そこに何かを埋めて、また土をかぶせたんだ。ただ、しっかり踏み固めなかったから、あんなふうに土が沈んじまったんだろう。それがあの窪みってわけさ。ねえきみ、ここの床には金が埋まってるんだよ、絶対に」

「どっちかっていうと、水道工事のあとって感じだけど。排水管か何かの」というのが、いたって現実的な若い女性であるデイン夫人の意見だった。

「とにかく確かめなくちゃ。そういや庭につるはしがあったな、ずいぶん錆びてたようだけど。さあ、煉瓦を掘り起こすぞ」

「でもあなた、お茶が……」妻は情けない声で言った。

レジナルドは独りで作業に取りかかった。結局、金貨ごときで女に一杯のお茶を思いとどまらせることなどできないのだ。

とり散らかった客間で、モリーはゆったりとお茶を楽しんでいた。つるはしの音が聞こえてくる。モリーは密かに微笑んだ。ところが、音が止んだあともレジナルドは戻って来ない。彼女はとうとう腰を上げ、地下室に続く階段の上から声をかけた。

「ねえあなた、金貨は見つかった？」

すると夫の答えが返ってきた。その声は妙に震えていた。

「来るな、モリー。こいつは――ひどいものを見つけちまった。警察を呼ばなきゃ」

第一部

第一章

六時半には、つるはしと鋤《すき》を手にした二人の巡査によって残りの煉瓦と土が取りのけられ、死体が姿を現していた。それは医師の指示に従って浅い墓穴から運び出され、地下室の床に横たえられた。

「きみの部下を引き止めておく必要もなさそうだ」モーズビー首席警部は管区の警部に向かって言った。地下室はあまりにも息苦しかった。

二人の巡査はやれやれといった顔つきで、道具を抱えて重い足取りで階段を上って行った。

「あなた方も上へ行かれたほうが」医師は腰をかがめて死体を検分しながら疲れたように言った。「ここにいても、いいことはないでしょう」

「そうですね、ドクター。我々としても実際、見ていることしかできませんし」とモーズビー首席警部は応じた。「行こう、二人とも」

首席警部が地下室の出口に向かうと、本部からモーズビーに同行してきたアフォード部長刑事と、管区のライス警部があとに続いた。

デイン夫妻は玄関付近で不安そうにうろうろしていたが、首席警部を見て妻のほうが上ずった声で尋ねた。

「あのう――本当に誰かそこに埋まっているんですか？」

首席警部は大きくて頼もしそうな手を二人の肩に置いた。「どうにも悪い状況ですな、お気の毒ながら。隠さず申しあげますが、最悪の事態です」

「ずいぶんな話ですね、ハネムーンの終わりだってのに」年若い夫は引きつった笑いを見せた。

「で、誰だったんですか、首席警部さん」

「女性でした」

「まあ……」モリー・デインは身を震わせた。

首席警部は事務的な態度で続けた。「引っ越してこられたばかりでしたね？　一つご提案があるのですが。すぐにここに落ちつくというわけにもいかんでしょう。見たところ、カーペットもまだ敷いておられないようだし、そのほかにもいろいろ片づいていないようだ。そんなわけで、一晩か二晩、どこか外泊できる場所はないでしょうかね――あなた方を泊めてくれるようなご友人か誰かは？　我々のほうも一、二日ここに出入りすることになると思いますし、あなた方にとってはあまり嬉しい話ではないでしょう。我々が調査を終え次第お戻りいただけます――部下の一人にカーペットを敷くのを手伝わせましょう。そのほかの雑用も。いかがでしょうか、こういう取り引きでは」

「とても戻ってこられるとは思えないわ」とモリーが言った。

「妻の家族のところへ行きます」レジナルドが応じた。「ロンドンにいますから。スーツケースもまだ開けてなかったし」

「では、そのように取り計らいましょう」首席警部はにっこりした。「部長刑事に車で送らせます。先方にも説明しなくてはなりませんし。それがいい。ところでスーツケースはどこです？　善は急げだ」

十分も経たないうちにデイン夫妻は警察の車に乗せられ、ルイシャムからハムステッドへとドライブすることになった。別にアフォード部長刑事に来てもらうほどのこともないのだが、とレジナルドは思った。彼は知る由もなかったが、部長刑事の本当の使命は、デイン夫人の家族だけでなくその地区の警察に事件を説明して、新婚夫婦がハムステッドに滞在している間、さりげなく見張っていてほしいと依頼することにあった。スコットランド・ヤードとしては、事態や人物を見た目どおりに解釈するわけにはいかないのだ。

散らかった客間で、モーズビー首席警部は太った男としばらく話をしていた。陰気な満月のような顔をしたこの男は、スコットランド・ヤードのグリーン警視である。彼はデイン夫妻と入れ違いに到着したばかりだった。

「被害者は六インチの深さに埋められていました。土がかぶせられて、上から煉瓦で固め直してありました。グリーン警視もご覧になりますね」

「裸だったって？」

「手袋を除いては。もともとは何か着ていたのでしょうが、身元が割れるのを恐れて脱がされたと思われます。ただ、手袋までは気が回らなかったのでは」

グリーンは頷いた。「そんなところだろうな。まあ、簡単にはいかんだろう。手袋だけ残っているからといって、そこから何かつかめるとも思えん」

「身体に何らかの特徴があるかもしれません」モーズビーは意見を述べた。「ああ、ドクター・レミントン。こちらは本部からいらしたグリーン警視です、ドクター。それで、何か助言していただけるようなことは？」

医師は背が高く、猫背で貧相な感じの人物だった。彼は注意深くドアを閉めた。「いや首席警部、残念ながら。かなり腐敗が進んでいるのは、あなたもご覧になったとおりです。これといった特徴は見当たりません。少なくとも六か月前には埋められたようだが」

二人の警官は顔を曇らせた。六か月も前では、手掛かりもそうそう見つかるまい。

「歳は？」グリーン警視はぶっきらぼうに尋ねた。

「若い、もしくは比較的若い女性としか言いようがありません。二十三から三十といったところでしょうか。一見した限り、とても健康だったようです。歯の状態もいい」

「詰め物などは？」

「一つも」

警視は顔をしかめた。歯の治療痕を調べることは、最も確実に身元を特定できる方法の一つだからだ。「身分については、どうご覧になりましたかな」

「それもはっきりとは。両手ともあまり原型をとどめていないので、日常的に手仕事をしていたかどうか分からないのですが、手袋はいいもののようです。とにかく脱がせましたがね、すぐにでも捜査にお入用でしょうから。そうとう変色していますが、外的な手掛かりはそれぐらいのものです」

「ありがとう。早急に調べてみましょう。首席警部の話では、銃で撃たれているとか？」

医師は頷いた。「ええ。後頭部から額へ抜けています」

「そうか！　弾を探さねばならんな、モーズビー」

「射殺と分かった段階で、ざっと探してはみたんです。でも、見つかっていません」モーズビーはおぼつかない口ぶりで言った。

「口径はどの程度でしょうか、ドクター」

「かなり大きめですね。今のところ、四五口径の軍用リボルバーというのが近いところではないかと」

二人はますます憂鬱な顔になった。どれほど多くの将校が、戦後にライセンスを取得することなく軍用拳銃を持ち続けていることか。その中の一人を割り出し、たった一発の弾の行方を追跡するなど、たとえそれと分かる目印があったとしても不可能に近い。第一、弾は見つかっていない……。

「遺体に痣《あざ》や傷は？」と警視。

「見たところ、どちらもないようでした。あったとしても、もはや判別できないでしょう。何しろ皮膚がほとんど残っていないんですから」

モーズビーが唸った。「難しい仕事になることは決まったようなものですね」

「ドクターはまだ断定してないぞ」グリーン警視はたしなめた。「ドクター、あなたの報告書が完成するのを待たねばなりませんな。しばらくお待ちいただいてよろしいですか。首席警部と一緒に遺体を見てから、安置所へ移します。行こう、モーズビー」

二人は陰惨な務めを果たすため地下室に降りていった。

一方、キッチンでは管区の警部とその部下の巡査部長が、念入りな家捜しを始めていた。今回の悲劇の解明に光を投げかけるような品が見つかるとはとても思えなかったが、ともあれ手をこまねいているわけにもいかなかったのだ。二人の巡査はといえば、相変わらず前庭でのんびりと新鮮な空気を吸いながら、よその人間が入ってこないよう門の見張りを命じられた同僚たちと雑談していた。

警視はただちに死体を検分したが、何の情報も得ることはできなかった。やがて、家具の運送に使われたフェルトや茶色の包装紙で大雑把に死体が包まれ、遺体安置所へ送る手筈が整った。

「やれやれ!」首席警部は溜息をついた。彼は警視とともにふたたび地下室へ降りてきたところだった。「ちょっとはましになりましたね。さて、それでは順番に調べるとしますか。警視は被害者がここで射殺されたと思われますか」

「そんなことはまだ分からん」警視は不機嫌そうに答えた。「目につくところから始めよう。まずはこの墓穴からだ」

二人の大男は掘り返された土のそばに膝をついた。死体がまだ原型をとどめていたころにできた窪みの上の土を、細心の注意を払って指でかき分けながら、彼らはどんなに些細なものも見逃すまいと探し回った。犯人が死体と一緒にうっかり埋めてしまった品があるかもしれない。しかしどうにも埒《らち》があかないので、モーズビーはつるはしを手に取って、死体が横たえられていた土の表面を、やはり丁寧にほぐしていった。だが、一フットほど掘り進むにつれて明らかに手つかずの砂利層にぶつかってしまい、ついにマッチ一本すら見つけることはできなかった。

「壁を調べてみよう」警視は冷静に言った。

今度は幸運が彼らを待っていた。二手に分かれて壁を調べるうち、じきにモーズビーが白壁の上に残された痕跡を見つけたのである。ちょうど彼の肩の高さにつけられたその痕跡を、モーズビーはまじまじと観察した。

「やはりここで撃たれたんですよ。弾の当たった痕がある。明らかに鉛の痕です」

警視もそばにやってきて眺めた。「なるほど、ニッケル加工していないタイプか。ドクターの言ったとおりだ。すると……」彼らは操り人形のようにかくんと腰を曲げて床を見つめ、瞬時にがっかりした表情になった。二人の気持ちを代弁するかのようにグリーン警視が言った。「当てが外れたな。犯人は弾を持ち去ったらしい。こいつはかなり計画的な犯罪だぞ、モーズビー」

「手ごわそうですな、グリーン警視」とモーズビーも嘆いたが、これでまた、犯人を捕らえる機会が減ったのではという懸念までは口にしなかった。

二人はさらに二十分ほど地下室にとどまった。壁、天井、床は一寸刻みに、少なくともどちらか一方の鋭い目による精査を受けたが、やはりわずかな手掛かりも見いだされなかった。明白なのは次の点だけだ。犯人はここで被害者を射殺し、ここに埋めたということ。その際、死体を永久に封じ込めるためモルタルを混ぜるという策を弄したこと。

ふたたび客間に戻ると、警視はまだ梱包を解いていない肘掛け椅子に巨体を沈めて意見を話し始めた。「明らかに計画的な犯罪だな。でなければ被害者を地下室に連れ込む理由もあるまい。セメントと砂は前もって準備したんだろう。そこらへんに糸口が見つかるかもしれん、セメントを小分けで売るところはあまりないだろうしな。九か月前から六か月前までの間に一袋売ったところがあるかどうか調べるんだ。砂のほうは難しいかもしれないが、とりあえず同じように調べてもらいたい。この家についてはどうなんだ？　六か月前は空家だったのか？」

「まだ何とも。ひととおり調べが済んだら、両隣の住人に聞いてみましょう。それと、アフォードが戻り次第、不動産屋と連絡をつけさせます。不動産屋の名前と住所は分かっていますから。どうせ閉まっているでしょうが、ともかくアフォードにつかまえさせますよ」

警視は分かったというふうに頷き、難しい顔で言った。「被害者に関しては、あるていど完全な復元図を作ってもらえるだろうから、それを新聞社に回してみよう。とにかく行方不明者のリストに当たるんだ。運が良ければ、身元を突き止める糸口がつかめるだろう」

「そうですね、分かりました」モーズビーの口調からはいつもの快活さが失われていた。上司がこともなげに彼に負わせた荷は、あまりにも重いものだった。

「アフォードに近所の聞き込みをさせろ。噂の一つもあるだろうからな。今の指示はそれだけだ。明日の朝、ドクターの報告が届いたらさらに詳しく検討しよう。さて、戻るとするか」

警視が帰ってしまうと、モーズビーはキッチンで捜索中の警部と合流した。警部は、今のところ何も見つかっていないと報告した。「期待は持てません、モーズビー首席警部」彼は浮かない顔で言った。

「まだ分からんよ」とモーズビーは慰めた。「何かあるとすれば、きっと見つかるさ。特に暖炉はよく調べたほうがいい。何かと投げ込みやすい場所だからな」

時刻は八時になろうとしていた。辺りは一月下旬の夜にふさわしく、すっかり冷え込んでいる。借家人不在のこの薄ら寒い家を出て、人けのある暖かい家を訪問するという当面の任務をありがたく思いながら、モーズビーは外の湿った暗闇の中へ足を踏み出し、左へ向かった。バーント・オーク・ロードは二戸建て住宅が建ち並ぶ通りで、各戸はいわゆる〝寝室四部屋、居間二部屋、およびゆとりのある使いやすい台所〟から成っている。モーズビーが向かったのは、デイン夫妻宅にとっていわばシャム双生児の片割れに当たる家だった。

出てきたのは、口をぽかんと開けた小柄なメイドだった。

「ピーターズさんはおいでですか」モーズビーは愛想よく尋ねた。

メイドはさらに口を大きく開けた。「ピーターズさん？　そんな人いません。この家にいるのはコティントンさんです」

「ピーターズなんて言いましたっけ？　そう、そのコティントンさんですよ。いらっしゃいますか」

「ええ、食事中ですけど」

そのとき、狭い玄関に向かって開いていたドアの一つから小さな禿頭がのぞいたかと思うと、続いてその全身が現れた。「どなたかお見えかね、メイベル」

「はい、お食事中だと申し上げたんですが」

「ああ、それなら終わったよ」

「よろしければ、少々お話を伺いたいのですが」モーズビーはすでに玄関に入り込んでいた。

コティントン氏は、訪問者と話を交わしてよいものかどうか迷っているようだった。彼は金縁の眼鏡をはずすと、頼りなげにそれを見つめていたが、何か啓示でも受けたかのように眼鏡をかけ直しておずおずと答えた。「あのう……そんなに暇ではないんですが」

「いえ、商売の話ではありません」モーズビーは笑顔で言った。

コティントン氏の表情が明るくなった。「ああ、そうですか、それならどうぞ。メイベル、行ってよろしい。居間へどうぞ、ええと……」

「モーズビーです」首席警部は、先ほどのドアから別の頭がのぞいているのに気づいた。こちらは白いものがまじった美しい髪の持ち主で、その穏やかで優しげな顔にはありありと好奇心が表れていた。

「奥様も、よろしければご同席ください」

そうして三人は居間の椅子に座り、小さな暖炉で勢いよく燃える火の前でくつろぐことになった。

モーズビーはにこやかに切り出した。「コティントンさん、お宅のお手伝いさんの前ではあえて申し上げなかったのですが、わたしは警察の者でして」彼が名刺を差し出すと、主人は興味深そうにそれを眺めて妻に渡した。

「まあほんと」ご婦人は少し脅えているようだった。

「隣の四番地のことでお伺いしたいんです」モーズビーは急いで説明した。「つまりですね――」

「まあ、いったい何が起こったんですの？」コティントン夫人はそれを遮《さえぎ》った。今しがたの脅えはどこかへ行ってしまったようだった。「お昼に新しい方が越してらしたでしょう。運送屋さんが帰ってから、お茶にお招きしたものかどうか迷っていましたのよ。何しろまるで片づいていない様子でしたし。そうしたら、じきにデインさん……そんなお名前だったような気がしますけど、その方が帽子もかぶらず飛び出してらしたかと思うと、お巡りさんを連れてらしたじゃありませんか。それからはもう、警察の方やら車やら何やらが詰めかけて、デインさんご夫妻はその中の一台に乗って出かけてしまわれるし、警察の方はなかなかお帰りにならないし……それでわたし、夕食をとりがてら一部始終を主人に話していたところでしたの。メイベルは――うちのメイドは地下室で死体が見つかったとか言っていましたけど、そんなこと、とても信じられませんわ」

首席警部はにこにこしながら心の中で溜息をついた。今ごろバーント・オーク・ロードのあらゆる食卓では、興奮した奥方たちが懐疑的な夫に向かって、四番地の地下で死体が見つかった話をしていることだろう。この手の情報の発信源は決まってメイベルのような使用人なのだ。

「この通りでは考えられませんね」とコティントン氏が言った。「ここはいつだって静かで、ちゃんとしたところでした。だからこそ、わたしたちも引っ越してきたんです。女房にも言ってやりました、そんなことがここで起こるはずはないってね。そうでしょう?」彼は眼鏡の奥で、妻に負けず劣らず好奇に満ちた眼を光らせた。


モーズビーは腹をくくった。秘密厳守でいくよりも、少しばかり秘密を打ちあけるほうが、聞き込みでは大きな成果を上げられるものだ。新聞もすでに嗅ぎつけただろう。そこで彼は頷いて見せた。

「いや、それが本当なんです」

「まあ、そんなこと!」コティントン夫人は我を忘れて叫んだ。

「しかし、メイベルはどうしてそれを知ったんでしょう」首席警部は苦笑いしながら付け加えた。「これは一本取られましたな」

「そりゃ、こういうわけですよ」コティントン氏は小声で言うと、忍び足で歩いて行ってドアを勢いよく開けた。


理由はたちまち明らかになった。

コティントン氏が怒鳴った。「メイベル!　キッチンに戻っていなさい」

おかげで雰囲気はくだけたものとなり、スリリングな訪問者に対してコティントン夫妻は競うように彼が知りたがっていることを洗いざらい話してくれた。

そうして、四番地に関する興味深い事実がいろいろと明らかになった。デイン夫妻が賃貸契約を結ぶまで空家だった期間は、ほんの数週間であったこと。六か月前には、ミス・ステイプルズという名の年配の婦人が住んでいたこと。ミス・ステイプルズが昨年十月に亡くなったため、空家になったこと、等々。

モーズビーにとって、これは思いもよらないことだった。六か月前もやはり空家であったか、あるいは犯人と目される人物が住んでいたものとばかり考えていたからだ。コティントン夫妻が描くところのミス・ステイプルズ像は、犯罪にかかわっていた可能性を微塵も感じさせないものだった。気弱でおとなしく、ごく日常的な状況においても無力な人物で、太ったパグ犬と、さらに太った白いペルシャ猫を溺愛していたという。いったいどうやって、彼女が実際に住んでいた家の地下室に、他殺であることが明白な死体が埋められたのだろうか。

ここでコティントン夫妻は有益な情報をもたらしてくれた。ミス・ステイプルズは毎年、八月になると恒例の休暇のため三週間ほど家を空けていたという。その間に違いないとモーズビーは思った。そのとき、彼女の地下室は不正な目的に利用されたのだ。

彼は核心に迫るべく、住人が不在だった三週間のうちに誰かが不法侵入したような形跡はなかったかどうかを尋ねたが、夫妻には答えようがなかった。八月前半の二週間というもの、彼らもまた家にいなかったからである。

モーズビーはコティントン夫妻が不在だった正確な日付と、同じくミス・ステイプルズが不在だったおおよその日付を聞き出した。そして同時に六番地の住人の名前を聞くと、丁重に礼を述べてそこを辞した。

六番地の借家人は、保険業を引退したウィリアムズという初老の男と、その二人の姉であった。彼らもやはり大騒ぎでスコットランド・ヤードから来た人物を迎え入れたが、モーズビーは質問の前に、一家が〝ウィリアムズ家のメイベル〟から得た情報を裏書きしてやらねばならなかった。

そうした前置きが一段落すると、やがて彼らがミス・ステイプルズについていろいろ知っているらしいことが分かってきた。ここでは、コティントン夫妻が抱いていた大まかな印象がはっきり肯定されたうえ、さらに詳しい人物像が細部までモーズビーの心中に刻み込まれることになった。ミス・ステイプルズが地下室の異変をずっと知らずにいたことも次第に明らかになった。休暇を終えて八月の終わりに戻ってきたとき、留守中に誰かが家に入った形跡があると彼女がウィリアムズ姉妹に語ったことはない。二人が口を揃えて主張するには、ミス・ステイプルズは少しでも気になることがあれば必ず二人に話しているはずだという。

では、ここにいる三人は何か怪しい音を聞いたり、気づいたりしたことはなかっただろうか。それもなかった。何しろ八月の二週目と三週目は休暇で、ここにいなかったので（モーズビーは興味をもって聞いた）。皆が皆、八月に休暇を取るとは妙な話だ。しかもミス・ステイプルズやウィリアムズ一家などは、どうしてもその時期でなくてはいけないわけでもなかったろう。天候も最高とはいえないし、何かと割高な季節であることは知っていただろうに——ただの習慣だろうか。実に興味深い。いや、実に興味深いですな。ところで、ミス・ステイプルズがご不在だった日付を特定することはできますか？　ええ、レティの日記を見ればおそらく。日記をつけているなんて言うと人は笑いますけど、皆さん分かってらっしゃらないのよ。日記は時として本当に役立つものですわ、レティの日記であろうがなかろうが。モーズビーさんもそんな経験がおありではありませんか。

そこでレティの日記が持ち出され、熱心に調べられた結果、ついにミス・ステイプルズが不在だった日付が見つかった。八月六日から三十日まで。

しかしお二人とも、ミス・ステイプルズの家の地下室にいらしたことはさすがにないでしょう——あら、ありますよ、何度も。

そこは空っぽでしたか——いいえ、それどころか。風変わりながらくたでいっぱいでしたわ。それに、ミス・ステイプルズったら、新聞をすっかり溜め込んでましたのよ、あそこに。まあ、古新聞というのは、いつ役立つか分からんものですからなあ——ええ、まったく。ほかにミス・ステイプルズはどんな物を地下室に置いていましたか——それはもう、細々《こまごま》とした家具の類《たぐい》を。壊れて使えなくなったものばかりですけどね。それに荷箱やら、壁紙の切れっぱしやら、わざわざ地下室に保管することもないものばっかり。

それでは、地下室は満杯だったんですか——いえ、そういうわけでは。物を動かす余地ぐらいはありましたけど、まあ首席警部さん、つまり……。

ええ、そういうことです。それなら部屋の隅をちょっと片づけるぐらい、造作もないことだったでしょうね。部屋の半分だって。そのあと、品物を元に戻しておけば……。——まあ、恐ろしい！　絵空事としか思えませんわ。

ミス・ステイプルズがお亡くなりにならなければ、この先何年も、殺人があったことなど分からなかったでしょうな――ええ、ミス・ステイプルズはほんの数か月前に、この先七年間の契約を済ませたばかりだったんですよ。

ほう、そうなんですか――ええ、そうです。あの方、この家で死ぬんだっていつもおっしゃってましたもの。そして……そして……そのとおりになりました。殺されたのでなくて幸いでしたわ！　本当に、本当に、こんなことがあってよいものでしょうか、モーズビーさん。いったい何があったんでしょう。

ああ、ところで、ミス・ステイプルズを訪ねて来る人というのはいましたか。親戚などは――そうですね、お客さんというのはそれほど。もちろん、ルイシャムに住んでいる人や、バーント・オーク・ロード近辺の人が来ることはありましたけど、それでも十人そこそこってところかしら。

それではウィリアムズさん、ミス・ステイプルズと知り合いだった人のリストを作っていただけませんでしょうか――まあ、お安い御用ですわ、喜んで。でもモーズビーさん、まさか……？

いやいや、これもお決まりの手続きみたいなものでして。えてして思いがけない人から有益な情報をいただけることが多いんですよ。で、親戚のほうは――ああ、甥ごさんがいらっしゃいましたわ。でも、まったくの好青年なんですよ。あんなことはとても……。

その方のお名前とご住所は分かりますか——お名前は同じステイプルズさんです。でも住所は……海軍にいるんじゃなかったかしらね、ジェイン。それとも海運業だったかしら。とにかくミス・ステイプルズは「ジム」って呼んでいました。そんなことでも何かの手掛かりになりますか？　スコットランド・ヤードのお手伝いができるなんて、本当に光栄ですわ！

ミス・ステイプルズのお生まれは——それならバースです。それは素敵なご家族がいらしたとか。何しろしょっちゅう家族の話をしてましたもの、バースのステイプルズ一家のお話をね。弟さんがいらしたけれど、亡くなったんですって。ブリストルで商売をなさっていたそうですよ、広告関係の。でも、ミス・ステイプルズはあまり弟さんのお話はなさらなかったわね。どうも、広告業というお仕事をあまりよく思ってらっしゃらなかったらしいんです。だいたい、広告関係の人って少し変わってますでしょう？

ええ、そういうこともあるでしょうね。すると、その甥ごさんは、弟さんの息子に当たるわけですか——ええ、そのとおりです。姉もいたんですけど、あまりいい子とは言えなかったわね。何しろ伯母に会いにきたことがないんですから。少なくとも、わたしたちが知り合ってから六年の間には来なかったわ。でも、そのほかの親戚については聞いたことがないんです。いとこはいるでしょうけど。誰だって、いとこぐらいはいるものでしょう？

ええ、いとこはたいていいますね。モーズビーは同意した。

六番地での収穫は思ったより大きかった、と考えながら、モーズビーは地元の警察署に向かった。そこで彼は次のような情報を得た。八月末から九月初旬にかけて、「バーント・オーク・ロード四番地の住人ミス・ステイプルズより不法侵入に関する苦情を受けた」という記録はないこと。つまり彼女からの届出は何もないこと。

モーズビーは、ふたたび四番地へと戻った。

そこでは管区の警部と部下の巡査部長が真っ赤な鼻をして、すっかりかじかんだ手で一心不乱に捜索を続けていた。四つのベッドルームのうち、ちょうど二つ目を調べていた彼らは、暖まって人心地ついた様子の首席警部に恨めしそうな眼を向けた。

「まあ、よく探すことだ」モーズビーは励ました。「何もないかもしれんが、とにかく根気だよ。アフォードは戻ったか?」

警部の話によると、アフォード部長刑事は一旦報告に戻ったが、不動産屋の所在地に向けてまた出かけたという。彼は尋ねた。「モーズビー首席警部、何か手掛かりはありましたか」

モーズビーはにやりとした。「殺人のあった時期が特定できたよ。これが殺人ならばの話だがね。少なくとも一週間以内に絞れそうだ」

「そうなんですか? で、いつなんです」

「昨年八月の第二週だ」モーズビーは根拠を説明し、こう付け加えた。「犯人は鍵を持っていたに違いない。だが、どうやってそれを手に入れたんだろうな」

第二章

バーント・オーク・ロードの地下室で見つかった若い娘の死体に関する捜査は、お決まりの手順にしたがって進められた。もちろん新聞が黙っているはずはない。ミス・ローズ・マコーレー（作家、批評家。一八八一－一九五八）の「女性はニュースになる」という発言は、おそらく生きた女性を念頭においているのだろうが、それが殺された若い女性なら特大ニュースだ。フリート街（ロンドンの新聞社街）の見解によると、若い女性の話題はいつの世も想像をかき立てるということらしい。郊外の住宅地で殺され、地下室に埋められたとなれば、これはもう事件中の事件ではないか。そんなわけで、でかでかと躍る極太の見出しの下、二段にわたって事件が報じられることになった。ニュース性に欠ける若い男性が犠牲者であれば、この七分の一ほどの記事で済んでいたことだろう。バーント・オーク・ロードのメイベルたちは、大いにその意気込みを満足させられたものである。

死体が発見された日の夜、モーズビーは帰宅前に電話でブリストル署と連絡を取り、広告業者ステイプルズ氏の息子と娘に関する詳細な情報を照会しておいた。ステイプルズ氏は晩年、ブリストルに在住していたのである。いずれにせよ、不法侵入の痕跡がない以上、犯人か被害者のどちらかが四番地の鍵を持っていたであろうことは明白だ。モーズビーは、どちらかの人物とミス・ステイプルズとの間には何らかのつながりがあるのではと考えた。彼女の姪が、殺された若い娘と同一人物ということもありうるのではないか。ともあれ、捜査の第一歩はその線で行くことがはっきりした。

翌朝からモーズビーはこの件に掛かりきりになった。彼はまず、アフォード部長刑事に報告を求めた。部長刑事は昨夜、デイン夫妻に家を貸した不動産屋の自宅を訪れていたが、本当に有用な情報を得ることはできなかったようだ。分かったのは、ミス・ステイプルズの死に際して彼女の甥が唯一の遺産相続人とされていたことである（アフォードは、姪との間に何かトラブルがあったのでは、と考えた）。彼は伯母の賃借契約の残り期間の処理を不動産屋に一任したが、その家が空家だったのはほんの三週間だけだった。デイン氏がその契約を引き継いだのは、不動産屋の推測によると、家の確保を前提に結婚したからだろうということだった。不動産屋の話では、彼の見る限り、デイン氏には結婚という当面の目的のほかに家を借りる動機はなかったという。デイン氏は四番地に出した掲示板を見て連絡してきたわけではなく、単に、静かな通りにあるあまり家賃の高くない貸家はないかと、当てもなく訪ねてきただけだった。

このほか、アフォードはミス・ステイプルズの甥に関する情報を得ていた。名前はジェイムズ・カルー・ステイプルズ。ウェスタン海運会社の客船ダッチェス・オブ・デンヴァー号の三等航海士として、リヴァプールと南アメリカ間を行き来している。歳はおよそ二十九、未婚。アフォードは、今朝スコットランド・ヤードへ出勤してくるまでに、ダッチェス・オブ・デンヴァー号がつい一日前にブエノスアイレスを出航したことを確認していた。

モーズビーはすぐさま無線電報で、船上のジェイムズ・ステイプルズに向けて、姉の所在地を折り返し知らせてほしい旨と、イギリスに戻り次第スコットランド・ヤードへ出頭されたしとの通達を送った。

それからアフォードはすぐさまルイシャムに向かうと、バーント・オーク・ロードの庭つきの家々を回り、夏の間、とりわけ八月の第二週に怪しい物音を聞いたり人影を見たりしなかったかについて、さらに詳しい聞き込みを開始した。

一方、モーズビーは配下の警部を呼び出すと、昨年後半に届け出のあった行方不明の女性に関するリストを調べ上げるよう命じた。スコットランド・ヤードに届けられる行方不明の女性の数が毎年六千人を下らないことを考えれば、これがそうそう気楽な任務ではないことがお分かりになるだろう。しかも、親族は心配のあまり失踪の届けはいち早く行うが、いざ尋ね人が戻って来ても滅多に知らせてくることはない。二十件のうち十九件はそんな調子である。

警部の仕事が少しでも減るよう、モーズビーは警察医の予備報告の写しを彼に渡した。昨夜遅く、モーズビーの机の上に置かれていたものである。死体はずっと土に埋まっていたため、被害者の特徴について昨日の段階では必然的に覚書程度のものとなっていたが、それでも次のような指摘がなされていた。

身長　　五フィート五インチ

体型　やせ型だが、肉づきのよいタイプ
髪の色　落ちついた茶色、ただし生前はもう少し濃い色であったと思われる
足のサイズ　小さめ、靴サイズは四号（二十三センチメートル）？
歯の状態　治療痕なし

さらに詳しい検査も行われたが、これといった身体的特徴は発見されていない。ただ、右大腿部の外側の付け根から半分ほど下がったところまで、長さ五、六インチの傷痕がうっすらと見られるとのこと。瞳の色および鼻の形は判別不可能。また、年齢も二十から三十の間というしかなく、それ以上の特定は不可能である。死体は埋められてから少なくとも三か月は経過しているが、九か月は越えていないと推測される。六か月が妥当なところだろう。

乏しい情報ではあるが、ともかくモーズビーは翌日の『警察報』に流すよう手配した。その際、死体が発見された状況に関するメモと、被害者の特徴に合致し、しかも該当期間中に失踪した女性について情報提供を求める旨の要望も添付しておいた。

次にモーズビーは、死体がはめていた例の手袋を一人の刑事に渡して、情報収集のため手袋の縫製業者のもとへ行かせることにした。また、別の刑事には、セメント一袋を昨年六月から八月の間に購入した個人客について、ロンドン中の建設業者やセメント業者に至急当たってみるよう命じた。最後の指示を出しながら、モーズビーはロジャー・シェリンガムのことを考えていた。このように労を惜しまず、骨の折れる地道な方法をとってこそ、スコットランド・ヤ

ードは成果を得ることができるのだ。シェリンガム氏はそういうやり方を何より軽蔑するだろうが。モーズビーは苦笑いをもらした。

かくして捜査の歯車が回り始めると、首席警部はグリーン警視に電話をかけ、この事件についてご相談したいのでお部屋に伺ってよろしいでしょうか、と訊いた。

警視はつねづね、事件について自分の所見を述べる前に、担当部下の意見を聞くことにしていた。協議を始めるに当たって、警視はまず、モーズビーに捜査方針の概略とその理由を説明するよう求めた。

モーズビーがこれまでにとった手順について報告すると、同意するというより単に反対の理由もないといった調子で警視は軽く頷いた。そこで首席警部は続けて、事件全般に関する私見を述べた。

「二とおりのアプローチが考えられます、警視。犯人と被害者のどちらかがミス・ステイプルズと顔見知りだったのか、あるいは二人ともまったくの他人だったのか。最初のケースであれば、ミス・ステイプルズの周辺から情報を得られるはずです。二番目のケースなら、被害者自身の身元を確認するしかありません。当然のことながら、両方の線で捜査を進めることを提案いたします」

警視は何やらぶつぶつと言った。娘の身元が分かれば、事件そのものが解明されたも同然ではないか。

「そうです」首席警部は沈んだ声で応じた。「しかしグリーン警視、正直申し上げて、身元の判明がそう簡単にいくとは思えません。そうとう時間も経っていますし、身元を証明する遺族がいるとはとても……。親戚が分かったところで、身元の同定までには何十回と手続きを踏むことになるでしょうね」

「結婚指輪はしていなかったのか」

「ええ、それらしきものは。しかし、していなかったとも断言できません。指輪の痕があったかどうか判別できないんですから。指輪についてはわたしもよく探しました。まあ、わたしとしてはそれほど被害者の身元の判明に賭けているというわけでもないんです。つまり、男をたどれば女の素性もつかみやすいというのがわたしの信条でして。そんなわけで、全力をあげてミス・ステイプルズの周辺を洗うつもりでおります」

「彼女の姪とは限らんぞ」警視はモーズビーが昨夜遅くに仕上げた報告書をすでに読んでいたので、現段階で明らかにされている事柄についてはすべて把握していた。

「ええ、そうですね。これは単なる希望的観測です。姪であれば話が簡単になるというだけで」

「それはそれとして、きみは被害者と犯人のどちらかがミス・ステイプルズの関係者だと思っとるのかね」

「そのとおりです。二つの理由からそう考えます。あの家が無人になることを犯人はどうして知ったのか。しかも、両隣も八月の第二週目――わたしはその時期に殺人が行われたと考えておりますが――そのころに家を空けることを、どうやって？　男は何の痕跡も残さずやり遂げています。だいたい、年寄りの婦人が窓を開けたまま、あるいはドアの鍵をかけずに出かけるなんて考えられないでしょう？　鍵がないなら、奴はどうやって手に入れたのか、あるいは合鍵を作る機会を得たのか。ミス・ステイプルズと面識がなければ、あのように首尾よくいくでしょうか。もちろん、以上の二点はそっくりそのまま被害者についても当てはまります。何の苦もなく家の中に入り込んでいるんですから」

「一理あるな。昨日も言ったとおり、これは明らかに計画的な犯行だ。ではセメントは？　男があらかじめ用意しておいたのか」二人の警官は、犯人は男と決まったものとして話していた。

「そう思われませんか？　犯人はセメントの袋に被害者の洋服を入れて持ち去ったんですよ。それほど大きな袋でなくても間に合ったでしょう、今どきの若い女の服ですからね。どうやら手ごわい奴を相手にせねばならんようです。すっかり手筈を整えたうえでの犯行でしょうから。つまりわたしが言いたいのは、奴は前もって段取りを把握していたに違いないということです。しかし、どうやってそれができたんでしょうね？　彼が（あるいは彼女が）ミス・ステイプルズから情報を聞き出したのでなければ……」話を強引に進めすぎたと感じたモーズビーは、ここで少し笑って見せることにした。

「筋は通っているな――殺人が確かにその週にあったとすればだが。それにしても、証拠が一つもないだろう」

「ええ、そうなんです、グリーン警視」少々勢いをそがれた首席警部は正直に答えた。「しかし、それが妥当な線ではないでしょうか」

「妥当な線なんぞに頼るわけにはいかん。証拠が必要だよ、分かっとるだろう」警視は厳しく言ったあと、口調をやわらげて続けた。「まあしかし、それもあながち間違いとは言えまい。実際的な仮定だし、手掛かりを得られるかどうか様子を見ようじゃないか。ところで被害者については？　ミス・ステイプルズの姪かどうかという問題がさっきから棚上げされとるが、何か考えはあるかね」

「いえ、ありません。その件は何とも。警視にはおありですか」

警視は煙草を一、二度吹かしてから答えた。

「この手の事件ではたいてい、夫と見捨てられた妻という構図があるもんだが。レインズヒル事件を覚えとるかね。妻と二人の子供が暖炉の下に埋められていた、あの事件だよ。とはいえ、あれは住人自身が被害者だったからな。現に他人が住んでいる家がそんなふうに使われたケースは、他には思い出せん。しかし、それ自体が何かを語っているんじゃないか？」彼はふたたび煙を吐き出した。モーズビーは興味をもって話の続きを待った。警視もまた、相手と同じく事実を集め、選びながらの推論を始めた。

「一つ考えられるのは、犯人の知能が高いということだ。がらくたを積み上げた地下室に隠すほうが、空家より安全だからな。一見大胆さが要るようだが、実行する気さえあればそうでもない。奴は運が悪かった、絶対に見つからないはずだったんだからな。それにしても、レインズヒル事件の犯人よりうわ手には違いない。確かじゃないが、おそらく教育のある階級の人間だろう。

女のほうも同じことが言えると思わないか。靴は四号だったな。手袋は六インチ半ぐらいだったと思うが、いずれにしても小さめだ。歯も健康だし、肉づきもよかったというじゃないか。手袋は安い物ではなかった、きみも見ただろう。まあ、レディと呼んでいいだろうな。思うに、どちらも知識階級と言っていいんじゃなかろうか。そういった人間のリストを調べてみるべきだろう。

それでは、二人の関係はどうだったか？　明らかに親しい関係だったんだろう。それならなぜ、男は女を——まだ若い女を捨てる気になったのか？　女がうるさくなったからだ。別の女とつき合うのを邪魔しようとしたなんてのは、いつの世にもある話だろう。彼女は男の言いなりだった。そして男に誘われるまま、他人の家の地下室に入り込んだ。しかし、なんだってそんな行為に黙って従ったんだろう？　二人はまっすぐ地下室へ降りたに違いない。なぜなら女は外出の格好をしていた——手袋さえつけたままだったからな」

「犯人が捜査を混乱させようとして、被害者の死後に手袋をはめさせたのでなければ、ですが」モーズビーはあえて口をはさんだ。「その点については疑問があります。というのも指輪がなかったからなんですが、若い娘が指輪の一つもしていないのは不自然ではありませんか？　もし男が指輪をはずしたのだとしたら、その前に手袋を脱がせていることになる。それならなぜ、また手袋をはめておいたのか。なぜ他の衣服と同じように持ち去らなかったのか？」

「一考の余地があるな」警視は同意した。「手袋に関して、犯人には何か思うところがあったらしい。じゃあ、その件も調べておいてくれたまえ。以上だ」

そのとき警視の卓上の電話が鳴った。「何だね？　ああ、つないでくれ。ブリストル署だ」警視はモーズビーに向かって言った。「きみが出たほうがいいだろう」

ブリストルからの報告はアフォード部長刑事の報告と重複しており、裏付け以上のものにはならなかった。姪についても有益な情報はなかった。父親の死後、彼女は五年も前に町を離れていたのである。それ以降のことは役所といえど知りようがなかった。しかしながら、彼女と親交があったと思われるステイプルズ氏の友人たちに問い合わせ中であり、のちほどさらに詳しい報告を送れる見込みがあるとのことだった。とりあえず分かったのは、彼女が三十一歳になることと、最後に聞いた時点ではまだ結婚していなかったということの二点である。母親は一九〇七年に他界していた。

これらの報告を聞いた警視は、ふんと鼻を鳴らした。「ともかく弟からの無線を待つことだな。それが理に適ったやり方というものだ。要領よくやったほうがいいぞ」

モーズビーは自室に戻った。今の時点ではできることもほとんどなかったので、彼は夕刊に掲載する文章を練ることにした。『警察報』と同じく、亡くなった女性の特徴を挙げて情報提供を請う旨の記事である。新聞というものは、ある人間に関する情報量がどんなに少なかろうと、目いっぱい尾ひれをつけて書き立てるものだ。その結果、見当違いの人物名が山と寄せられることは分かりきっていた。しかし、それらの情報を一つずつ丁寧に拾ってゆけば、目当ての人物に行き当たる可能性だってある。ともかく今はそれが一番望みの持てるやり方といえるだろう。有用な新聞は、スコットランド・ヤードの最強の助っ人である。

そろそろ昼にするか、とモーズビーが考えたとき、電話が鳴った。昨日の医師だった。同僚とともに午前中いっぱい検死の陣頭指揮をとっていた彼は言った。

「やれやれ、終わりましたよ、ありがたいことに。今後、当分の間は地下室で死体なんぞ見つけたりなさらないよう願いたいですな。あとで報告書を届けますよ。電話したのはほかでもない、新たに判明したことがありましてね。何かヒントになればいいんですが。といっても一点だけですが、少しは捜査の助けになると思いますよ。被害者は身ごもっていたんです。五か月でした」

「なるほど」モーズビーは大いに納得したようだった。「いかにも殺人の動機になりそうな話ですね。ありがとう、ドクター」

第三章

ジェイムズ・ステイプルズからの無線電報がモーズビーのもとに届いたのは、その日の午後のことだった。彼の姉の連絡先であるというバークシャーの女子校の住所が分かると、モーズビーは部下の警部を選び出し、彼女のもとへ向かわせた。じきに連絡が入った。姪のミス・ステイプルズはいたって元気で、校長の秘書として在職中のうえ、昨年の八月にはほかの教師たちと海外でひと月を過ごしていたこともはっきりしているという。伯母のことはよく知らないと話しており、今回の事件に光を投げかける人物とはとても考えられない。モーズビーが彼女に抱いていた希望はここで潰えた。

しかし、その程度で気落ちしていても始まらない。スコットランド・ヤードとしては、数多くの誤った仮説の中から、たった一つの真実を突き止めなければならないのだ。失敗による失意よりは、真実を得た喜びのほうがどれだけ大きいことか。

とはいえやはり、今回は特別かもしれない。モーズビーには、いつもにも増して誤った道筋ばかり辿《たど》っているように感じられてならなかった。それにひきかえ、たった一つの真実を指し示す道しるべはあまりにも少なかった。医師の検死報告書を見ても、子供を身ごもっていたことを除いて、被害者に関して新たに判明した事実はないようだった。セメントについても調査は先細りになりかけていた。調査に調査を重ねたが、購入先に不審な点があるセメント袋が浮上することはなく、すべての記録はしごくまっとうなものばかりだった。

手袋もまた手掛かりにはなりそうもなかった。縫製業者はすぐに見つかったものの、その手袋はよくあるデザインのもので、安くも高くもなく、何百と作られていることが分かったのである。その中からたった一組の手袋の買い手を特定するなど、とうてい不可能な話だ。

ジェイムズ・ステイプルズの証言もまた参考にはならなかった。彼は帰国するとただちにスコットランド・ヤードに出頭し、モーズビーは時間をかけて質問を行ったが、興味深い事実は何一つ出てこなかった。伯母の死後、彼は地下室をざっと点検しただけで、古新聞を処分するとすぐに家中のものを古道具屋へ売り飛ばしてしまったという。それ以上のことは何も知らなかっただけでなく、彼には七月から九月にかけて不動のアリバイがあった。何しろその間、イギリスには足を踏み入れてもいなかったのである。

アリバイを確認し、ようやく納得するまでに首席警部はさらに無駄な時間を費やした――追ってその道具屋に質問を試みたのだが、異変に気づいた従業員は一人もいなかった。

そうしてしばらくは、目立った動きもないまま調査が進められた。

膨大な労力を費やしてミス・ステイプルズの友人知人が洗い出され、全員が昨年八月の二週目から四週目にかけてどこにいたかという質問を受けた。事情聴取はコティントン氏から始められ（そのことを知れば、紳士たる彼はさぞかし立腹しただろうが）彼らの発言はつぶさにチェックされた。半ダースもの人間、そしてその大半はバーント・オーク・ロードの住人だったが、彼らに犯行の可能性があったとしても、そのうちの誰かが犯罪を実行したことを示すものは何もなかった。

そんなある日、警視の部屋から簡潔なメモが首席警部の部屋に届いた。「ミス・ステイプルズの死因は？」このメモの意味するところを解したモーズビーは、ミス・ステイプルズの死亡証明書を調べ、サインした医師に直接確認したが、彼女の死因は間違いなく自然死であるということだった。

三週間が飛ぶように過ぎる中、週に一度の打ち合わせで本件が話題になるたびにモーズビーは認めざるをえなかった——常時三、四人が調査を続行しているにもかかわらず、事態がまったく進展を見せていないことを。

そしてついに、彼は警視総監補からの呼び出しを受けた。

グリーン警視も部屋にいた。二人はしかつめらしい顔をしていた。モーズビーは生身の人間としてできる限りのことはやったつもりだったが、それでも気後れを感じずにはいられなかった。彼は総監補に言われるまま、落ちつかない気持ちで席についた。警視も総監補も満足していないのだ。精一杯手を尽くそうと、彼らはそれ以上の働きを求めている。

総監補は目の前に積み上げられた関係書類一式を大儀そうにぱらぱらめくりながら、モーズビーが真相をつかもうとしてとった手段を列挙するのを聞いていた。

「それで警視、きみの考えは？」首席警部の話が終わると、総監補は言った。

「そうですね、ミス・ステイプルズの周辺にこだわりすぎている感はあります。モーズビーの意見では、やはりミス・ステイプルズを個人的に知っている者の犯行ではないかということですが。というのは、明らかに鍵が使用されているからなのですが、それにしても証拠がありません」

「あるいは、被害者と彼女が知り合いだったということか」総監補はさらに言った。

「ええ、そうなんですが」モーズビーが口をはさんだ。「我々は全力を尽くして、ミス・ステイプルズと面識があったと思われる十八歳から四十歳までの女性をすべて調べました。しかし、行方不明の者はおりません」

「もっと年齢を限定できんのかね」総監補はやや苛立《いらだ》った口調で質《ただ》した。

「医師の話では、死体は成人のものだということです。ただし、年配の人間に見られる背骨の関節炎などの痕はなかった。したがって二十歳から三十歳の間と考えられますが、その上下二、三歳の誤差はあるだろうという意見でした」

「ふん」総監補は鼻を鳴らした。

論議を本筋に戻そうとして、グリーン警視が話を引き取った。「いずれにしても、犯人もしくは被害者がミス・ステイプルズを知っていたかどうかは断言できんのです。そちらの方面から行った捜査はすべて空振りでした。ですから我々は、被害者の身元調査を集中的に行うべきでしょう。わたしは初めからモーズビーに言いました。女性の身元が分かれば手掛かりは百倍になって、苦労もなくなるだろうと」

「しかし、その身元が分からないと言わなかったかね、モーズビー？」

「そうです。フォックス警部とアフォード部長刑事が、一年半前にまでさかのぼって行方不明の成人および若年の女性に関するリストを調べあげたのですが」

「見落としがあったとは思わんかね」

「いいえ。彼らは実に慎重ですから。現在も失踪中の女性すべてについて、その特徴を被害者と照合しましたし、膨大な数にのぼる失踪者の親戚縁者にも話を聞いています。しかし、いずれの場合も決定的な相違点があったのです。その結果はすべてわたしがチェックしました。ですから、被害者の失踪届けは出されていないものと確信しています」

「それで、新聞を通した呼びかけに対して、何か反響はあったのか」

その呼びかけの結果生じた夥《おびただ》しい仕事を思い出して嘆息しながら、モーズビーは一言「いえ、何も」と答えた。

会話はここで途切れ、短い沈黙があった。

沈黙を破ったのはグリーン警視だった。彼はごく簡潔に言った。

「何としても被害者の身元を洗え、モーズビー」

モーズビーは何も言わなかった。言うこともなかった。

しかし、それでも警視と総監補はそう言ったのだ。その件について二人は長々と話した。だが、三十分後に二人のもとを辞したとき、モーズビーの頭の中をぐるぐる回っているのはグリーン警視の最終勧告の台詞だけだった——何としても被害者の身元を洗え。

不幸な首席警部はようやく自室への退避を許された。彼の地位は、首尾よく犯罪を解決できるかどうかにかかっている。事件そのものより、お偉方に対する彼の面子が問題になっていることは今やはっきりしていた。この二年ほどの間に起きた殺人事件の中には未解決のものも多く、総監補の嘆きの種となっている。新聞は、新手の犯罪を報道する折には決まってその未解決事件の一覧を掲載する。批判の文言はなくとも、暗黙の批判があるのは明らかだ。そして今回の事件は、いつもにもまして世間の注目を集めてしまった。何としても解決しないわけにはいかない。

二人の上官は、限りなく不可能に近いことを彼に命じた。不可能であることは分かっているが、命じないわけにはいかないのだという表情で。

モーズビーは両手を組んでその甲に顎を乗せると、どう考えても身元の分かりそうにない死体がどこの誰なのかを知るにはどうしたらよいか、あれこれと考えを巡らせた。

そうして一時間近く経ったころ、不意にアイデアが閃《ひらめ》いた。確実とはいえないが、ともかく一案には違いない。ほかに何もない以上、検討する価値はあるだろう。彼は受話器をつかむと検死責任者の医師を呼び出した。

「ああ、ドクター。ルイシャムの地下室で見つかった女性のことなんですが。覚えてますか」

「忘れるはずないでしょう」相手は感情をこめて答えた。

「もしや、X線検査を行ったということは？」

「いいえ。なぜそんな必要があるんです？」医師はおかしそうに言った。「まさか、飲み込んだ釘か何かが見つかるとでもお考えなのではないでしょうね。いずれにせよ、そんなことはないと即答できます」

「単にレントゲン写真を撮ったかどうか確かめたかっただけなんですよ」とモーズビーは穏やかに答えた。

続いて彼は総監補に電話をつないでもらうと、要求を伝えた。

「死体を掘り返す？」相手は慇懃に、だが少なからず訝《いぶか》しげに繰り返した。「レントゲン写真がいったい何の役に立つのかね、首席警部」

「それは分かりません」モーズビーは率直に言った。「しかし、まるで役に立たないとも言い切れないでしょう？ 腕に針が入っているかもしれないし、ほんの僅かでも足に治療の痕が見つかるかもしれない。藁《わら》にすがるような行為であることは認めますが、支障はないはずです。我々にはその藁しか残されていないようですし」

「なるほど。きみの言うとおり害にはならんだろうし、藁ほどの手掛かりしかないことも確かだからな。わたしのほうで手配しておこう。ただし、内務大臣が許可しないかもしれないから、そのつもりでいたまえ。X線検査を行う強い理由が我々にはないからな」

けれども結局、内務大臣の許可が降りることになった。大臣もまた、総監補と同じく未解決の殺人事件の多さに気を揉んでいたのである。いずれにしても女性の身元は依然として不明であり、死体の発掘に文句を言う関係者がいるわけでもない。それはモーズビーにも分かっていた。しかし一方で、こうすることにより、何はともあれ世間に対して熱意を示せるということも彼は理解していた。

かくして掘り返された死体はあらゆる角度からX線検査が行われ、写真を撮られ、無記名の墓に戻されるまで、モーズビーの望むだけ死体置場に置かれることになった。

検査結果について、モーズビーは医師とじっくり話し合った。首席警部の捜査の決め手となりそうなものを見つけようと、見るもおぞましい何枚もの写真を根気よく調べた結果、医師は断言した。

「残念ながら首席警部、何もありません。先だって時間の無駄になるかもしれないと申しあげましたが、そのとおりになってしまいました。分かったことといえば、被害者はかつて脚を骨折したことがあるということぐらいでしょうか。そのことが何かお役に立てばいいのですが」

モーズビーは太い人指し指を突き出して、一枚の写真を示した。「この暗い部分のことですか」

「そうです。この影はいわゆるプレートです。つまり、折れた骨がなかなか自然にくっつかない場合に、接ぎ木の役目を果たす金属片のことですよ。骨に留めつけるんです。右の大腿部に五、六インチの傷痕があるとお話ししたのを覚えていますか。あれは切開の痕なんです」

「面白い。昨今の医者の技術というのは大したものですなあ。しかし、そんなことはごく普通に行われているんでしょうね」

「ええ、そのとおり。ですから、あまり手掛かりにはならんでしょう。確かに、ほかの部分の骨に比べれば大腿骨というのはやや珍しい例ですが、身元を特定するには平凡すぎる。とにかく、これが精一杯ですよ」

「どのぐらい前のことか分かりませんか。あるいは、骨折時の年齢だけでも」

「年齢？　いやあ、無理でしょう。成人してからということくらいしか。手術の時期については、手術痕を切開してみれば、仮骨《カルス》の範囲や状態などから見て、骨折したのが死ぬまでの十二か月ほどの間かどうか分かるんですが。もっとも、完治してしまっていてはお話になりませんがね」

「ははあ。つまり、被害者が四十歳として、施術が死ぬまでの十二か月間以内でない場合、治療を受けた年齢は十八歳以上なら何歳とでも言えるということですか」

「そうなるでしょう。まったく、考えたくもないですよ。折れた大腿骨の接合が、この一年間にここイギリスで何件行われたかなんてことはね。率直に申しあげて、この線から捜査を行うなら、警部と部長刑事を総動員しても人手が足りないと思いますよ。この十年間のリストに限ったとしてもです」

「しかも、手術が国内で行われたかどうかさえ分からないときてる」首席警部は憂鬱そうに言い、にわかに嫌な予感を覚えたかのように難しい顔をした。

しかし、医師の次の言葉に彼は気を取り直した。

「いや、プレート自体の出所はたぶん分かりますよ」と医師は無造作に言った。「たいてい製造元のマークかイニシャルが入っていますから」

「本当ですか」モーズビーは意気込んだ。「よし決まった。そのプレートを調べよう。ドクター、お願いしますよ」

「ええっ？　いったい、それを調べてどうするんですか。病院では、どのメーカーの製品を使ったかなんて記録を取ったりはしませんよ」

「だが、プレートを使ったかどうかという記録は残すでしょう」

「ええ、そりゃまあ残しますが。でも、そんな膨大な量の調査なんて不可能ですよ。たとえ成し遂げたところで、何らかの成果を得られる確率なんて千に一つだ。十年、いや十五年分ですか？　いやはや、どれほどの患者がその間に死んで、埋葬されていることやら。それをいちいち掘り返すなんて、とてもお勧めできることじゃありませんね」

「それでも、調べてみないことには分からんでしょう」モーズビーは言い張った。

「分かりきってますよ」医師はむっとして言い返した。これ以上、あの死体を調べるのはごめんだった。


実のところ、モーズビーも内心は医師が正しいと思わずにいられなかった。それでも、プレートは目に見え、手で触れることのできる確実な遺留品なのだ。手掛かりの品として例の手袋が役に立たなかった以上、唯一の頼みの綱であるプレートを是が非でも入手しなくてはならない。それを得たところで、どうするつもりなのかを説明することは難しかったが。

二十四時間後、プレートを手にした首席警部がしたのは、それを製造元に持ち込むことだった。笑われるのは目に見えていたが、任務のためには前進あるのみである。近年にそのプレートが作られた会社がここであるならば、彼の賭けに応えてくれるような回答を得られるかもしれない。

案の定、彼の質問は一笑に付された。

だが、やがて支配人はふと真顔になり、まじまじとそのプレートを見つめると、おもむろに言った。

「おやおや、首席警部さん、あなたは運がよかったようだ。千件中、九百九十九までお答えできることはないと思いましたがね。お見せできるのは、ここ二十年間にこの手の製品を納めた病院のリストぐらいで。しかし、こいつはどうも、例の……」

「例の？」モーズビーはせっかちに尋ねた。

「いや、決め手になるかどうかは怪しいものですが」

スコットランド訛《なま》りの無愛想な小男は眼鏡を押し上げて、首席警部の持ち込んだプレートをどこかしらいとおしげに、ためつすがめつした。

「何か分かりますか」モーズビーは促した。

「まあ、こういうことです。わたしの記憶では五、六年前——四年前だったかもしれない。帳簿を見れば分かりますよ。数年前、わが社ではそれまで使ったことのなかった合金で、ある程度まとまった数のプレートを作ってみたんです。何を混ぜたかはちゃんと覚えていませんが、まあ、そんなことはどうでもよろしいでしょう。ともかく、あまり多くは製造しなかったんです。ほとんど実験のようなものでしたし、うまくいかなかったんですよ。報告書には、強度が十分でなかったとあります。それ以来、その合金は使っていません」

「その一つが、これというわけですか」

支配人は急ぐ様子もなく続けた。「そのときの試作品にはすべて、当社のイニシャルのあとに特別なサインを入れたんです。つまり、実験用であることが分かるようにね。そのマークがこいつには入っている」

「いくつぐらい製造したんです？」

「百個です、ちょうど百個。それより多くも少なくもない。はっきり覚えていますよ」

「たいへん役に立つ情報です」モーズビーは夢中で言った。「今回の件については、ほんの少しでもツキがあるかどうか不安だったんです。たいていは何とかうまくいくもんですがね。一パーセントの運と九十九パーセントの地道な労働。ファーガスンさん、それが捜査ってものなんですよ。そのどちらが欠けても捜査は成り立たない。とすると、あなた方にとって一つの実験であったからには、病院のほうでももしや、この種類のプレートを用いた症例を記録しているのではありませんか」

ところがファーガスン氏は首を振り、表情を曇らせた。「いやあ、記録は残していないでしょう。つまり、わたしたちはそれが試作品であることを告げなかったんです。プレートそのものの品質が良ければ、何の金属を使ったかなど医者には関係ありませんからね。社の評判にかけても、わたしたちが製造するプレートはすべて、品質の高いものでなくてはなりません。しかし、こんなことで首席警部さんのお役に立ったといえるものやら」

「いや、それはもう」モーズビーは快く答えた。「帳簿さえ調べていただければ。そのプレートを最初に出荷した日付と、最後に出荷した日付が分かればいいんです。我々にとってたいそう役立つ情報に違いありません」

第四章

モーズビーはすばらしい手土産――一九二七年四月二十七日、および同年七月十四日という二つの日付を得て帰途についた。彼は会社を出る前に、病院ではどのぐらいの期間プレートを保管しておくものなのかを小柄な支配人に尋ねてみた。だが、いったん納入されたプレートは、永久在庫品として無期限に保管されると思われるため、期間については分からないとの答えであった。

それでもモーズビーは意気揚々と署に戻った。二十年という年齢の幅も、今ではははるかに扱いやすくなった。死体が発見されたのは一九三一年の一月二十二日。死体が少なくとも四か月以上前に埋められていたことは、医師の保証済みだ。また、プレートを摘出した際に仮骨を調べた結果、骨折してから一年は経っていることも確実となった。十六か月さかのぼると、一九二九年九月末という答えが出てくる。はたして、イギリスで一九二七年四月二十七日から一九二九年九月三十日までの間に何人が大腿骨を骨折し、プレートによる補強手術が何件行われたかなど、モーズビーの考えの及ぶはずもない。それでも彼は調査を遂行するつもりだった。

首席警部はスコットランド・ヤードに戻るとすぐに文案を練り、国中のすべての病院および療養所に宛てて同一の文面で至急便を出した。もちろん、手術が行われたのはイギリス国内ではなかった可能性もあるし、身元不明の女は外国人かもしれない。先刻の小柄な支配人の話では、かなりの数の製品を海外にも輸出しているとのことだった。それでもモーズビーは、イギリス国内から調査を開始するのが順当だろうと考えた。経験豊かな刑事の第六感が告げていたのである——ついに女の身元を追う正しい道を見つけたと。

病院からの回答が届き始めると、モーズビーは部下ともども果てしなく地道な作業に入った。そうした作業は、一般人が耳にすることもなく、また裁判で言及されることもないが、スコットランド・ヤードの人間にとっては通常業務の九割を占めるものだ。問題の期間に右の大腿骨を骨折してプレートによる治療を受けた六百四十一人の女性に対する調査が行われ、うち二百十九人については年齢その他の条件から無関係と判断された。残る四百二十二人については、病院から自宅や下宿など、記録されている住所までの足取りを一人ひとり確認することになった。とりわけ一度でも住所を移している者に関する調査は困難をきわめ、十数回にわたる問い合わせを余儀なくされたが、それでも最後には生存、もしくは法的に証明された死亡を確認することができた。

捜査のうち、単純作業の大部分については可能な限り州や郡の地方警察に委ねられたが、それでもモーズビーの双肩に直接負わされた荷は決して軽くはならなかった。彼はほぼ三週間にわたって、不明な点を調べるために国内を北へ南へと単身飛び回ることになった（それにしても、この四年ばかりの間に何と多くの人間が遠方へ、しかも頻繁に住まいを移していることか)。時にはイギリスを縦断してフォックス警部やアフォード部長刑事の救援に駆けつけることもあった。彼らはモーズビーの下で働いていたが、まだ経験が浅かったのである。また、首席警部自身の手に余る事態を考慮してスコットランド・ヤードとも常に連絡を取り合うなど、モーズビーは総じて中年の巨漢という外見からは想像できない活力と敏捷さをもって動いた。

そうしているうちにも、新聞が今回の事件について言及する量や回数は次第に減り、しまいには記事そのものが見られなくなった。人々の関心もまた離れてゆき、おのずと「ロンドンの不可解な未解決事件」の列に加えられることによってのみ記憶されることとなった。しかし、その間も警察官たちはビーバーのようにせっせと働いていたのである。三月下旬の午後のこと、モーズビー首席警部はスコットランド・ヤードの執務室で、四百二十一人目の名前の上に線を引いて消した。残ったのはあと一人。

「最後に消息をつかんだのはアリンフォードであり、そこで彼女は——」首席警部は報告書を書く手を止めて、ペンの端を噛んだ。アリンフォード。その地名がどうも引っ掛かるのはなぜだろう。

アリンフォードといえば、ロンドン警視庁の管轄地区の中では周縁部にあたる都市であり、チャリングクロスから優に十二マイルはある。そこへ着くまでにかなり広い土地を通過することを考えると、ロンドン郊外とはとてもいえないような場所だ。以前に調査でそこへ行ったことがあるかどうかも定かではない。それなのになぜ、これほど唐突に、アリンフォードまで女性の足取りを辿ったところで何か重要なことが浮上したような気がしてきたのだろう——とりわけアリンフォードの学校のことが気になるのは……。

　思い出した。去年の夏、シェリンガム氏が何気なく語っていたのだ。昔から知っている私立《プレパラ》初等学校《トリー・スクール》（通例七～十三歳の子供を対象とする全寮制の学校。大半がパブリック・スクールに進学する）の教師が病気になったので、別に義理はないのだが冗談半分で代役をつとめたという話を。アリンフォードのローランドハウス校だ。そのときモーズビーは、シェリンガム氏のお喋りの大半を適当に聞き流していた（ということは、氏は、もっぱらモーズビーが関心を抱く刑事事件について喋っていなかったということだ）。しかし今や、その話にはとても重要な内容が含まれているように思われてきた。去年の夏……ローランドハウス校……。

　モーズビーは電話に手を伸ばすと、シェリンガム氏の電話番号を回した。

　相手は不在だった。

　モーズビーはたいそう忍耐強い男だった。彼はふたたびペンを取り上げると、報告書の続きを書くことにした。

　やがて夕食を終えると、彼はもう一度電話をかけた。今度は運が良かった。シェリンガム氏の機嫌も良いようだった。

「三日前に新しい樽を手に入れたんだ」彼は熱っぽく語った。「こいつは本物だ――バークシャー産のいちばん強いやつだ。これほど美味いビールはほかにないだろう。そろそろ中身も澄んできただろうし、どうかね、一緒に樽を開けないか」

「十五分以内に伺いますよ、シェリンガムさん」モーズビーは相手に劣らず熱心な口調で応じた。

彼はバスに乗ってオールバニー（ピカデリーにある独身者用の高級アパートメント）へ行くと、建物の管理人に会釈してロジャー・シェリンガムの部屋へ向かった。

ロジャーは彼の近作に関する書評が掲載されたアメリカの雑誌や新聞の切り抜きに目を通しているところで、いかにも楽しげな様子だった。今の彼はすっかり作家そのもので、探偵の部分はどこかへ追い出されてしまったらしい。彼はいくつかの記事を選びだすと首席警部に読んで聞かせた。

「まあ聞けよ、モーズビー、こいつは『展望と独立』誌の記事だ。『会話の中で用いられる、〝イケる〟という表現には奇異な印象を受けた。察するに、おそらくこれはイギリス人の著者が、〝イカれる〟というアメリカのスラングを独自に解釈した結果であろう』だとさ。愉快じゃないか。こいつはイギリスの作家が自国のスラングをそのまま使うとは思わないのかね。ま、考えつきもしなかったんだろうな。

『シカゴ・ニューズ』紙は手厳しいもんだ。実に手慣れたやり方で落ち込ませてくれるよ。『巧妙なプロット。しかし、ユーモアのかけらもない作者による冗漫なユーモアの連発が、それを台無しにしている』とはまあ、とうてい口を封じられる相手じゃないな。ぼくとしては、ニューヨークの『ヘラルド・トリビューン』紙の書評が気に入ったよ。シカゴの新聞のせいでがっくりきてから、ちょうど十日後に読んだんだけどね。『癖のある文体は自己陶酔にとどまらず、一種の天賦の才を示している』。ねえ、モーズビー、きみはどう思う？」ロジャーは謹んで尋ねた。「『シカゴ・ニューズ』こそ自己陶酔していないか」

実のところ、ロジャーの頭の中はビールの樽の口を開けるという重大な儀式のことでいっぱいなのだった。『シカゴ・ニューズ』の繁栄を祈ってうやうやしく杯を飲み干したところで、ようやくモーズビーは本題に入ることができた。

「シェリンガムさん、覚えてますか。去年の夏、アリンフォードへ行ったと話していたでしょう。ローランドハウスという学校の教師が病気になって、授業を代行したとか……本当ですか?」

ロジャーは訝しげに彼を見た。モーズビーがいたってくだけた調子で話すときには、必ず何か重要な問題を提示しているのだ。「うん、行ったよ。どうしてだい」

「それは、いつのことですか」

「七月中旬の二週間だけど」

「学期の終わりだったんですか」

「いや、そういうわけでは。試験の週には当の教師が戻ってきたからね。ぼくはお役御免になって帰ってきた。それで?」

「どんな事情でそこへ行くことになったんですか、シェリンガムさん」

「授業を代行した相手というのはぼくの友人でね。病気になったと聞いて、二週間ばかり代わってやろうかとぼくのほうから持ちかけたんだよ。正直いうと、イギリスの私立初等学校を舞台にした小説を考えていたんだ。ちょっとばかり地方色も欲しかったし。だが、こいつはここだけの話だぜ。それで？」

モーズビーはゆっくりと銀のジョッキを飲み干し、物思いに耽《ふけ》りながらふさふさした髭をぬぐった。「二か月ほど前、ルイシャムの住宅街の地下室で若い女性の死体が見つかったことは覚えていますか」

「うん。被害者の身元も、撃った奴も分かっていないんだろう」

「そうですね、身元のほうは分かったんですが。それで、その女性がローランドハウス校にいたことに興味があるだろうと思いましてね」

ロジャーは目をみはった。「何てこった、モーズビー。ぼくの知っている人物だろうか」

「そうかもしれませんね、そこに二週間いらしたんでしたら」

「彼女の名前は？」

首席警部は首を振った。「残念ですが、当面は守秘事項ということでして、シェリンガムさん」

「相手がぼくでもかい」

「たとえあなたでも、です」

だが、ロジャーは狼狽のあまり抗議することさえ忘れているようだった。

モーズビーは不思議そうに相手の様子を窺った。シェリンガム氏が彼の知らせをこれほど真剣に受け止めるとは思っていなかったのである。

「奇妙な偶然ですね」モーズビーはぎこちなく言った。

「偶然だって！　それどころかモーズビー、これこそぼくの恐れていたことなんだよ。どうも嫌な予感がする。その女性の死の責任は、ぼくにあるんじゃないだろうか」

「シェリンガムさん、どうしてそんなことを」モーズビーは彼をじっと見つめた。

「あの夜のことは、はっきり覚えている……皆がぼくをそそのかしたんだ、ぜひ殺人事件の話をしてくれといって。まあ、ぼくの場合そそのかされるまでもないんだがね、きみも知ってのとおり」ロジャーは陰気な笑みを浮かべた。「逐一思い出せるとも。警察に捕まっちまうような並の殺人犯がいかに愚かであるか、という話をしたんだよ。だいたい、普通の知性さえあれば、殺人なんてピクニック程度の楽な仕事なんだ。捜査の網に引っ掛からないように気をつけていればいいんだから。というわけでぼくは、高度な芸術としてではなく、望ましからざる人物を排除するための実際的な手段として、殺人に関する講義を行った。もっとも、例によってくだらないことをあれこれと、だがね。それを真に受ける奴がいるなんて、夢にも思っていなかった。ところが、あの中の一人がどうやら実行に移してしまったらしい」

「その機会があったのは誰です？」モーズビーはすかさず尋ねた。

「そりゃあ全員さ、関係者全員。夕食は皆いっせいにとるからね。モーズビー、まさか被害者はあの親切なミセス・ハリスンじゃないだろうな」

　モーズビーはふたたび首を横に振った。「申し訳ないが、今はまだ言えません。理由がありまして。だからこそこうしてお邪魔したんです。そこにいた人たちについて、先入観のない意見を聞きたいんですよ。何か、水面下で起こっていたことに関して気づいた点があれば、ぜひ教えてほしいんですが」

「水面下だって！」ロジャーはおうむ返しに言い、ふっと笑った。「きみが学期末の私立初等学校に勤めた経験がないことは明らかだね、モーズビー。物事が水面下以外のどこで進むっていうんだい。この歳になっても、人間がちっぽけな身体の中にどれほど多くの思惑を抱え込んでいるかなんて分かったためしがない。傍目《はため》には瑣末なことばかりでも、本人にとっちゃ深刻な事態だろうし」

「それが非常に大事なことなんです。だから――」

「まあ待てよ」ロジャーは遮った。「いいだろう。さっきぼくは、小説のネタ集めにあそこへ行ったと話しただろう。収穫はあったよ。しかも相当な量だ。執筆も始めたんだが、二、三章書いたところで飽きて投げ出してしまったきりでね。とりあえず、その草稿はまだ残ってるから、それをきみに預けるよ。口頭で伝えるよりは詳しく分かるんじゃないかな。つまり、ローランドハウス校に対するぼくの印象や、そこで何が起こったかといったことがね」

「ということは、あなたの小説には実在の人物が登場しているんですか」

「うん、もちろん。たとえ名誉毀損という罪があろうと、やる奴はいつもやってるさ。登場人物はすべて架空で云々と、ふざけた但し書きを本の冒頭に載せる人間もいるようだが。架空とはまあ！　架空の人物を生き生きと描き出せる作家なんかいるもんか。いや、原稿の中では、すべての登場人物をそれなりに書き換えはしたがね。とにかくローランドハウスでかき集めた情報をありのままに写実してある。名前を作中でどう変更してあるかを教えておけば、きみもあそこに二週間いたかのような感覚で職員の人となりを理解できるだろう？　それでどうだい」

「十分です、シェリンガムさん。どれだけ参考になることか」

「犯人はまだ特定されていないんだね」

「まだです。もちろん現地での捜査は行いました。実のところ、今の段階では、学校関係者のうちの一人ではないかということしかつかめていません。動機ははっきりしているんですが、それによって利益を得られる人物が特定できないんです」

「それこそぼくの原稿を読めば分かることだ」ロジャーは熱っぽく語った。「言っておくが、ぼくは実際に観察を行った期間より何日かあとに日付を設定しているからね。ことこと鳴っていただけのいろんなポットが沸騰《ふっとう》するさまを描こうと思ったんだ。それと、こいつは承知しておいてほしいんだが、細部の信憑性は保証できない。もっとも、予言者としての（ぼくがそんなものだったらの話だけど）名誉にかけて、大筋は正しいはずなんだ。ここでの展開は、見聞きしたことに基づくものばかりだし、決定的な証拠もなしで書いた行動はないと言っていいだろう。いいかい、人間がよく取る行動を予測するのは難しくはないんだよ、あんまり取らない行動について学んだあとならね。人の心ってのは、そうそう一気に変わるものじゃないんだ」

「そういうものですか」と、モーズビーは礼儀正しく応じた。

ロジャーは机の引き出しをかき回していた。「これだ。写しがあるから、好きなだけ持っていてくれ。さて、これで例の女性が誰なのかを教えてもらえるかね」

「ふむ、明かしてはいけない理由もなくなりましたからね、シェリンガムさん。どうか胸のうちにおさめておいてください。秘密厳守ですよ。彼女は――いやいや――」モーズビーは突然にやりとした。「やはり言えません」

「ローランドハウスならいつでも電話できる。誰がいなくなったかくらい分かるさ」ロジャーはいささかむっとして言い返した。

「ええ、それは可能でしょう。しかし、一つ提案があります。わたしが言うのではなく、あなたが見つけるというのはどうですか。原稿の写しを読めば、あなたも言ったとおり、殺された女性が誰なのかを選び出すことができるはずじゃありませんか」

「犠牲者当てってわけかい？　ふん、約束はできないよ。水面下で起こっていたことを全部見たとはとても言えないからね。でもまあ、悪くない考えだな、モーズビー。やってみるとしよう」

第二部　ロジャー・シェリンガムの草稿*

*―明瞭さを期すため、原稿中で著者によって与えられた架空の人物名は、実際の名前に置き換えられている。

第五章

1

二十五年前、小村アリンフォードの人口は、ローランドハウス校に在籍する一時的な住人約五十人を除けば、およそ二十五人というところだった。村はピカデリーサーカスから十一マイルの範囲内に確固たる位置を占めていたものの、ロンドン・アンド・ノースウェスタン鉄道の路線からは三マイル近く離れていたため、村人はロンドンを、バーミンガムと呼ばれる、あの謎めいた地獄と評判の場所（同市周辺は製鉄所等の煤煙で昼なお暗かったという）と同じぐらい遠い土地と考えていた。ちなみにバーミンガムは、村から最も近い幹線道路をロンドンとは反対の方向へ進むと行き着く町である。二十五年前、ロンドンへ旅行するということは、気軽に引き受けたり何の準備もなしに出かけたりはできない「冒険」を意味していた。

今日《こんにち》、ピカデリーサーカスから十一マイル以内にある村の多くが辿った変遷をよそに、アリンフォードは相変わらず大きな村とはいえない状態にある。人口も六百人を超えず、人々は散らばって暮らしている。ロンドン・ミッドランド・アンド・スコティッシュ鉄道はやはり三マイル離れており、いかに貪欲な鉄道網といえどもこの方面にはまったく触手を伸ばしていなかった。

村の唯一の大通りには同じような構えの小さな店が三軒あり、エドワード七世が即位したときと変わらず繁盛している。前代のヴィクトリア女王のときも間違いなく繁盛していただろう。一方、数多いチェーン店のうちこの村に支店を出しているのは一社のみである。つまるところアリンフォードという土地は、現在の英国を築いた進取の気性というものを欠く、憂えるべき例外といえた。そもそもアリンフォードには酒屋というものが存在しない。買えたとしても、せいぜいウィスキーをボトル半分といったところであろう(あなたがボトル一本の代わりに半分で満足するほど堕落していればの話だ)。そんなわけで、ここでは、酒屋の存在が現代社会にどんな厄介事をもたらすかが知られることはなかった。

アリンフォードの嘆かわしい現状は、ロンドンからバーミンガムへ向かう街道が集落から一マイル離れており、村の中を通っていないという点に起因していた。たった一マイル先では、進歩の風が北へ南へと吹き荒れているというのに。愛想のよいセールスマンたちが豪勢な車を駆ってめいめいの道を突っ走り、株の仲買人は他人の失敗をもとに利ざやを稼ぎ、コーラスガールはバーミンガムからロンドンへと飛んで脚を披露したかと思うと、ロンドンからバーミンガムへ舞い戻って脚を引っ込めたりといった具合だ。たかが一マイル。しかしアリンフォードの住人はそういった人々の往来を知ることもなく、もっと悲しむべきことに、気にかけてもいないのだった。

そんな停滞の真っ只中で、ローランドハウス校が今の寮生の父親の代から何一つ変わっていないとしても、驚くには当たらない。あえて言えば、新しい寮が体育館の向こうに建ち、ペンキを塗る代わりにタイルを張った更衣室ができ、住宅を建てたがっていた建築業者からかっさらった数エーカーの土地が二面の運動場に変わったということはある。だが、この二十五年間の変化といえば、そのぐらいのものでしかなかった。

もちろん、職員とて同じことである。

二十五年前、オックスフォード出身の文学修士ハミルトン・ハリスン氏はただのハム・ハリスンと呼ばれていた。すべての初等教師の中でもいっとう若く、大学を出たばかりのひよっ子にすぎなかった彼も、今では地位を得て六年前に一線を退《しりぞ》いている。そもそも、私立初等学校の一介の初等教師といっても、その給料でそれなりに財を蓄えることは不可能ではない。意志さえ固ければ、これといった制約はないのだから。ただ、ハミルトン・ハリスン氏の場合は固い意志をもつ必要がなかった。第一、そんなものをそなえていたかどうか、はなはだ疑わしいところではある。つまり、彼にはもっと安易な道が用意されたのだ。校長の娘はまだ若く、ハリスンとの関係においても金銭面においても、それこそ固い意志の持ち主だった。紳士的な新米教師に娘らしい好意を寄せていた彼女は、相手が自分の身の回りに起こっていることを理解しないうちに結婚の手筈を整え、実行した。そして、学校の経営が夫の手にわたったあとも十分に長生きし、その間に一人娘をもうけると、潔くこの世から身をひいた。

今年で二十二になるエイミー・ハリスンは、母親似である。学校はいわばハリスンの鼻先で手堅く経営されてきたようなものだった。人々はエイミーを父親の有能な助手と見なしており、ハリスンもその意見には賛成だった。彼はたいていの意見には賛成なのだ。しかし、こと私的な点となるとエイミーは恐ろしく口うるさかった。何しろ彼がやりたくもないことをやらせようとし、もしくは怠惰であることが効果をもたらしトラブルを減ずると彼が考えているときでも、性急な行動を求めてくるのである。

今も彼女はそんなふうに物事を運ぼうとしていた。男児用のパンツを片手につかんで旗のように振り回しながら、彼女は有無を言わせない態度で切り出した。

「お父さん、これをよく見てちょうだい」

「あっちにやってくれ、エイミー」ハリスンはうんざりした顔で言った。「わたしは仕事中なんだ。そんなものにかかわっている暇はないんだよ」

「あっちこっち破れてるじゃない、それこそ穴だらけよ。ウェストンが持ってきたときわたしが部屋にいたからいいようなものの、そうじゃなきゃ、絶対に分からなかったわ。学期末まであと一週間だというのに、こんなものをはいて家に帰られたら、どんなにすてきな事態になってたことかしら。両親が何て言うと思う？　だからわたし、さっそく下着を総点検させることにしたの。まだ時間はあるしね。それにしても、全員があの調子だったら……いいえ、半分でも……」エイミーは怒りのあまり黙り込んだ。

「ともかく、わたしを煩《わずら》わせるのはやめてくれ。学期末はいつも忙しいことくらい、よく分かっているだろう。フィリスに任せればいいじゃないか」

「フィリスに？」

エイミーはふんと短く笑った。その笑みがハリスンに平和をもたらすことはなかった。エイミーは年若い義母の存在を認めていなかったし、その事実をフィリス・ハリスンにも父にも隠そうとはしなかった。

彼女は椅子の肘掛けに腰かけると、ハリスンをじっと見つめた。「ウェストンのパンツのことぐらいでここへ来たりはしないわよ、お父さん。わたしのこと分かってないわね。ウェストンのパンツはいい機会なの」

「何だって？」ハリスンは、娘の視線を避けようとしているのを隠すため、ことさらに大声で言った。娘の視線はいつも彼に罪の意識を感じさせる。何だかよく分からないが、とんでもないことをしでかしたと言わんばかりの視線だ。以前は彼女の母親もこのような眼をしたものだ。「それなら早く言ってくれ、エイミー。わたしは本当に忙しいんだ。ウェストンのパンツが何の機会だって？」彼は机の上の書類をバサバサと鳴らした。

エイミーはきっぱり答えた。「ミス・ジェヴァンズには辞めてもらうわ」

ハリスンには、ウェストンのパンツが何を意味するか分かりすぎるほど分かっていたが、じれったそうに咳払いをして言いかけた。「エイミー、それはどういう——」

「ミス・ジェヴァンズを辞めさせるの」エイミーは容赦なく繰り返した。

ハリスンは次第に怒りを抑えきれなくなってきた。実に我慢がならん。仕事の最中にこのような脅し同然の宣告を聞かされるとは。いったい平和はどこにあるのだ？　学期末になると、万事が結託して自分に嫌がらせをするような気がしてならない。多忙の極みの時節だというのに——男の教師はほかの教師に文句を言い、女の教師は下働きの者に文句を言い、エイミーにはすべてが気に入らない。今度はミス・ジェヴァンズか。彼女はこの寮ではただ一人、何一つ愚痴を言わない人物なのに。

「ばかばかしい！」ついにハリスンは怒鳴った。「そんなことは——」

「試しに任せてみたけど」エイミーは父の腹立ちなどまるで感じていないかのように続けた。「期待外れだったわ。お嬢さんに寮母をさせるのはもうやめます。無駄だもの」

「おまえはそう——」

「だいたい、若すぎたのよね」

「二十六だぞ」

「結果を見てちょうだいよ」

「結果が悪いとは思わないがね。実に感じのいい娘じゃないか。子供たちも懐《なつ》いているし」ハリスンはまだぶつぶつ言っていたが、先刻の勢いはもう残っていなかった。

「あの人は使えないわ」エイミーは決めつけ、薄い唇をぎゅっと結んだ。「うちでは無能な人を雇っておく余裕はないの」彼女は立ち上がった。「お父さんにも分かるでしょう、あの人を辞めさせるべきだって。本人に言っておいてね。今週中、いえ、早ければ早いほどいいわ。わたしが求人を出しておくから」もう話すことはないとばかりに、彼女は不快の種のパンツを持って部屋から出て行った。

ハリスンは、低い背をぴんと伸ばした娘の姿を見送った。一瞬の怒りはいつものように、どうしようもない苛立ちへと変わっていった。今回のエイミーの要求をどう扱ってよいものやら、彼にはまったく分からなかった。まったく。彼はミス・ジェヴァンズを好ましく思っていた。子供たちもまた。エイミー以外の人間は皆、彼女のことが好きだった。エイミーは有能な人物しか好きではないのだ。ミス・ジェヴァンズは間違いなく最善を尽くしてくれているのだが。

今度ばかりはエイミーも度を越している。だいたい、同意を得られて当然という顔をしていること自体がとんでもない。仮にも父親だ。おまけにエイミーはますますお節介になった。子供たちに何と呼ばれているのか知っているのか？　ハリスンには思いもつかなかった呼び名だ。確かにここには、彼女に面と向かってそれを告げるような者はいない。いなくても、とにかく知らないのは本人だけなのだ。「ギョロ目！」と誰かが彼女に向かって言っていれば、それなりの効果もありそうなものだったが。傍目にも分かる乱視のほかに、ハリスンは親として娘に何も与えてやることはできなかった。美しさも、せめてもの愛嬌も。唇は薄く、鼻は細長くて血色が悪く、髪の色は砂のように味気ない。やたらに目立つ薄青い瞳のせいで、彼女は「ギョロ目」というあだ名を頂戴することになった。実にぴったりだ。ハリスンは薄情にも笑いを漏らすという罪を犯した。

その楽しみはノックの音で中断された。

ミス・ジェヴァンズが涙を浮かべて立っていた。

「ハリスン先生、お邪魔して申し訳ありません。お忙しいのは分かっていますが、でも……わたし……」

「何だね？」ハリスンは顔をしかめた。神経質になっていたため、思わず声が険しくなった。解雇を言い渡すのは心底嫌だった。

「あの——本当のことなのでしょうか。ミス・ハリスンがおっしゃっていたこと……」

「ミス・ハリスンには決定権はないよ」ミス・ハリスンの父親は困惑して、まばらな灰色の顎鬚を引っ張りながら答えた。まったくエイミーは出しゃばりすぎだ。誰の学校だと思っているのだろう。

「あの方は——先生がわたしをクビにするだろうと」ミス・ジェヴァンズは口ごもった。

「ミス・ハリスンには何の決定権もない」ハリスンは断固として繰り返すと、ミス・ジェヴァンズのみならず自分でも驚いたことに、こう付け加えていた。「とにかく、それはまったくのでたらめだ。わたしにはそんなつもりはない」

「まあ、ハリスン先生」

ミス・ジェヴァンズのはしばみ色の目に、感謝の色が浮かんだ。背が高く、もともと清楚な感じの娘だが、今は淡い緑色の質素なリネンのワンピースが彼女をいっそう清楚に見せている。それに美人と言ってもよかったかもしれない。大きすぎる口と、どんなに独断的な雑誌記者でも「先が上に向いた鼻」と表現したりはしないであろう獅子鼻を除けばだが。ミス・ハリスンの意見では、彼女のスカートは短すぎるということだったが、ハリスンは娘に与《くみ》しなかった。何しろミス・ジェヴァンズはとてもきれいな脚をしていたのである。

彼女はおよそ寮母らしからぬ小さなハンカチで瞼《まぶた》を押さえた。

「さあ、さあ」ハリスンは温かい声で言った。

「本当にショックで」ミス・ジェヴァンズは涙をこらえた。「わたし、一生懸命やらせていただいているつもりでしたのに……母が……わたしの収入だけが頼りなんです」

「分かっているとも。エイミーはけしからん。まったくけしからん」

ハリスンは首にかけた黒い紐の先の眼鏡を揺らしながら立ちあがった。彼は違う人間になったような気がした。なぜ自分はこのように上品で魅力的な娘に恵まれなかったのだろう。父親であってやりたいと思えるような娘に。

彼は父親のような気持ちで、まだ震えている娘の肩に手をおいた。「子供たちの着るものに、もう少し気をつけてやってくれればいいよ。子供というのは乱暴だからね。そういったことに気をつけていればいい」

「はい、そうします、ハリスン先生――そうします」

「きみならちゃんとやってくれるだろう」ハリスンはミス・ジェヴァンズの額にキスをした。それは父親としてはふさわしくても、職業上は最もふさわしくない行為だった。

するとミス・ジェヴァンズは、やはり職業上ふさわしくないだけでなく、娘の立場としてもふさわしくないことに、両腕を彼の首に回してすばやく、だがしっかりと抱きしめた。そして彼の頬にキスすると、部屋から駆け出して行った。ハリスンはまたも、閉じたドアをぽかんと見つめている自分に気づいた。だが、彼の顔に浮かんでいる表情は、先ほどとはずいぶん違うものだった。

しかしその表情は次第に曇り、気づかわしげなものに変わっていった。ハリスンは自分の不器用さを持て余しながら、ふたたび椅子に座り込んだ。

誰もがエイミーの存在を意識せざるをえない——長くローランドハウスに勤めている者なら誰でも。

2

それは七月も終わりに近づいた暑い日のことだった。

談話室の窓は広い芝生の裏庭に向かって開け放たれていた。部屋の中では、三人の教師がめいめいパイプをくわえて新聞を広げ、くつろいだ様子で座っていた。それは昼食後、クリケットが始まるまでの祝福された三十分間であり、一人の教師が当番で出ている間、ほかの者たちは朝食時以来ようやく人間らしいひとときを過ごせる機会を迎えていた。静寂を破るのは、新聞のバサバサいう音と、パーカー氏がパイプをスパスパふかす音——彼はほかの人のように行儀のよい吸い方は決してしなかった——ぐらいのもので、総じて部屋は満ち足りた豊かな沈黙に占められていた。

十分ほどは誰も動こうとしなかった。せいぜいダフ氏が『デイリー・メイル』から『モーニング・ポスト』に持ち替え、ライス氏が『デイリー・ミラー』を脇によけて『デイリー・スケッチ』を選んだぐらいのものだ。パーカー氏はもとより『タイムズ』しか読まない。

会話の口火を切ったのはライス氏だった。

それは談話室ではあまりないことだった。努めて謙虚にふるまおうとしている分、どこか不自然な礼儀正しさをもってライス氏は皆の注意を喚起しようとしていた。どうやら、同僚と自分との間にある種の隔たりがあることを認めながら、そんなものはまるでないと思っていることを示したかったようだ。そんなわけで、とりあえず彼らは同じ地平に立ってはいた。二十四歳になるライス氏は、二人しかいないケンブリッジ出身者の一人で、しかもクリケット選手の経験があり、かつ水泳の準選手でもあった。彼にとってローランドハウス校は数年間籍をおくための仮の職場にすぎず、もっと格の高いパブリックスクールの空席を待っていることは公然の秘密といえた。

「ヨークシャーは、どうしても百点《センチュリー》が取れないんだなあ」ライス氏は室内の人間に向かってざっくばらんな口調で語りかけた。「目もあてられないよ」

ライス氏を快く思っていないパーカー氏は、『タイムズ』に顔を隠したまま黙っていた。

ダフ氏は『モーニング・ポスト』のへりから小さな頭をひょいと覗かせた。いつもながら、鼻眼鏡をかけた亀そっくりである。彼はにこやかに「そうかい？」と応じ、それからヨークシャーのクリケット・チームの不振が朗らかさに似つかわしくないどころか、目もあてられない事態になっていることに気づいたらしく、笑顔をしかめっ面に切り替えて「そうかい？」と言い直した。

「そうなんだ」ライス氏は肯定した。

ダフ氏は何やら呟いて、その声の表す感情が軽蔑か失意か、あるいは嫌悪か悔しさなのかの判別をライス氏に任せると、すばやくまばたきをしてふたたび『モーニング・ポスト』の陰に頭を引っ込めた。

「今シーズンの始めには、かなり首尾よく攻めていたと思ったのに」こうライス氏が続けると、ダフ氏のすっかり禿げた小ぶりの頭がまた出てきて、その可能性を裏づけるかのように力強く頷いた。だが実のところ、ダフ氏はこの十五年間というもの、どの新聞を読もうとクリケットのページに目をとめたことなど一度もなかった。そのことに気づいたライス氏は、交歓の喜びに対する興味を失ってしまった。

パーカー氏はウサギどん（J・C・ハリスの『ウサギどんキツネどん』に出てくる利口なウサギ）のように、相変わらず顔を隠したままだんまりを決め込んでいたが、ここへきてウサギどんのしないようなことをした——もじゃもじゃの灰色の口髭ごしに思い切り煙を吹き上げたのである。

これはパーカー氏の通常の行為とはいえなかった。いつもにも増して勢いよく煙を吐き出したということは——ダフ氏はすぐさま独自の解釈を下した。これはまさしく、言語化されなかった自分へのコメントだ。生気のない痩せた顔にかすかな赤みがさしたかと思うと、彼はさっと隠れ家に避難してしまった。ダフ氏が他人を嫌うことがあるとすれば、その相手はおそらくパーカー氏であろう。

ライス氏は無造作に『デイリー・スケッチ』を部屋の隅へ放り投げた。それによって重苦しさを払拭し、自身の単調な生活を明るくしようと努めているかのようだった。

「ところで、今朝ハリスンとリーラは何を揉めていたんだろう」

教師の間では、寮母は「ミス・ジェヴァンズ」、女性教師は「ミス・ウォーターハウス」「ミス・ハリスン」「ミセス・ハリスン」などと呼ばれるのが常だったが、気さくさを信条とするライス氏は、「リーラ」「メアリ」「エイミー」そして「フィリス」という呼称を好んだ。

ライス氏の問いを耳にすると、ダフ氏は隠れ家を放棄し、『モーニング・ポスト』を膝の上に落とした。彼は不安そうな目つきをした。

「揉めてたって?」

「おやじさんが何やら呼び出していたようなんだ」

「本当かい?」

「彼女、泣きながら出てきたよ」

ダフ氏はこわばった表情で言った。「わたしは何も聞いていないが」

「そうかい?」ライス氏はこの件にはもう関心がないという顔をしていた。年配のダフの注意を喚起することだけが彼の目的だったからである。ライス氏は男らしく獲物に憐れみをかけた。

「落ちつけよ、ダフ。彼女がクビになるというような話じゃないんだ。さもなきゃ今ごろはもう、知れわたっているはずだろう」

「そうか」ダフ氏はほっとしたようだった。「そうだな、まったくだ」

パーカー氏は口髭の間から煙を吐きだした。

ライス氏はあくびをした。

ダフ氏は『モーニング・ポスト』を膝の上に置いたまま、縁なしの鼻眼鏡ごしに外の庭を何か考え込む様子で眺めた。

ライス氏は次に、パーカー氏の『タイムズ』に目を止めた。それは好ましくない社交から身を守る一種の楯だった。そしてライス氏は、その種の楯にはいつも戦意をかきたてられる質《たち》だった。

軽く突きを入れてみるとするか。

「昼から観戦に来ないか、ダフ」必要以上に大きな声で彼は尋ねた。

「これから?」ダフ氏はだるそうに答えた。

「クリケット・リーグの最終試合だよ」

パーカー氏が煙を吐き出す。

スポーツの選手および準選手の栄光を背負ったライス氏は、ローランドハウス校に赴任して以来、当然のように各種の試合を取りしきってきた。たとえばクリケットにおいては、バッティングのスタイルを革新し、ぴんと伸ばした脚の構えや垂直なバットの構えといった姿勢への崇拝を古くさい技法として一蹴するといった具合である。この二十年というもの、当たり前のように王国に君臨していたパーカー氏は、苦い思いでこの風景をグラウンドの境界線から見守ることになった。彼は軽蔑するように、またも口髭の間から煙を吐き出した。それは、パーカー氏にとって、バットを真っすぐに捧げもつことは神聖な行為にほかならない。それは、上院、『アシーニアム』誌（イギリスの週刊文芸評論誌）、『タイムズ』、その他もろもろの格式ある学術団体などと同じく、パーカー氏にとっては大英帝国の礎《いしずえ》ともいうべきことがらなのである。

ローランドハウス校の打者たちがバットを真っすぐ構えなくなったばかりか、今季に入って〝曲がった〟やり方で今までになく点を稼ぐようになったことで、パーカー氏は二重の不快感を味わった。そして初の事態——対校試合における連勝記録をよそに、パーカー氏は境界線の上で口髭の間から煙を吐いては抗議の意を表明し続けたが、シーズンは刻々と無情に過ぎていった。所詮パーカー氏は選手経験のない人物だった。

ライス氏が断行したその他の改革としては、複数チームの編成がある。つまり、六十余人の少年たちから人材を選り抜いてレッド、ブルー、グリーン、イエローの四チームとし、各チームに補欠を一人ずつ配した上で、残りは境界線から選手たちを応援する「予備軍」として束ねてしまったのである。パーカー氏はこのプロフェッショナリズムといったものに対して陰でしょっちゅう文句を言っていたが、ともあれこの方式は成功を収めてしまった。それでもパーカー氏は、いかにも現代的なプロフェッショナリズムにまみれた行為を見せつけられるたび、おのれの正義に基づいて煙を吐き出し続けているのだった。

「ああ！」ダフ氏は申し訳なさそうに言った。「そうそう、そうだった。うん、絶対に観に行くよ。最終試合だったんだよな。四時限目のラテン語文法の答案を見終わってから、間に合うようなら行くとも」その日は月曜日で、朝から期末試験が始まっていた。ダフ氏の最終的な目標は、試験が行われたその日のうちにすべての答案を採点して結果を把握しておくことだった。

もっとも、十五年余の教師生活の中でその目標が達成されたことはなかった。

会話はふたたび途切れた。

パーカー氏の栖はまだ同じ位置を保っていた。

若いライス氏は椅子から巨体を起こすと、大きく伸びをしてからことさらに言った。「さて、そろそろ行って着替えるとするか。フィリスに約束したんでね、試合までにバックハンドのコツを教えるって。女ってのはときどき困ったことを言うからなあ。ダフ、きみは困ったことはないかい」

ダフ氏はひきつった笑いを見せた。

ライス氏はどかどかと部屋を出て行った。ポケットに両手を突っ込んでいたこともあって、灰色のフランネルに覆われた尻の部分がぱんぱんに張って見えた。

パーカー氏はようやく栖を降ろした。

「まったく気に障る青二才だ」とパーカー氏は唸り、猛烈な勢いで煙を吐き出した。口髭が唇の上にまだ貼りついているのが不思議なくらい猛烈な勢いだった。

3

寮母室では三人の若い女が興奮の面持ちでお茶を飲んでいた。新聞写真の解説ふうにいえば、左からミス・ジェヴァンズ、ミス・ウォーターハウス、ミス・クリンプである。ミス・ウォーターハウスは低学年クラスの教師と校長の（現状は校長の娘の、と言ったほうが近いが）秘書を兼任している。ミス・クリンプは音楽とダンスを教えており、（月曜日の朝に第六学年の教理問答と聖書の授業を行うため通ってくるマイケル・スタンフォード師以外では）ローランドハウス校に住み込んでいない唯一の人物である。エルサ・クリンプは地元では少なからず名の知れた画家の娘で、ライス氏と同様、ローランドハウス校における彼女の存在自体が学校の印象を高めていることを知らしめるよう心がけていた。通常、ミス・クリンプの受け持ちは昼食のあとの時間なのだが、今週は試験のため音楽の授業が休みであることを彼女はうっかり忘れていた。ローランドハウス校に出勤してきたものの、その日の午後に関しては無駄足だったことに気づき、彼女は何となくぶらぶらとミス・ジェヴァンズの部屋に向かった——そして、無駄足でもなかったことを知ったのである。

リーラ・ジェヴァンズは、ものごとを内に秘めておくことのできない種類の女だった。ミス・ジェヴァンズがその行動半径内で見聞きしたことは何であれ、彼女の口からぽろぽろこぼれ出てしまうのだ。たった今、夢中で聞き入る二人の聴衆を前に彼女は話を終えたばかりだった。ハリスン校長の驚くべき振る舞いにいたっては一度ならず二度、三度と語られたが、それはあまりにも面白く、繰り返し聞く価値のある内容だった。

「まああなた、それは大変だったわねえ」メアリ・ウォーターハウスは目を大きく見開いて言った。

「ああするしかなかったの」ミス・ジェヴァンズはどこか嬉しそうな顔で自虐的に説明した。

「でないと多分、追い出されていたところだわ。わたしをお払い箱にしろって、エイミーがうるさく言ったに決まってるのよ。まったく、たかがパンツ一枚でいい迷惑よね」

「それにしても、まさかハリスン先生がそんなことをするなんて」と、ミス・ウォーターハウス。

「あなたには、何かそういうことはなかったの？」

「考えたこともないわ」ミス・ウォーターハウスはきっぱりと言い切った。「このわたしが、既婚の男性にちょっかいを出させるような真似はしないことぐらい、先生も分かっているわよ」ミス・ウォーターハウスの職務に対する厳格さは誰もが知るところだった。彼女の口癖は「おのれのなすべきことをなせ」である。もっとも、彼女はかなりの美人だったので、とてもそのような人物には見えなかった。

「ばっかみたい」ミス・クリンプは辛辣に言った。「メアリ、あなた、よく分かってるでしょう？　校長が本気になったら自分がどうするかぐらい。あなたも男日照りの口ね、リーラと一緒で。ふたりとも、既婚者であろうがなかろうが、最初に声をかけてきた男性の腕の中に喜んで身を投げ出すんじゃないの」画家の娘であるミス・クリンプは、いくぶん自意識が強いにせよ健康的な奔放さというものを身につけていた。彼女は「男日照り」という表現を好んで使った。

リーラ・ジェヴァンズは小声で抗議めいたことを呟いたが、メアリ・ウォーターハウスのほうは鷹揚に微笑んだだけだった。

「ダフおやじにはいっさい話しちゃだめよ、リーラ」ミス・クリンプはそうつけ加えてすばやくウィンクした。「あなたのせいで流血沙汰になると困るから」

「エルサったら、ばかなこと言わないでよ」ミス・ジェヴァンズは大声を出し、相手の思惑どおりに頬を赤らめた。

「じゃあ、彼はまだ……」ミス・ウォーターハウスが面白そうに口を挟んだ。

「決まってるじゃない」

そこへ一人の幼い少年が入ってきたので、この興味深い話題は一時中断された。(「寮母さん、きれいなハンカチをもらえますか？　ウォーグレイヴ先生がそうしなさいって」「まあウィリー、どうしてウォーグレイヴ先生がそんなことを」「ギシギシの葉で鼻をかんでたのを見られたんだと思います。ぼく、ハンカチを持ってなかったから、ちょうどいいやと思って」「ハンカチはどうしたの？　昨日の朝、きれいなのを渡したでしょう」「分かりません、寮母さん。失くしちゃったんだと思います。どこにもないんです、本当です。たぶん、おしゃれ爺さんが黙って抜き取ったんだよ、ノーラの涙を拭いてやるつもりでさ。来学期まで会えないからって」「分かったわ、ウィリー。はい、ハンカチよ。失くさないでね」「わあ、ありがとう、寮母さん。ギョロ目には言わないでくれる？」「そうするわ、ウィリー」)

「今の話、パーカー先生とノーラのことなの？」ドアが閉まるやいなやミス・クリンプは尋ねた。

「しょっちゅう耳にするけど」

「子供の他愛ないジョークよ」ミス・ジェヴァンズは半ば上の空で答えた。エイミー・ハリスンに何と伝えたものやら——ハンカチの紛失の件でウィリー本人が叱られないようにするには……。

「そうだけど、でも何かあるんでしょ」

「あるわけないでしょう」ミス・ウォーターハウスが形のよい鼻を鳴らした。「パーカー先生に限って、ただのメイドにちょっかいを出すなんて考えられないわ。本当にばかげた、つまらない考えよ。きっとターナー軍曹を困らせようとして思いついたに違いないわ。彼とノーラならお似合いですもの」

「おしゃれ爺さんと小間使い」ミス・クリンプは噛みしめるように言った。「なかなか粋なタイトルじゃない？　子供ってのは、びっくりするようなあだ名を考えつくものね。『おしゃれ爺さん』なんて、パーカー先生にぴったりすぎるくらい」

「くだらないったらありゃしない」ミス・ウォーターハウスはぴしゃりと言った。「それに不愉快だわ」

「あら、火のないところに煙は立たないわよ」ミス・クリンプは熱意を込めて意見を述べた。

ミス・ウォーターハウスは気分を害して眉をひそめた。「ときどき思わずにはいられないけど、エルサ、あなたって相当に意地が悪いわね」

「何も感じないより、ずっとましでしょ」ミス・クリンプは元気よくやり返した。

「もっとお茶をいかが？　エルサ」ミス・ジェヴァンズが気のきかない様子であわてて言った。

ミス・クリンプはにっこり笑っておかわりを辞退すると、椅子にもたれて長いとはいえない足を組み、例の特ダネ――今学期後半、ローランドハウス校の女性職員一同が何にもまして目を光らせてきたできごと――に話題を転じた。確実に会話の糸口となるその事件の前では、そそられはするがすぐに忘れてしまいそうな他のできごと、たとえば「ハリスン氏の驚くべき振る舞い」といったこともすっかりかすんでしまうほどだった。

「ところでエイミーは、ここんとこどうしてるのかしら。進展はありそう?」エイミーに進展があったかもしれない特殊な状況に関する解説は、ここでは不要だった。

「きのうは夕食のあと、二人で庭を何時間も歩いてたわよ、ただそれだけ」ミス・ジェヴァンズが身を乗り出して報告した。

「でも、正式発表は」

「まだよ」

「彼女、急いだほうがいいんじゃないかしら。学期末までに実現したいんなら」と、ミス・クリンプ。

ミス・ウォーターハウスは微笑した。それは〝実現〟をなし遂げた者の優越的な笑顔だった。そして彼女はさりげなく、左手の薬指にはめた上品な指輪にちらっと視線を走らせた。そこで、あとの二人はエイミーのチャンスに関する百回目の議論に突入して、彼女の微笑にも視線にも気づかないふりを装った。

今学期の中ごろまでは、ミス・ウォーターハウスのいるところで躊躇することなくこのように楽しい話題を持ち出すなど、とてもできなかった。そもそも前学期のこと、ウォーグレイヴ氏はメアリ・ウォーターハウスその人に熱いまなざしを注いでいたのだ。その種のことに目敏い人間にとって、それは火を見るより明らかなことだった。メアリ・ウォーターハウスもまた同様の気持ちを抱いていることも、やはり歴然としていた。真剣そのものの二人に対して、女性職員たちは正式な結婚の発表を手ぐすね引いて待ち構えていた。ウォーグレイヴ氏はダフ氏よりは若いがライス氏に対しては先輩の立場にあり、いわば三番手の教師である。私立初等学校の三番手の教師が格好の〝お相手〟と目されることはほとんどないものだが、彼の場合は明らかに〝有力株〟といえた。

ところが今学期に入って、ミス・ハリスンがその邪魔に入ったのである。彼女は自分の意図を隠そうともしなかった。休暇中に考え抜いた計画であることは明白だった。彼女はウォーグレイヴ氏の価値を認め、今では手中に収めようとしている。彼を獲得するために、いつもの直接的な手段を使ったのだ——母親のやり方を踏襲して。真正面からの攻撃が功を奏したのかどうか、ともかくウォーグレイヴ氏はあるときから突然ミス・ウォーターハウスに関心を示さなくなってしまった。

同情の目はすべてミス・ウォーターハウスに向けられた。さぞかし心を痛め、失意に耐えていることだろう。ミス・クリンプなどは、ウォーグレイヴ氏は策士であるとまで言い切るほどだった。彼はミス・ハリスンの秋波に早くから気づいており、無垢なミス・ウォーターハウスに気があるふりをしてミス・ハリスンの決意を促したのだと。確実にいえるのは、ミス・ハリスンと結婚した者は誰であれローランドハウス校を手に入れるということ。つまり、ウォーグレイヴ氏は紛れもなく、真剣な若者にふさわしい野心の持ち主だったのだ。

ミス・ウォーターハウスのほうは、そのような推論を心優しいミス・ジェヴァンズがおずおずとほのめかすのを聞いて、心底おかしそうに笑った。彼女とウォーグレイヴ氏のあいだには何もなかった、と彼女は断言した。ある種の関心を共有したにせよ、恋の戯れらしいことは何一つなかったと。そもそも、ミス・クリンプの奔放な創作力をもってしても、メアリ・ウォーターハウスの恋愛沙汰を想像するのはかなり難しかったのだ。にもかかわらず、ミス・ジェヴァンズがミス・クリンプにことの次第を報告するやいなや、それは傷ついた心を隠すためのプライドが言わせた返事だということになってしまった。そんなわけで、ミス・ウォーターハウスが学期半ばの週末の休暇から戻ってきたとき、同僚たちはたいそう驚くことになった。彼女はいかにも喜ばしい面持ちで、オーストラリアの牧羊業者との婚約を告げたのである。今学期が終わり次第ここを離れ、オーストラリアへ行って結婚するということも。オーストラリアの牧羊業者というのはせっかちな人種だ、という感想をミス・ウォーターハウスは慎み深く認めた。

ともあれ今では、ミス・ウォーターハウスの前でミス・ハリスンの結婚話をしても一向に構わないことになったというわけだ。彼女たちの意見はこうだった。あの二人は相思相愛でしょうけど、今週中にミス・ハリスンのほうがもう一押ししないとね。何しろウォーグレイヴ先生って内気そうだし。

4

しかし、ウォーグレイヴ氏の受け持ちの生徒たちから見れば、彼は内気どころかとんでもない教師だった。

ある日のこと、十一歳のオールフリー坊ちゃんは、十二歳のノックス坊ちゃんに向かってなかなか的確な指摘をしてみせた。「なあ、ぼけなす、あの頑固じじいってほんと、どうしようもないよな。デブ公かおしゃれ爺さんのほうがまだましだ」ノックス君が正しく読み解いたこの発言の意味は次のとおりである。「本当のところ、ノックス、ウォーグレイヴ先生はぼくたちに権力を振るう人物としてふさわしくないよ。できればライス先生か、さもなければパーカー先生に代わってほしいな」

同僚にも教え子にも歓迎されているとはいえないウォーグレイヴ氏の方針の一つに、「空き時間を無駄にしない」ということがあった。たとえば、週に一度は科学の自主講義を行うのが彼の習慣で、そのために夜、就寝前の三十分間に、生徒たちが宿題を終えたあとの教室の一つが利用された。それは他の曜日には、子供たちがそのありあまる元気を発散させるための三十分だった。教師一同も子供たちも総じてこれはやりすぎだと考えたが、エイミーだけは違った。エイミーが承認したことで、講義への〝自主的〟な出席は実に模範的な行為であるということになってしまった。

子供たちは陰でウォーグレイヴ氏を口汚く罵るしかなかった。コチコチの型にはまったやり方、堅いカラーに変なタイ、ランカシャー訛り、身体に合っていない服、まだ若いウォーグレイヴ氏を誰もが頑固じじいと決めつけるに足るだけの彼の性格すべてが悪口の材料になったが、それも無駄だった。子供によかれと思ってこその熱意の前では、悪口も力を持たなかった。二十七歳という若さの力で、ウォーグレイヴ氏は教え子たちの人格形成に精力を傾けていたのだから。

さて、十二歳のノックス君は十一歳のオールフリー君に向かって、年上らしい優越感を若干にじませつつ、やはり的確な言葉を返した。「ばかだなあ、すっごく頑固だからって、すっごく紳士だとはいえないんだよ。すっごくいい考えがある。うちに手紙を書くんだ、あいつのことを。知ったらみんな、すっごく怒るだろうな」

「こら、ノックスとオールフリー」ウォーグレイヴ氏の声がした。「無駄話はやめろ。さっさとモルタルを運んでくるんだ。交代の時間までにその段を積んでしまおう。さあ行った」

ノックスとオールフリーの両君は、シャベルを手にあわてて作業を再開した。

この作業は、ウォーグレイヴ氏のまた別の発案、つまり若者に生活の知恵なるものを身につけさせるというすばらしい計画に基づいて実施されていた(「ぼくらがみんな煉瓦職人になるんじゃなかったら、これが何の役に立つことになるのか、すっごく知りたいよ」と、ノックス君はいくらか皮肉をこめて口癖のように言っていた)。彼は今学期開始早々、ハリスン氏にこの計画を示してエイミーの全面的な賛同を得ていた。それ以来、空き時間になるとハリスン氏の校長宅の芝生を囲う低い塀を作るという、気の重い作業が始まったのだ。そこは従来、馬場との境として金網が張られていたにすぎない場所だった。子供たちが何よりも不満に思ったのは、実際に煉瓦を積むという本当に面白い作業になると、全部ウォーグレイヴ先生がやってしまうことだった。彼らに残されているのは気を滅入らせるような作業――モルタルを混ぜたり運んだり、荷車を引っ張ってきたりといった、煉瓦職人の助手としての仕事ばかりなのだ。憂鬱の種はまだあった。パーカー先生は通りかかるたびにふんと鼻を鳴らすし、ハリスン氏は(薄情にも、材料費のみで塀ができあがるのを喜んでいるような顔で)親切めかした言葉をいちいちかけてくるし、ライス先生はあからさまにばかにした表情をするし……。

最初は楽しかったのだ。モルタルは格好の遊び道具だった。ひとつかみして年下のウィリアムズの背中に投げつけたり、ハドン・ホールの髪にこすりつけたり。エイディに不意打ちをかけると、面白いぐらいすっぽりと口に飛び込んで、間抜け面としかいいようのない顔になった。しかし、ウォーグレイヴ氏はユーモアを解しなかった。彼はこのような邪道をすべて退け、純粋な喜びをもって労働に勤しむため、厳しい指導を行った。そうして学期末には学校中の生徒が誓うことになったのだ、生涯決して煉瓦積みなどやらないと。ウォーグレイヴ氏は誰もが認める学校教師の鑑《かがみ》であり、作られた教師像を体現する人物ではあったが、生まれながらの教師とはいえなかった。まあ、学校教師とはおおむねそうしたものなのだが。

ぶつぶつと悪態をつきながら、ノックスとオールフリーの両君はいまいましいシャベルで残りのモルタルを混ぜ始めた。ミス・ハリスンが外に出てきて、例の刺すような目つきで見張っているのに気づいても、別段心は軽くならなかった。

「気をつけろ——ギョロ目がいるぞ」オールフリー君は、新たな登場人物に背を向けていたノックス君の耳に囁いた。ノックス君はたちまち背中に寒けを覚えた。何か小さな穴が背骨に沿っていくつも穿《うが》たれてゆくような気がした。

エイミーはウォーグレイヴ氏を見て、かすかに顔をしかめた。たとえ氏に興味を抱いていても、仕事となれば別である。「ノックスとオールフリーを一緒にやらせるなんて。調子に乗るわよ」

ウォーグレイヴ氏ほどの人物でなければ、ただちにノックスもしくはオールフリーからモルタルの山を取り上げていたところだ。しかし彼はそんなことはせず、言葉少なにこう言っただけだった。

「それが狙いだよ。調子に乗るよう仕向けるんだ。それを待っているのさ」

エイミーは尊敬のまなざしで彼を見た。

5

着替えを済ませたライス氏は、ハリスン氏のテニスコートに面した煉瓦の壁を使って打球の練習をしているところだった。彼は右へ左へと優雅に動き回っては、巧みなストロークでボールを打ち返し続けた。コートを見おろす壁の窓は、実はハリスン夫人の寝室に当たっていたのだが、それは余人の知るところではなかった。

そのとき彼の視界の片隅に、ほっそりとした白い人影がコートを横切って近づいてくるのが映った。女が声をかけると、不意をつかれたといわんばかりに、彼のボールはコートの隅の休憩所を取り巻く草むらの中へ飛び込んでいった。

「下手くそね！」ハリスン夫人は朗らかに言った。

ライス氏は微笑んだ。「いや、驚いたよ。気にしないでくれ。取ってくる」彼は休憩所に入って行った。

やがて彼の声が聞こえた。「へえ、こいつは変わったものがある。来てみないか」

そこで、フィリス・ハリスンも休憩所のほうへ行った。

「どこ？　どこにあるの」

「さあね。気をきかせたつもりなんだが」

ハリスン夫人は楽しそうに笑った。

「愛してるよ」と言って、ライス氏は彼女を腕に抱いた。

ローランドハウス校などというしみったれた職場の助教師には、このくらいの楽しみがあって当然だ。ライス氏は内心そう考えた。

第六章

1

時刻は二時十分前、すばらしい夏の午後である。すべてが平和のうちにあった。愛もまた。ミス・ウォーターハウスは愛し、愛されていた。ハリスン夫人もまた恋人を愛し、恋人に愛されていると考えていた。エイミー・ハリスンでさえ、彼女と周囲を隔てる壁からウォーグレイヴ氏のほうに向かって、良識に抑えられてはいるが愛と呼んでよいであろう感情をにじみ出させていた。お返しに何を得られるかは、まるで定かではなかったが。一年でいちばん長い学期の終わりに近づいた私立初等学校では、表向き、万事が順調に進んでいた――本当とは思えないほどに。そう、それは表面上のことにすぎなかったのだ。水面下には不穏な流れがあった。何らかの動きを生じさせるには、ほんの一石を投じるだけで十分だった。

その一石はジェンキンスン兄により、投じられるべくして投じられた。それはむしろ、午後の静かな水たまりに投じられた大きな岩といったほうがよかった。衝撃は渦を起こし、渦は渦を呼んで無限の波紋となった。全体が掻き回され、揺さぶられるさまを、やがて誰もが目の当たりにすることになる。

ジェンキンスン兄は二十分間待ち続けて、テニスコートから出てくるライス氏をつかまえたのだった。「先生、先生、お聞きになりましたか？　ぼく、午後の試合に出られなくなったんです」

「何だって？」ライス氏は大声を出した。兄のジェンキンスンは学内でもピカ一のバッターだ。グリーン・チームにおける彼の存在に対抗させるには、残りのチームの好打者をかき集めて巧みに並べなくてはならないほどだった。「どういうことだ？　体調が悪いわけでもないだろう」

「そうじゃありません」

「じゃあ何だ？　もしや寮母さんが――」

「いいえ、寮母さんは関係ありません。パーカー先生が、試合に出ないように言うんです」

「何だと！」ライス氏は怒鳴った。

震え上がりながらもジェンキンスン兄は嬉しそうに説明した。パーカー先生はこうおっしゃいました。今朝のウェルギリウスに関する試験だが、きみの答案はクラスの不名誉、当学の不名誉、いやイギリスの学校という学校すべての不名誉としかいいようがない。午後の試合に出るのはやめて、勉学に勤しみたまえ、って。

「でも、そのほうがむしろ恥ずかしく思います、先生。つまり、試合のことを考えると……。だから一言お伝えしたほうがいいと思って。ぼくがいなくなったと思われたら困りますから」

「着替えてこい、ジェンキンスン」ライス氏は唇を固く結んだ。「パーカー先生には、わたしから言っておく」

「分かりました。ありがとうございます、先生」ジェンキンスンは待ってましたとばかりに甲高い声で答えると、心躍るニュースを皆に伝えようと駆け去った。あのデブの怒り狂いようときたら、半端じゃなかったからな。おしゃれ爺さんと一戦交えることになりそうだぜ。

ライス氏は大股で談話室に入っていった。怒りのあまりすごい勢いで歩いてきた彼を一瞥したダフ氏は、『デイリー・エクスプレス』に頭を引っ込めたきり、二人のやりとりが済むまでそこから出てこなかった。

「おい、パーカー」ライス氏は、〝抗議〟すること自体ばかばかしいと思っている人間の口調で言った。「ジェンキンスンの兄のほうが、午後、あんたに拘束されるという話だが。何かの間違いだろうな？」

パーカー氏は昼食時以来、いささかの恐れをもってこのときを待ちうけていたが、ついに『タイムズ』を下ろして戦闘態勢に入った。

「間違いではない。そんなわけはないだろう」

「今日の午後は駄目だ」

「今日の午後でないと駄目だ」

「リーグの最終戦なんだぞ」

「そうかい？」パーカー氏は冷たく言った。「それは間が悪かったな」

「あいつがいないと話にならない」

「残念だ」パーカー氏は心にもない返事をして、ふたたび『タイムズ』を取り上げた。

「悪いが別の日にしてくれないか。明日でよければ……」

「そんな必然性がどこにあるかね、ライス」

「何だと、この老いぼれ！」

二人の視線が激しくぶつかった。パーカー氏の鼻息がやや荒くなった。

ライス氏は何とか笑ってみせた。「いやいや、こんなことで怒っても仕方がない。もちろん奴には補習が必要だ。それはよく分かる。だが、今日はまずい。ほかの選手まで試合が台無しにされてしまう。あなただってそれは望まないだろう？」彼は分からず屋の老人が懐柔されることを期待した。

「試合を台無しにしてまことに申し訳ないが」パーカー氏はまだ息を切らしながらも威厳をもって重々しく答えた。「日を変えるわけにはいかないのだ」

「しかし、そんな……」

「悪く思わないでくれればありがたいよ、ライス」

「何が目当てかは、自分でもよく分かってるはずだ」ライス氏は怒りも新たに怒鳴った。「試合が駄目になればいいと思ってるんだろう」

「何を言っているのか分からないね。ウェルギリウスの答案がひどかったのさ」

「ウェルギリウスなんかくそ食らえだ！」

「あんたのいまいましいプロもどきのリーグこそくそ食らえだ！」突然、パーカー氏は怒鳴り返した。

「ハリスンに訴えてやる。あんたは妬んでるんだ。あんたの主張の根拠は――嫉妬だよ！」

「くたばっちまえ！」

ダフ氏は周囲で明滅する稲光を避けるかのように縮こまっていた。まったく子供じみた話だったが、子供の喧嘩というレベルではとうていなかった。

2

この時点ではまだ、ライス氏のほうが主導権を握っていたのだ。まっすぐにハリスン氏のもとへ行っていたら、ということはそのとき父の執務室にいたエイミーのもとへということだが、パーカー氏の敗北は確実なものになっていたはずだ。パーカー氏が無能ということになれば、エイミーの性癖として、主張が正しいかどうかにかかわらず無能者を排除する方向に傾いていただろう。ここでライス氏が犯した決定的なミスとは、エイミーの意志にもまた大きく逆らおうとして（それは当然、ひどく彼女を怒らせた）、結果的に彼女をパーカー氏の陣営に追い込んでしまったことだった。

奇妙な結託のささいなきっかけとなったのはピュアフォイという生徒だった。彼はジェンキンスンの話に勇気づけられて、教師の談話室の近くでライス氏を待ち構えていた。

「先生、先生」ピュアフォイ君は猫なで声で話しかけた。

「さっさと行け」

「先生、ジェンキンスンが、先生にお伝えしたほうがいいって」

ジェンキンスンの名前を聞いてライス氏は立ち止まった。「えっ？」

「先生、ぼく、午後の試合に出られなくなりました」

「何だって！」ライス氏は怒鳴った。「パーカー先生が何か――」

「いいえ、ぼくはクラスが違いますから。ミス・ハリスンが、出るなっておっしゃるんです」

ライス氏は少年をじっと見た。ピュアフォイは学内一の速球を誇る花形投手だ。彼がイエロー・チームの所属であれば、彼の不在もそれほど午後の試合には影響しなかっただろう。ジェンキンスン兄の不在をいくらか相殺したと考えられるからだ。しかし、彼はグリーン・チームの選手だった。グリーン・チームは実質、ジェンキンスンとピュアフォイで成り立っているようなものだった。ほかに九人のへぼ選手もいるにはいたが、彼らはものの数には入らない。ジェンキンスン抜きではグリーン・チームは半チーム分の力しか発揮できないし、ピュアフォイがいなくてはチームとして成立しないことになる。

「どういうことだ」ライス氏は抑えた声で尋ねた。「ミス・ハリスンがおまえに午後は出場するなと言ったのか？」

「ええ、ぼくが風邪をひいてるからって」ピュアフォイはきいきい声で憤慨してみせた。「たまたまくしゃみをしただけだったんです、たった一回きり。そしたら――」

「そうか。風邪をひいているのか、いないのか？」

「ひいてません、先生」

「じゃあ、着替えてこい」とライス氏は命令した。

ピュアフォイ君は大喜びで飛んでいった。ジェンキンスン以上の話のネタができたのである。デブ公が完全にやる気になってるぜ。おしゃれ爺さんだけじゃなく、ギョロ目にも喧嘩を売るつもりだよ、あれは。

ライス氏は大股で歩いて行った。何とか穏やかにノックしてハリスン氏の執務室に入って行くと、エイミーが哀れな父親に向かってあれこれと山のように言い立てている最中だった。校長がぼんやりとしか、あるいはまるで考えていなかったことまでも。

校長は初級教師を喜んで迎え入れた。「ああ、ライス、わたしに何か用かね。エイミー、ちょっと……」

「ミス・ハリスンにもご同席いただいたほうがよいと思います」とライス氏は非常にかしこまって言った。

ハリスン氏は目をぱちくりさせた。エイミーを追い払う好機を目の前にしながら、いてほしいと言う人間も珍しい。

「それで?」

ライス氏は、ジェンキンスンにまつわる苦情をこと細かに訴えた。

ハリスン氏は困惑の体《てい》で弁解めいた不満の声を洩らした。パーカー氏は上級教師である。上級教師の意向を初級教師が踏みにじるわけにはいかない。パーカー氏は家族にとって友人のようなものだ。とはいえ理屈や正義を犠牲にして家族の友人を甘やかすというわけにもいかない。これは難しいな、とハリスン氏は思った。

難しい問題が起きたときの常として、彼はエイミーを見た。

エイミーが薄い眉を寄せて評決をくだそうとしたとき、ここぞとばかりにライス氏は挑戦状を投げつけた。

「ところで、ついさっきピュアフォイに会ったんですが」彼は声を張り上げた。「風邪だから試合に出るなとおっしゃったとか。しかし、奴は風邪などひいてなかった。だから、着替えに行くよう言っておきましたよ」

「あなた——着替えに行かせたですって?」エイミーは言葉を詰まらせた。「いったい——」

「だいたい甘やかされすぎなんです、ここの生徒は」ライス氏はさらに声を高くした。「たとえ風邪をひいていたとしても、ひいてはいませんでしたがね、とにかくこんな暑い日にクリケットをしたからって支障はないと思いませんか? たかが風邪ぐらいで。子供たちを腰抜けに育てるつもりはないでしょう」

ハリスンは肝をつぶしていた。いまだかつて彼の娘の前でこのように乱暴な言葉が口にされるのを聞いたことはなかった。

エイミーも負けず劣らず驚いていた。ちょっと前まで、彼女はこの傲慢な若者に同情しかけていたのだが。なるほどパーカー氏は嫉妬深い老いぼれにすぎないとは感じていた。こともあろうに、ライヴァルのタイヤにけちな釘で穴をあけようとするとは。断固たる態度を示してもよい頃合いではあった。しかしここへきて、いっそう悪い事態が露呈したのだ。今こそ断固たる態度を示すべきだが、それはパーカー氏に対してではない。今やエイミーははっきりと確信していた。パーカー氏はただの嫉妬深い老いぼれどころか、非常に分別があり、傲慢な態度に直面したときそれをどう扱うべきかを知っている人物なのだと。エイミーの判断基準において、パーカー氏の株ははかりしれないほど跳ね上がった。

「ピュアフォイを着替えに行かせた、ですって？」エイミーは信じられないというように繰り返した。「ライス先生――」

「それが何か？」ライス氏は挑戦的に言った。

「生まれてこのかた、こんな無礼な仕打ちにあったことはないわ」エイミーは新たな怒りに声を震わせた。

ライス氏は火のように真っ赤になった。「無礼とは！　むしろわたしは――あなたの無礼について、あなたの父上に異議を申し立てに来たんだ。試合の監督はこのわたしでしょう。わたしに断りもなく、どうしてあなたが子供たちにクリケットをするななんて言えるんです？」

「どうしてわたしが、ですって？」エイミーは窒息しそうになった。「わたしの学校で――」

「あんたの父上の学校だ」ライス氏は声高に訂正した。「もっとも、あんたがここを牛耳ってるとみんな思っているがね」

「お父さん！」エイミーは金切り声で叫んだ。

「言っておくが、みんなそのことにはうんざりしかけてるんだよ」ライス氏は怒鳴った。「誰かがそれを言うべきなんだ」

「お父さん！」

そのときドアが開いて、フィリス・ハリスンが入ってきた。彼女は真っ赤な顔からもう一つの真っ赤な顔へと驚いて視線を走らせ、それから夫を見た。夫は硬直状態で机の端をつかんで座っていた。

「いったい何事なの？」ハリスン夫人は興味津々で尋ねた。「合唱コンクールか何かでも？」

「いや、何でも」ライス氏は呟いた。

「いやいや」ハリスンは途方に暮れた山羊のように情けない声を出した。「おまえにはあまり――」

「揉め事かしら？」夫人はますます面白そうに聞いた。妻を追い払おうとする夫の弱々しい抵抗を無視して、椅子にその白いドレス姿をあずけると、彼女は二人の戦士の姿をよくよく眺めた。「続けてくださいな、構いませんから。どちらが優勢なの？」

ライス氏はこれをチャンス到来と考えた。彼は怒りの色を引っ込めると、先刻テニスに興じたときのように、新米教師らしく校長夫人に対する礼儀正しい態度を装った。

「実は、あなたにも関係のあることなんです、ミセス・ハリスン。話しても構いませんか」

「わたしに？」フィリスは微笑んだ。「それは光栄だわ。わたしのことでエイミーと喧嘩していたの？」

「いいえ、そうではなくて。我々の、その――議論の要点があなたにも関係のあることだという意味です。あなたには子供たちの健康管理を行う義務があるわけですから」

「わたしが?」フィリスは訝しげに言って、頭から湯気をたてている義理の娘をちらりと見た。その点について、彼女は一度も自覚をもったことはなかった。

「ええ、もちろんですよ」ライス氏はやや驚いたように答えた。「ミス・ハリスンは、あなたの仕事にあれこれ口を出すのに慣れているようですが、個人的にはそれは間違った行為だと考えます。その件について話し合っていたんです。あなたのお考えに任せたいんですが」

「別に難しくないじゃない」話が終わると、ハリスン夫人はあっさり言った。「あの子が風邪をひいているかいないかってことでしょう。くしゃみの一回ぐらいでは、風邪をひいているとはいえないわね」

「そう、ひいてません」とライス氏。

「いいえ、ひいてます」エイミーはぴしゃりと言った。彼女は冷たい怒りを燃やしながらも、まだ適切な戦術を思いつくにいたっていなかった。

父の後妻がライス氏に向かって見せた自信ありげな微笑は、彼女の怒りを軽減しそうもないものだった。

「それで、あなたはどう思っているの?」ハリスン夫人は、エイミーの思惑などまるで気にせず楽しげに語りかけた。ハリスン夫人にとって、エイミーをからかえる機会など滅多に得られるものではない。何しろ六つしか年齢が違わないのでは、義母の権威などなきに等しい。それでなくても夫に対して偉そうに振る舞う娘である。だからこそ女生徒ふうの軽口がつい飛びだすのを抑えてこられたのだが。エイミーもまた、まるで継母が自分より六つ年下であるかのような言動を常日頃とっていた。

ハリスン氏はハリスン氏で、不当な突き上げから自分の地位を守るため、自然と防壁を築くようになっていた。彼は娘だけでなく、内心、自分の部下にも恐れを抱いていたのだった。

「本当にピュアフォイがいないと駄目なのかね、ライス」

「ジェンキンスンと同じくらい重要な選手ですよ」ライス氏は断固として主張した。「二人がいないと試合になりません」

「子供の健康をおびやかすことと同じぐらい重要だとは知らなかったわ」エイミーは冷ややかに言い返した。「だいたい、試合にばかり精力を傾けすぎなのよ、これじゃうちの学校は、ほかに何もないと思われてしまうじゃない。パーカー先生の言うことはまったく正しいわよ。それこそプロの精神というものだわ」

「彼にまた試合を任せたいと思っているんでしょうがね」ライス氏は鼻で笑った。「そうしたら、わが校はすべての試合で負けてしまいますよ」

「学問がおろそかになるくらいなら、すべての試合で負けるほうがましよ。試合を優先するなんてばかげてるわ。ジェンキンスンの点が悪かったのなら、当然、補習を行うべきでしょう。パーカー先生の言うことはもっともよ。そうでしょう、お父さん」

「そうだなあ」ハリスン氏は顎鬚を引っ張った。

「難しい問題ね」フィリスは大いに深刻そうに頭を振ったが、あいにく二人の論客は彼女の目の輝きを見逃さなかった。

ライス氏は大胆になった。「とにかく、ミス・ハリスンにはこの件から手を引いていただくことを提案したい。ピュアフォイのことはすべてミセス・ハリスンに、そしてジェンキンスンのことは校長、あなたにお任せしたいんです。ピュアフォイについて決定を下してもらえますか、ミセス・ハリスン」

「分かったわ、ライス先生。おっしゃるとおり、彼は風邪をひいているわけではないから、試合に出ても全然構いませんよ」

「ありがとう」ライス氏は威厳をもって述べた。「ではジェンキンスンについてはいかがです、校長先生？」ライス氏は由緒正しい学校にいるかのように、ハリスン氏のことをいつも〝校長先生〟と呼んでいた。

「そうだなあ」ハリスン氏はふたたび自分の顎鬚に伺いを立てた。

そのときエイミーが、血の気の失せた唇で話し始めた。「そう、ライス先生の言うとおり、わたしはここでは何も役に立たないのなら、学期末までわたしがいる理由もないわね。お父さん、マージョリー・ビーズリーが、今学期が終わったら来てほしいって言っていたのを覚えてる？　今から電報を打って、明日行くって言うわ」

「エイミー！」ハリスン氏は仰天した。

「エイミー！」ハリスン夫人も今度ばかりは驚いた。

「何よ」エイミーは激しく言い返した。「子供たちを好き勝手にさせてやればいいでしょ、フイリス。あなたの仕事なんだから」

「ライス先生」とフィリスは言った。「ごめんなさい。ピュアフォイを試合に出させるわけにはいかないわ。風邪をひいているんですもの」

「ジェンキンスンもよ」エイミーが口を挟んだ。「お父さん！」

「わたしたちは試合だけじゃなく、勉学にも十分な注意を払わなくてはならんな」ハリスン氏はおろおろしながら言った。

エイミーはとどめの一撃を放った。「ライス先生、わたしがこんなことを言う立場じゃないでしょうけどね、あなたが最初におっしゃったように——自分の職務どころか常識的な礼儀まで踏み外しているのはあなたじゃありませんか、先輩教師やわたしの指示を勝手に取り消したりして。それなら父から言ってもらうことにするわ。生徒だけじゃなく、教師にも規律が必要だってことをね」

「校長先生」ライス氏は押し殺した声で言った。「辞職願いを受理していただけますか？　今期限りで辞めさせていただきたいのですが」

「一学期前からの予告が必要なんですけどね」ミス・ハリスンが冷やかに応じた。「とにかく、ジェンキンスンとピュアフォイを今すぐグラウンドから呼び戻してもらえないかしら」

午後のリーグ最終戦では結局、一イニングでイエロー・チームが八十七点をあげ、グリーン・チームを破ることになった。

ライス氏は心底憤《いきどお》っていた。

パーカー氏とエイミーが観覧席の折りたたみ椅子に座って親しげに会話を交わすという異例の光景を目にして、ライス氏の怒りはいや増した。生き生きした話しぶり、頻繁に起こる笑い声などから察するに、エイミーとパーカー氏は最高に面白い会話のネタを見つけたのだろう。ライス氏は笑いの対象にされることに慣れてはいなかった。

こうして戦いは決着を見た。

3

郊外に別荘をもつ男が、あるとき、友人たちにその家を貸した。友人たちは戻ってくると丁重に礼を言う一方で、汚れた下着を彼に押しつけた。今のライス氏は、フィリス・ハリスンに同じことをされたように感じていた。

「だってあなた、分かるでしょう、ほかにどうしようもなかったのよ」フィリスは申し訳なさそうに弁解しながら、すっかり片づいたグラウンドから無言ですたすた戻って行くライス氏のあとを小走りに追った。「子供たちに何から何まできちんとさせるなんて、わたしにはとてもできやしない。ええ、絶対に。靴下が裏返しだとか何とかいうことなら対処のしようもあったでしょうけど。そうでしょう?」

「きみはぼくを裏切った」ライス氏は手厳しく非難した。

「まあ、あなた」ハリスン夫人は懇願口調になった。

「子供たちの前で恥をかかせた」

「そんなこと……」

ややあって、フィリスが言った。

「許してちょうだい。お願い」

「きみに期待すべきじゃなかったよ、フィリス」

「やめて。お願いだから」

「そうだな、いずれにせよ」ライス氏は内心、意地の悪い満足を覚えた。「どうせ辞めるんだし」

「まあ、そんなこと言わないで！」フィリスは嘆いた。「辞めないで、ジェラルド、辞めちゃだめよ。あなたがいないと、わたし、どうしたらいいの」

「旦那と仲良くすればいいだろう」ライス氏はつっけんどんに答えた。

フィリスは顔をしかめた。

「ところで、きみはなぜ彼と結婚したんだい」

「分からないわ」フィリスはあっさり言った。「わたしを連れて行ってはくれないの、ジェラルド」

「そんな気はないね」

フィリスは溜息をついた。「そう言うと思ったわ。あなた、わたしを本当に愛してはいないのね」

「きみはぼくを本当に愛してるのか」

「もちろんよ、ジェラルド。どうしてそんなことを聞くの」フィリスは傍らに立つ、大きくて残酷な人影に向かって視線を泳がせた。相手がその視線をとらえると、フィリスは慎ましく目を伏せた。

「わたし、どうしてたかしら……あなたを愛していなかったとしたら」

「愛してるんだろう」ライス氏は断定した。

フィリスは明るく笑った。「ジェラルド、わたし、本当にあなたを愛してるわ。あなたがそんなふうに強くて、余計なことを言わなくて、正直なときにはね。それに――そんなふうに笑うと。もうわたしのことを怒っていないでしょう」

「怒ってるよ」とライス氏。

「怒ってないとおっしゃい。でないと今ここで、子供たちの目の前でキスするわよ。嘘じゃないわ。あなた、まだ怒ってる?」

「いや」彼女がそんな脅しを本当に実行できるのかどうか訝しみながらも、ライス氏はあわてて答えた。

「それでいいわ。それじゃ」フィリスは安心したようだった。「どうやってエイミーに仕返しをしましょうか」

「おいおい、エイミーに仕返ししたいなんて、これっぽっちも思っちゃいないよ」

「ばか言わないで。思ってるはずよ、わたしと同じようにね。わたしがこの学校を気に入ってるのはそこのところよ。わたしたちってみんな子供みたいなものなの、生徒と同じ。ものを知ってる分、余計にね。わたしは単に人に仕返しをするのが好きなだけなの。そうだわ、リーラ・ジェヴァンズのところへ行きましょうよ。エイミーが今朝、あの人をクビにしようとしたでしょう。きっとわたしたちと同じような気持ちでいるに違いないわ」

「いいかい、きみ」ライス氏は大いにもったいぶって言った。「誓って言うが、ぼくは何も気にしていない」

「あなたったら!」ハリスン夫人は愛情をこめて言った。

4

戦いの喧騒は、その日一日中、絶えることがなかった。

第七章

1

リーラ・ジェヴァンズは化粧台の前に腰かけて眉を抜いていた。

ミス・ジェヴァンズは眉のかたちにはたいそう気を遣っていた。造物主が彼女の眉のデザインを少々間違えたため、ミス・ジェヴァンズはその修正にたいへんな手間を費やすことになった。放っておけば彼女の眉は、額の底辺に堂々と横たわる一本の太い棒以外の何物でもないといった様相を呈してくる。というのも、困ったことに、彼女の眉にはどうしても鼻梁を越えてつながろうとする癖があったのだ。もっと若いころには安全剃刀を使って眉間をすっきりさせようとしたものだが、概してうまくいかなかった。ミス・ジェヴァンズのずんぐりした鼻の上部にはどうやっても折にふれ剛毛が生えてきて、アラビア人が作るイバラの防柵のような格好になってしまう。結局、どんなに痛くても毛抜きを使ったほうがずっと効果的だった。

眉毛を二本の線に整えると、ミス・ジェヴァンズは上の空で青い木綿の化粧着を引きよせ、鼻の横にある疣《いぼ》の位置を確認しようと身を乗り出した。この疣こそ——もっとも、疣を固い突起状のものとするなら、彼女の疵は正しくは疵ではなく、ひときわ目立つほくろというところだった——ミス・ジェヴァンズの長年にわたる憂いの原因にほかならなかった。そのほくろからは嫌なことに、三本の黒い剛毛が決まって生えてきた。その伸び方たるや、欠かさず抜いている眉毛の分まで栄養を得ているとしか思えなかった。ミス・ジェヴァンズは毎晩、どんなに疲れていても三、四分は悲しみに沈みながら、特大のほくろをつまんだりねじったり、嘆いたり責めたりしてみるのだった。焼いてしまうべきか、そうしないでおくべきか？　それこそが夜ごと問題となる点だった。はたして良い結果が出るものか、いっそうひどくなってしまうのか？　決定を下すにはあまりにも酷い問いである。ミス・ジェヴァンズは、十五歳のころから十一年にわたってそれを考え続けてきたのだが、結論はいまだに出ていなかった。

この件に関して、彼女はダフ氏の意見を心から、切に聞きたいと思っていた。だが、そんなことがどうしてできよう？　あまりにも進みすぎというものではないか？　ミス・ジェヴァンズは進むことに恐れを抱いていた。彼は驚いて寄りつかなくなってしまったりしないだろうか。しかし一方で、およそ彼が自分では作れそうもない機会を差し出すことになるかもしれないではないか？　とはいえ彼はそもそも機会など求めるだろうか？　何から何までが難しい。

ミス・ジェヴァンズは化粧台の椅子から立ち上がって化粧着を脱ぎ捨てると、姿見に自分を映して眺めた。心が乱れて気が滅入るときなど、まあ珍しいことでもなかったが、ミス・ジェヴァンズはいつも自分のきれいな脚を眺めて慰めを得るとともに、やはり舞台女優になるのは無理だろうかと思案するのだった。

しかし今夜ばかりは、自分の肢体に対する称賛も二の次だった。考えるだけ考えてしまうと、ほくろのことさえいつもより気にならなくなった。本当に、何という特別な一日だったことだろう。朝のたった十五分の間に解雇され、呼び戻され、キスを受け、キスを返したなんて。しかもよりによって、ハリスン先生を相手に……！

ミス・ジェヴァンズは気取り屋ではなかった。彼女はしばしば、とりわけエルサ・クリンプに対して、自分は気取ろうとしてもできない人間であることを何とか分かってもらおうとした。たかが一回の、誰もが気軽に受けるようなキスくらい、どうってことはない。でも、相手がハリスン先生となると……。

そう、確かに単なる額へのキスでしかなかった。決して心をときめかすようなキスではない。しかし大事なのは、それがハリスン氏からのキスだったということだ。彼はいともさり気なく、手慣れたように淡々とそれを行った。ハリスン先生はやはり堅物などではないのだろうか。エルサ・クリンプはいつも言っている、ハリスン先生は穴馬だと。もっともエルサは誰のこともそう言っていたが——ダフ氏のことでさえ。だが、ハリスン先生にそれが当てはまるのだろうか……？　ミス・ジェヴァンズははっとして、自分の脚のことも舞台のこともすっかり忘れてしまった。ハリスン先生は何か仕返しをしようとして、今度のことでわたしをそのパートナーに選んだんじゃないかしら？

これはいかにもわくわくする思いつきだ。ミス・ジェヴァンズは狭いベッドに体を投げ出して、天井を見つめながらよくよく考え始めた。

ハリスン氏は、フィリスとジェラルド・ライスの間に起こっていることにとうとう気づいたのだろうか。

それは疑問だった。エルサ・クリンプの考えによると、校長は少し前にそのことを知り、機会を窺っているのだという。そのときは刺激的な爆弾発言に思えたのだが、ハリスン氏がいまだに行動を起こさないので興奮も冷めてしまった。信じられないことだが、誰の目にも明らかな事態にハリスン氏はまるで気づいていないらしい。しかし亭主族の目はえてして節穴だというではないか。ミス・ジェヴァンズはそういう結論に達した。何も起こってはいないのだ。ハリスン氏が気づいていない以上、何も起こってはいない。でも、こうなっては……。

ハリスン先生がわたしと密通したがっているとしたら……。

諦《あきら》め顔でミス・ジェヴァンズは起き上がり、また化粧着を身にまとい、顔にクリームをつけようと化粧台の前に座った。彼女にはよく分かっていた。自分が受けたのは、そんな類のキスではない。いつものように想像が先走ってしまっただけ。

それでもやはり、今回のことは彼女の胸を高鳴らせた。女というのは男性からキスを、ただキスをされただけで、ある種の権利を獲得したことを知るものだ。現にミス・ジェヴァンズとその年老いた母親は、ハリスン氏の無慈悲な娘から保護されることになった。

ダフ先生はどうなんだろう……。

今日の午後、エイミーとライス氏のあいだに起こった争いについて、ミス・ジェヴァンズはそれほど深くは考えなかった。彼女が私立初等学校に勤めるようになってかれこれ五年になるが、その間、大なり小なりのいさかいを経ることなしに学期末を迎えたことなどあったためしがない。最後の数日間には決まって辞表が雨あられと降り注ぐが、次の学期になると、辞めたはずの当人たちが何事もなかったかのように笑顔で舞い戻ってくる。ミス・ジェヴァンズは当然、エイミーに楯突く者を歓迎した。したがって、ライス氏のことも全面的に応援していた。そして、もちろんダフ氏のことも。

ミス・ジェヴァンズは顔に塗ったクリームの厚い層を拭き取ると、弾力のある靴型のようなもので顎の下のパッティングを始めた。

そう、ダフ先生のことを考えよう……。

2

ミス・ジェヴァンズの小部屋の隣にはまた小部屋があり、そこではメアリ・ウォーターハウスが同じような手順で作業に勤しんでいた。ただし彼女には目の敵《かたき》にすべきほくろもなく、眉もごく自然で見目よいアーチ型だったから、それらをありのままに保っておくだけの良識も備わっていた。にもかかわらず、ミス・ウォーターハウスはいつもミス・ジェヴァンズに引けをとらないくらいの時間を鏡の前で過ごした。たぶん彼女は、自分の最良の状態を点検することが人類に対する義務だとでも考えているのだろう。最良の状態というのは、若い女性の場合、鏡の前で毎晩多大な時間を費やすことによってこそ得られるものなのだから。また、ミス・ウォーターハウスの場合、ミス・ジェヴァンズがほくろと眉にかけるだけの時間に匹敵する、いやそれ以上の時間を長い髪のブラッシングにかけていた。

ミス・ウォーターハウスは実に美しい褐色の髪をしていた。彼女をそこそこ知る人は、彼女がブラッシングに時間をかけるのは、彼女がそういう性格の女性だからだと言う。彼女をもっとよく知る人は、彼女はそういう女だと思われたがっているからなのだと言う。だが実のところ、誰かをよく知るという人が相手を完全に理解しているとは限らないではないか。たとえ理解していたところで、本当のことは決して言葉にできないだろう。事実から得られるのは次のような点だけだ。ミス・ウォーターハウスの腰まで届くとても美しい髪は真ん中で分けられ、あくまでもまっすぐに、ウェーブやカールの痕跡ひとつなく後ろへ垂れている。そして、両耳の上でいわゆる〝カタツムリ〟の型に巻いているが、このやり方ほど、美しくしなやかな長い褐色の髪に不似合いなものはない。ミス・メアリ・ウォーターハウスをそこそこ知る人は、彼女は自分に似合う髪型かどうかなど気にしていないからそうするのだと言う。それに対して、彼女をもっとよく知る人は（彼らの知識や言葉は当てにできないが）、まったく不似合いでありながらどこか似合っているという印象を与えたがっているからだと言う――しかし、いずれにせよ、いかにもささいな議論ではある。

確かに、彼女をまったく知らない人ならば、ミス・ウォーターハウスが似合いの格好をするために骨折っているとは述べなかっただろう。ミス・ジェヴァンズとは違って、彼女は香水もおしろいも使わず、口紅とも縁がなかった。おまけに、髪型のせいでいくぶん出っ張った額はことさらに目立ち、色白で小さな耳は隠れてしまっていた。明らかにミス・ウォーターハウスは外見に気を遣っていないようだ。にもかかわらず彼女はいつも魅力的だった。彼女は大きな口でおもむろに、だが艶めかしく笑う。大きな灰青色の瞳はともかく知的に見える。それに彼女は聞き上手だ。自分の考えを内に秘めておける能力は尊敬に値する。全女性職員の中でも、彼女はいちばん控えめでありながらいちばん人の目を引きつけた。彼女は身寄りがなく、自分の能力だけをたのみに生活しているという噂だった。しかし、それが何の能力なのかは誰もよく知らなかった。

ミス・ウォーターハウスは毎晩ゆうに十五分は髪を梳《と》かすのを常としていた。彼女は以前何かでこんな記事を読んだことがある。心掛けのよい女性ならば髪のブラッシングを十五分以内に終えたりはしないものだが、多くの女性がそれほど心掛けがよくないのは残念なことだ、と。心掛けのよい女性であるミス・ウォーターハウスは、どうすべきかをきっちり心得ていた。

女のブラッシングというのは男の髭剃りと同じく、一日の中で自分の問題について考えを巡らせるよい機会となる。ミス・ウォーターハウスもまた自分の問題について熟考した。目下の問題の一つは、エイミー・ハリスンとジェラルド・ライスの間に持ち上がったおかしな事件にどのようにかかわっていくかということだ。学期末にはいつも神経を尖らせた二人が何かしらいさかいを起こすものだが、今回ばかりは大ごとに発展する恐れがある。週末までには職員全員が巻き込まれてどちらかの支持者になるといったことになりかねない。もしそうなったら自分はどうすべきだろうか？　どうすれば自分に有利なようにことを運べるか？　ミス・ウォーターハウスは感情のために理性がぐらつくような愚かな生娘ではなかった。彼女の中では理性が主導権を握り、感情はその配下におかれていた。

ゆっくりと確実に髪を梳かしながら、彼女は今後ありうる展開の予測を始めた。

すでにエイミーとパーカー氏は同じ陣営にいるし、ライス氏とハリスン夫人も同様である。リーラ・ジェヴァンズとダフ氏は単なる防衛本能から、おのずとエイミーに逆らう者を応援するだろう。ウォーグレイヴ氏がどちらかの味方につくとすれば(ウォーグレイヴ氏は職員の中で唯一、誰にも与しないかもしれないと考えられる)、エイミー陣営の傘下に入るだろう。エルサ・クリンプは、彼女が自分から喧嘩に首を突っ込むかどうかにもよるが、ともかく反エイミー派である。メアリは心の中で敵味方を几帳面に配置してみた。子供たちの試合の際、ライス氏が校内の掲示板に選手名をピンで止めていくのと同じ具合である。ハリスン氏には両者の審判を務めてもらおう。

ハリスン校長(審判)

白組	赤組
ライス先生(主将)	エイミー・ハリスン(主将)
ハリスン夫人	パーカー先生
ダフ先生	ウォーグレイヴ先生
リーラ・ジェヴァンズ	

エルサ・クリンプ

数の上では白組のほうが強そうだ。しかしミス・ウォーターハウスは、赤組の主将が数人分に匹敵することを知っていた。

この結果から、もはや疑問の余地はなくなった。

ミス・ウォーターハウスは迷わず赤組に加わった。

できれば副審判として自分を推したいところだったが、ほかの者たちの承認を得るのは難しいと思われた。とりわけ、赤組の主将の承認は。

3

ローランドハウス校の夜は早い。だからハリスン夫人はできるだけ遅く寝室に入ることにしていた。だが今夜はハリスン氏が遅くまで執務室で仕事をするはずだったので、ハリスン夫人ははやばやと寝室に引き上げた。ちょうどミス・ジェヴァンズの意識が眉とほくろから逸れたころ、フィリス・ハリスンはすでに衣服を脱ぎかけていた。

彼女はゆっくりと服を脱ぎ、脱いだ服の間をうろうろしながら考えた。彼女の心は小鳥が跳ねるようにあちらへこちらへと動いた。

「ジェラルドとエイミーねえ！　誰に分かったでしょう、あの二人が喧嘩するなんて。面白いじゃないの――素敵なジェラルド……でも、彼の奥さんになる人はかわいそう。いったい誰と、いつごろ結婚するのかしら――ともあれ今夜は切り抜けたわね――あらやだ、靴下が伝線してる。もっと早く気づいていれば――ハミルトンは今夜は遅いわね……学期の最後の週で助かったわ。でも、じきに夏休みなのよね――どうしてわたし、彼と結婚なんかしたのかしら。もっとひどいことになってたかもしれないけど――彼は知ったら嫉妬する？　本当に？　きっとするわね、男の人ってみんな独占欲が強いもの。でも……わたしはそんなふうにはならないわ、どんな立場になっても――メアリ・ウォーターハウスが行ってしまうなんて残念。あの人は気取り屋かもしれないけど、好きにならずにはいられないわ。役に立つ人だし。エイミーだって残念でしょうよ――健気なエイミー――まあ、このミル・エ・アン・フルールっていい香り。

　それにしても、こんなところ、もううんざり！　本当に、ジェラルドがわたしを連れ出してくれたらって気にもなろうというものよ。どうしてハミルトンと結婚なんかしたのかしら。こんな生活を送るはずじゃなかったのに。たくさんのライトや音楽や楽しい会話がなくっちゃ。ここにいても気が滅入るだけ。見捨ててさっさと出て行くべき？　決心してしまいたい。でも変ね、ハミルトンがいないと、寂しくなるに決まってる。女は不思議って言うけれど、男の人ってその五十倍くらい不思議よね。ハミルトンと結婚して――まあ何てこと、四年になるなんて！　なのにまだ、本当に彼のことが分かったとは思えないわ。エルサ・クリンプはあの人のことを穴馬って言ってるそうだけど。そうかもね。わたしとジェラルドのことを知ってるとしたら？　怖い話よね、まったく。ひやひやするわ、本当に。でもわたし、火遊びが好きだし。

ひやひやするのも好き。いったい彼はどう出るかしら。気弱な男性って——少なくとも、ふだんの生活の細かい部分で気弱に見える人って——何かあると、威張ってる人の五十倍くらい突っ走りやすいもの。でも、ハミルトンのやることは分かりそうなものだわ——たいていのことは——いやだ、頰に何かできてる。あの鮭料理のせいね」

それからハリスン夫人は五分半かけて、できかけの発疹をためつすがめつした。

次に彼女は顔にクリームをつけ始めた。

「あの人、早く彼と結婚してしまえばいいのに。ほかにウォーグレイヴと結婚したがってる人がいたって……それにしても、みんな、訛りが気に障ったりはしないようね。わたしは好みがうるさくて幸いだったわ。彼女、本当に少しは人間らしくなるかしら？　結婚って、女をそうさせるものだけど。でもエイミーじゃ……まったく、彼ったら自分が何に巻き込まれているか分かってるのかしら——本当に？　たぶん分かってるんでしょうね、だからこそ彼女も言い出せないでいるんだわ。でも、彼女はそうしたがってる。彼女ならきっとやるでしょう。あの男に天のご加護を！　どうりで彼、心配そうな顔つきをしてるわけだわ。絶体絶命ってところ——いやな腫れものだこと。これじゃ野蛮人だわ。今こそすてきに見えてほしいのに。ともかく、今度のことはわたしたちに課せられた試練だって、メアリならきっと言うでしょうね。おのれのなすべきことをなせ。わたしがなすべきなのは、イヤリングなんかに負けないくらい自分をすてきに見せること——ああ、ジェラルド。わたしとしたことが、あの傲慢な若い男にこれほど入れ込むなんて。嫌な男！——タオルはどこへいったの？　もう、どうしていつもなくなってしまうの。さっき確かにそこに置いたはずなのに。

ジェラルドのことは、そうねえ、明日になったらエイミーの件でついてやらなくちゃね。しっかり対抗してもらいましょう。こうなったら思い切り楽しませてもらうわ。そう、わたしだってちょっとくらい楽しんでいいころだもの。そういえば二週間近くなるわね、二人でロンドンに行って食事をして、お芝居を観たときから。二週間も！　いったいわたし、なぜハミルトンと結婚したのかしら？　ええ、分かってるわ、もっとひどいことになってたかもしれないことは。でも、もっともっといいこともあるかもしれないじゃない。ほかの人はここまで夢中になったりするものかしら、わたしみたいに。ええ、今に分かる、今に分かるわ。

まったく、いまいましい腫れものね！」

4

エイミー・ハリスンは寝室のドアのそばに立ち、耳を澄ましていた。彼女は音をたてないようわずかにドアを開けると、身じろぎもせず隙間に耳を近づけた。そして失意の表情がその顔を過《よぎ》るとともに、彼女はまたドアを閉めた。階段を上ってくる足音が聞こえたように思ったのだが、そんな気配はまるでなかった。

彼女は裸足で寝室を横切ってベッドに戻ったが、まだ耳をそばだてていた。彼女は誰のことも信用していなかった。

彼女は仰向けになって手を首の後ろで組み、暗闇を見つめていた。彼女には考えることが山ほどあった。夜のベッドの中は、いつも思考が最もよくまとまる場所だった。

ライス氏の辞職願いは受理しなくてはならないだろう。それはもう決めていたが、ある意味では残念でもあった。何しろ彼は学校にとってまことに貴重な存在だった、もっともまだ辞めてはいないが。いずれにせよ彼はでしゃばりすぎた。本来の領分でよしとすることは今後ないだろう。とにかく危険の芽は摘み取らなくてはならない。エイミーの考えは、父の執務室で昼食後に展開された光景の周辺をぐるぐると回っていた。そして、ライス氏の言動を思い出しただけでまたも怒りがわいてくるほど自分がまだ未熟者であることに気づき、不愉快になった。ただ軽蔑のみをもって想起できればよかったのだが。

ライス氏には辞めてもらおう。

ミス・ジェヴァンズにも。

何やら今朝、ミス・ジェヴァンズは校長を説得していたようだが、エイミーは気にしていなかった。ミス・ジェヴァンズなどものの数ではない。エイミーは父親の扱いを心得ていて、どうにでもなることを知っていた。あの娘は、休暇に入れば最初の週のうちに手紙を受け取ることになるだろう、エイミー本人からの。一学期分の給料が無駄になるのは腹立たしいが、それは仕方がない。とにかくミス・ジェヴァンズは、能力面だけをとっても辞めてしかるべきだったのに加えて、今朝ハリスン氏に取り入ったことで解雇は決定的になった。これはエイミーの名誉の問題なのだ。ミス・ジェヴァンズについては、そんなところだろう。

ミス・ジェヴァンズ、ミス・ウォーターハウス、そしてライス氏。ちょっとした人員流出になりそうだ。エイミーは、その日ずっと心の中で練っていた計画を整理し始めた。闇の中で彼女は薄い眉をひそめ、冷たい眼を不気味に光らせた。人員流出はある意味で物事の刷新につながる。小規模な流出を大規模なものに変えることはたやすい。

エイミーはすでにほとんど心を決めていた。ローランドハウス校から不要な人材を一掃する好機が到来したのだ。今こそひ弱な草は根こそぎにして、しっかりした機能的な植え込みに変えなくては。

ダフ氏のことは……。

ダフ氏は流出組に入ってもらおう。考えるまでもない。ダフ氏がローランド校に来て六年になるが、彼はどうにも使いものにならなかった。教えるのは下手だし秩序は維持できないしで、子供たちも彼をあからさまに笑い物にしていた。ローランドハウス校という組織の中において、ダフ氏にはスープに浮かべる干しエンドウ程度の使い道しかなかった。この二十四か月というもの、エイミーはダフ氏を辞めさせるよう父に訴え続けてきた。ハリスン氏もやむをえないと承認したはずなのに、ダフ氏は今でも在籍していた。今度こそ辞めてもらわねばならない。

では、どうやってダフ氏にここから出て行かせるか？

今学期の残りの数日間にハリスン氏から解雇を言い渡すようたきつけるか。そんなことができるとはエイミーにはとうてい思えなかった。ハリスン氏は職員をクビにするのが大嫌いなのだ。ダフ氏はもう六年間もここにいる。その事実はハリスン氏にとって、あと六年はいてもらってよいだろうという大きな根拠になるらしい。エイミーは、自分がそれほど甘くはないことを冷ややかに天に感謝した。そうでなければ学校はどうなっていたことか。考えたくもない。

こうなったら、ダフ氏を追い詰めるか怒らせるか恥をかかせるかして、嫌でも辞表を書いてもらおうか。とはいえエイミーにはまだ具体案がなかった。そのうちに考えが閃くのを待たねばならない。

それからエルサ・クリンプは……。

エイミーはエルサ・クリンプが好きではなかった。それはエルサ・クリンプを辞めさせる十分な理由になりえたが、ほかにももっともらしい理由はいくつかあった。ミス・クリンプはあまり良い音楽教師とはいえなかったし、ダンスを教えるのはもっと下手だった。ただ投げやりに演奏することはできたし、演奏ほどではないにせよ踊ることもできたけれど、身につけている以上の知識を分け与えるという、教師に必要な才能が彼女にはなかった。分け与えようという考えさえもたなかった。ミス・クリンプが年少組の授業を行っているとおぼしき教室からは、たいてい笑い声や冗談が聞こえてきた。笑い声や冗談ばかりが。

ミス・ハリスンはまた眉をしかめた。ああしたことはやめさせなくては。

音楽やダンスは、学校のカリキュラムにおいてさほど重要な科目ではない。親たちが、これらの科目を学んだ成果について問い合わせてくるとは考えにくい。したがって、ミス・クリンプの悪い面は今のところ、ほかの有利な条件によってカバーされている。エイミーはそれを最大限に利用していた。子供を入学させてくれそうな親たちに向かってのみ発せられる、温厚で誠実そうな声でこう言うのである。「なお、音楽とダンスについてはクリンプ先生が担当します。レジナルド・クリンプの娘です。ご存じでしょう、あの王立美術院の。ええ、王室一族のすばらしい肖像画を描いた人です。そうです、親子でアリンフォードに住んでいるんですよ。なかなか魅力的な方でしてね。もちろん、娘さんが働く必要なんてまるでないんですけど、ぶらぶらしているのが単に嫌だとかで。父親似なんです。ええ、きっと彼にお会いになれますよ。リチャード坊ちゃんに会いにいらしたときにでも、お昼をご一緒しましょう、彼を招待しますから。あの方も喜ぶでしょう。ここへはしょっちゅういらっしゃるんですよ」ミス・ハリスンにはよく分かっていた。クリンプ画伯は、ローランドハウス校で昼食をとるくらいなら、これからは鉛白を使わずに絵を描くよう宣告されるほうがましだと考えていることを。彼がこの場所に足を踏み入れたのはたった一度だけだった。彼はかんかんに怒って娘を呼び戻しに来たのだ。その日、ニュー・アメリカン・アート・クラブの会長が短いイギリス滞在の合間をぬって昼食会に訪れることを、彼の娘はすっかり忘れていた。そうしたことは、まったく別の世界の話だった。

しかし依然、エイミーはミス・クリンプをよく思わなかった。

一つには、ミス・クリンプがいかにも若い女らしい性格だったからだ。エイミーは昔から、私立初等学校の職員としてふさわしいのは一定のタイプの女性のみと決めつけていた。ミス・クリンプは若い女の典型ではあるが、性格は悪くないかもしれない――などというのはまったく当てにならない。エイミーは絶対に誰にも言いもしなければ匂わせもしなかったが、実際にミス・クリンプがときどき口にすることといったら……ローランドハウス校のような場所の雰囲気を保つためには、いくら注意を払っても払いすぎるということはない。エイミーは（その種の行動には眼を光らせていたので）今学期のうちに気づいていた。エイミーがある職員に対して何らかの懲罰を言い渡す口実をもっているときにはいつも、エルサ・クリンプがその職員への同情を大っぴらに述べることを。そんなことが続けば、どうして規律を維持することができよう？　エイミーは唇を引き締めて考えた。

エルサ・クリンプも辞めさせよう。

では、パーカー氏は……。

この件に関しては、一筋縄ではいきそうにない。これまでエイミーは、たとえ遠回しであろうとパーカー氏の行動や言葉や思想への共鳴につながるようなことは、何によらず注意深く退けるようにしてきた。もっとも今のところ、父の部屋で怒りにかられたあの数分間がきっかけで、自分自身も自分の権限も彼の後ろ楯に回ってしまっている。しかしエイミーは、些細な事件のために真実が見えなくなるような甘い人間ではなかった。パーカー氏は無能で不器用な老人でしかない。たまたまライス氏を出し抜こうとして裏工作を行い、そのために権威の力を借りて自分の立場を守る必要があっただけだ。エイミーはまったく公正だった。パーカー氏があしたことをやった理由などお見通しだ。その後ライス氏が怒りにかられたことも、それがパーカー氏に向けられたものである限り、いかにも根拠のしっかりした領ける話である。パーカー氏が今でも無能で不器用な老人であることも分かっている。やはりパーカー氏には辞めてもらおう。

しかしこれは、エイミーが直面した問題の中でも最高に困難なことになりそうだ。彼女の父親は決してパーカー氏を免職にはしないだろう。パーカー氏の無骨な外見の周囲にはロマンスの霧が立ち込めており、エイミーにはとても信じられなかったが、それはパーカー氏自身から発しているというのだ。パーカー氏のローランドハウス校での勤務年数はハリスン氏とほぼ同じだった。何しろエイミーの祖父のもとですでに初級教師として勤めていたのである。そして彼はハリスン氏の最初の夫人にはかない思いを抱いた。夫人はその鋭い判断により彼を選ぶことはなく、爾来《じらい》パーカー氏はその事実をよりどころに生きてきた。誰もが彼を丁寧に扱い、ハリスン夫妻も暖かな雲で包むように同情を寄せた。彼はローランドハウス校から離れられないだろうと誰もが納得していたし、不幸を経験していることも知られていた。それはほとんど感動的な話でさえあった。パーカー氏は伝説の人物になったといってもよかった。ライス氏という偶像破壊者の出現により、それまで揺るぎなく鎮座ましましていた壁龕《へきがん》からの移動を余儀なくされるまでは。

そんなわけでエイミーはライス氏には感謝していた。どうやって追い落とし作戦を続行するかはまだ明らかになっていなかったが、とにかく今、パーカー氏の下にはすでに梃子《てこ》が差し入れられている。その一方の端をうまく押し下げてやるのが適切というものだろう。そしてパーカー氏には辞めてもらうのだ。

エイミーは決意を新たにした。来学期までに、ウォーグレイヴ氏を除くローランドハウス校の現職員全員を追い出してしまおう。大きな変動となるはずだから、休暇期間中は忙しくなりそうだ。それでも、全体的に見れば、ものごとはずっとやりやすくなるだろう。

そして、ウォーグレイヴ氏は……。

エイミーの若く厳しい顔はまるで和らがないどころか、怒りの表情さえそこには浮かんでいた。エイミーは本当に怒っていたのだ。いったいあの男は何を考えているのだろう？　エイミーはすでに的確に彼の人柄をまとめあげていた。決断力のある職業人であり、野心的で、愛よりも抜け目のない分別の導きにしたがって結婚するような男。ウォーグレイヴ氏が自分を少しも愛していないことはエイミーも重々承知していた。自分だって彼を愛してなどいないのだし。だが、彼女にも分かっているように、彼もまたこう思っているかもしれない。彼らは互いに、相手にとって役立つ存在となるであろう、と。実の母親が死んでからというもの、エイミーは多少なりとも意識的に、ローランドハウス校での権力者の地位を分かち合う配偶者を探し求めてきた。今や彼女がその相手を見定めているというのに、あの若者は幸運の到来を察知できないほど愚かなのか？　エイミーの表情はますます険しくなった。

そんなはずはない。彼女はウォーグレイヴ氏を理解していた。彼は決して愚かなのではない。何か裏に考えがあるのだ。あるいは――あるいは、どこか別の場所でつまらない名誉にありつくための契約を交わそうとするほど、想像を絶する愚か者ということもありうるだろうか？　男はそうしたことに対してはとても子供っぽく振る舞うものだ。ウォーグレイヴ氏がそんな絵空事に気を取られるとは思えないが、しかし男は信頼できない。

こんな場合には率直さが功を奏す。明日の朝、ウォーグレイヴ氏に直接問いただしてみるとしよう。おそらく彼は……。

何か今、階段を上ってくるような音がしなかったか？

エイミーは跳ね起きて、白衣の復讐の天使のようにドアへ駆け寄った。

5

エルサ・クリンプはひとりで居間に座って煙草を吸っていた。肘の先にはウィスキーのソーダ割りが置いてあった。ウィスキーは好きではなかったが、何かしら頼るものが必要だった。庭の奥の仕事場では父が強い昼の光のようなランプの下で、太った商人の妻の宝石にハイライトを描き入れていた。

ミス・クリンプは明るい緋色のビロードのイブニングドレスを着ていたが、その割には浮かない顔をしていた。彼女はだらしなく下ろした茶色の髪に片手をしきりに走らせ、吸い終えた煙草をいらいらした仕種で空の灰皿に投げ入れた。ミス・クリンプは恋をしていた。そして今日の若く独立心旺盛な女性らしく、そのことにたいそう苛立っていた。

しかもそのときのミス・クリンプには苛立つ理由があった。彼女は副牧師に恋をしていたのである。それは屈辱的なことだった。

マイケル・スタンフォード師がアリンフォードに住むようになって三年になるが、ミス・クリンプが彼を知ってからまだ一年も経っていなかった。出会ったのはローランドハウス校で、彼は月曜の朝の一時間だけ、第六学年の聖書と教理問答の授業を担当しに来ていたのだった。彼女は一目で恋に落ちた。ミス・クリンプは自分の気持ちを隠すタイプではなかった。攻撃的というにはいくぶん切れ味の鈍い彼女の意思表示によって、スタンフォード師は自分が相手にどんな衝撃を与えたかに気がついた。彼は喜んでいるようには見えなかった。ミス・クリンプは彼の丁重な拒否を授かったが、懇願をやめようとはしなかった。

エルサ・クリンプが意識的に誰かを真似るということはあまりなかった。無意識のうちに他人に似た態度をとるということはあったが、そのモデルはたいてい地元のチェルシーに住む人々で、意識的にということはなかった。けれどもこの数週間ばかり、ミス・クリンプは羨望の眼差しでエイミー・ハリスンを見ていた。彼女はエイミー・ハリスンが好きではなかった。というより、大嫌いだった。だが、ミス・ハリスンのやり方に実効性があることは否めない。エイミーが狙った獲物を逃すなどとは想像もできなかった。相手の男がどんなに引っ込み思案で、追跡から身をかわそうとしたところで。ミス・クリンプは注意深く観察し、同じように行動した。にもかかわらずスタンフォード師はつかまってくれなかった。まったく厄介な事態だった。

彼女は新しい煙草に火を点けた。

スタンフォード師に譲歩してもらわなくては。それだけのことだ。決定的な譲歩を引き出す望みは薄い。いったいどうやって男性を振り向かせたらよいのだろう。自分が遠くからやって来るのを見ただけで駆け寄って来てくれるようにするには？　それが問題だ。

煙草は何の助けにもならなかった。

彼女はそれを投げ捨て、また次の煙草に火を点けた。

恋をすると、煙草の量が増えて仕方がない。

6

マイケル・スタンフォード師は髪を梳かしていた。彼はそれは丁寧に髪を梳かし、つやつやに光るまで撫でつけた。彼はエルサ・クリンプのことを考えていた。

「彼女と結婚するくらいなら死んだほうがましだ。だが、彼女は諦めないだろう。どうもこれ以上逃げられそうにない。教区の牧師に泣きついても仕方ないし。彼は理解してくれないだろうからな、笑うだけで。牧師として独身を貫くことを何より尊重したいと何度も言ったのに。彼女は何をやらかすだろう？　おお神よ、彼女がしないことは何だろうか？　あんな女性には会ったことがない。恐ろしいことだ。

ここを去り、どこか別の場所に行っても無駄だろう。ただ追ってくるだけだ。

どうすればいいだろう、どうすれば」

彼はブラシを置いてベッドの脇に膝をつき、エルサ・クリンプから解放されるよう祈った。

祈り手の内にはいささか頼りない確信しかなかった。十代の初めのころから、マイケル・スタンフォード師は全能者の全能を疑い始めていた。

7

ローランドハウス校の寝室で、ウォーグレイヴ氏は歯を磨きながら鏡の中の自分に向かって満足そうに笑いかけた。彼は何週間か前に、学期の最終日になったらエイミーを受け入れようと決めていた。その日まで、あと五日間しかなかった。

ウォーグレイヴ氏は幸運など信じていなかった。ウォーグレイヴ氏が二年前に出していたのとまったく同じ結論、つまり、二人の結婚という結論にエイミー・ハリスンが達したのは、彼女自身の意志のように見えたとしても、それは幸運などではない。それは二人の関心を結合させる最良の手段なのだ。そう、幸運などではまったくない。周到な演出の結果なのである。この二年間というもの、ウォーグレイヴ氏は細心の注意を払いつつエイミーの心にまさしくその考えを植えつけてきたのだ。

むろんエイミーは、すべて自分の考えついたことだと思っている。だがそれは、エイミーがそう思うようにウォーグレイヴ氏が仕向けた結果にほかならない。

ウォーグレイヴ氏には野心があった。いずれの有名大学の学位も得ておらず、金も後ろ楯も有力な友人もなく、あるのはわずかなランカシャー訛りというだけでは、明るい未来があろうはずもない。仕事の能力があるというだけでは、実入りのよい学校の経営者には決してなれない。そんなことは最初から分かりきっていた。だから彼は、職場とする学校を慎重に選んだのだ。経営関係者に一人娘がいること。ただしその容貌は魅力的すぎないこと。そういう学校を見つけてもぐり込んだウォーグレイヴ氏は、くだんの娘を、そして彼女の最大の賛辞を得られそうな手段を注意深く研究し、仕事に取りかかった。

ウォーグレイヴ氏のとった手段に何一つ抜かりはなかった。裏に綿密な計画があったことをエイミーが知るはずもない。彼女の学校だけが目的で結婚したといって非難することも決してないだろう。彼は逃げだすつもりはなかった。とんでもない。あとはエイミーが先頭に立って走ってくれる。

そしてエイミーはそのとおりにした。

ウォーグレイヴ氏は、エイミーが言い寄ってくるのを内心大いに楽しんだ。非常にビジネスライクな言い寄り方だった。愛だの何だのといった役に立たない問いはいっさい発せられなかった。エイミーの求愛はほぼ完璧に磨き抜かれ、整理され、もともと筋書きを考えたウォーグレイヴ氏の示唆に応えるようなかたちでなされた。女手一つでは男子校の切り盛りなどできない、とエイミーは歌の文句のように繰り返した――実際にはそんなことはなかったかもしれないが。彼女は傍らに有能な男性を必要としていた。それは兄弟か夫であるべきだったが、彼女には兄弟がいなかった。ふだんの厳格さに反してウォーグレイヴ氏はときどき一人笑いを洩らした。それは状況が愉快だったからではなく、計画があまりにも首尾よく進んでいるからだった。

もちろん厄介事も多々あったけれど、エイミーの知るところではない。ウォーグレイヴ氏は独身主義者ではなかった。いかに一途な野心家でも、若い男性が二十九歳に手が届くまでに何らかの恋愛を経験しないでいることはまずありえない。ウォーグレイヴ氏の愛情は結婚を求められていた。むろんウォーグレイヴ氏にはその種のばかげたことに甘んじる気はなかったが、それは確かに厄介事だった。

ウォーグレイヴ氏には分かっていた。彼は成功することになっているのだ。行く手を阻むどんな障害に対しても、徹底的に立ち向かう心づもりが彼にはあった。

8

ダフ氏はベッドで本を読んでいた。いや、本が枕の上に置かれていたというべきだろう。ダフ氏の意識は本にはまるでなかった。

ダフ氏は悩んでいた。争いが続けば、早晩どちらかの側につくことを余儀なくされるだろう。彼はパーカー氏とエイミーの側につきたいと思った。それが賢明というものだ。実際、エイミーに逆らう者の味方をダフ氏があえてすることなどないのは確かだった。一方、リーラ・ジェヴァンズはすでにエイミーと決裂しているから、おそらくライス氏の応援に回るだろう。どうすれば曖昧にしたまま、しかし誠意を感じさせつつミス・ジェヴァンズのいる側に行かないで済ませられるか？　むろんそんなことはできっこない。ダフ氏もそれは承知していた。しかし、自分のような非力な仲間でもミス・ジェヴァンズを少しは元気づけられるかもしれない――とうてい十分ではないにせよ、彼女が仲間の存在に気づいていれば。

エイミーか……。

ダフ氏は自分の老いた母親のことを思い出して歯がみしそうになった。ダフ氏が長年エイミーのあからさまな軽視や侮辱に耐えてきたのは、母親のためだったのだ。もしここで職を失ったら、ほかで職が得られる機会などあるだろうか。老いた母親はどうなる? ときおり、エイミーがいつもにもまして無礼な態度をとると、ダフ氏はせいぜいエイミーの死を夢みながら眠りについた。あるいは非常に不快な症状がいつまでも続く病気になるとか、事故で大怪我をするとか……。ハリスン氏が決して自分を解雇したりしないことをダフ氏は知っていた。また同時に、エイミーがその機をじっと窺っていることも。ときおり彼は捨てばちな気持ちになって、エイミーの注意をほかへ向ける方法をあれこれ考えることさえある。彼女の人生の手助けをするとか、学校の手助けをするとか、貴族の息子を三、四人ほど紹介するとか……しかし、いつでも彼には分かっていた。エイミーの尊敬を、あるいはせめて執行猶予だけでも得られるようなことなど、自分にはできっこないと。

エイミーか……。

そして、うちの母親……。

ミス・ジェヴァンズにも年配の母親がいる。そのことは、彼ら二人の間に不思議な絆を生じさせていた。

ミス・ジェヴァンズ……。

リーラ……。

昨日の朝、玄関ですれ違ったとき、彼女は本当に彼に向かって特別に微笑んで見せたのだろうか？　彼女が？　ダフ氏がこの重要な疑問について考えるのは、これで百回目だった。百回目に彼は結論を出した。いや、あれは勘違いだ。なぜ彼女がそんなことを？　まったくばかげているどころか、気が触れている。あんなにすばらしい娘、リーラ・ジェヴァンズがそんなことをしたと考えるなんて……。

「何てこった」ダフ氏は呻《うめ》いた。「くたばっちまえ、何もかも」

9

パーカー氏はウィスキーの瓶を引き寄せ、愛しげに眺めて一口分を注ぎ分けた。これが最後の一杯だ、本当に。今夜は一杯余分に飲んでしかるべきだろう。と言いつつ、もう二杯飲んでおり、これが三杯目だったのだが。三杯飲む価値もあろうというものだ。とても気分がいい。そう、これまでの中でも、今日という日は三杯のウィスキーに値する。

鬼のエイミーに主張を認めさせ、しゃくにさわるライスには辞表を書かせたのだ。それが一日の仕事だったとも言えるだろう。三杯が何だ？　構うものか、四杯目にいこう。

パーカー氏は四杯目をあおった。

宿舎内の人間は、パーカー氏を除いて寝静まっていた。
パーカー氏は彼らのために、五杯目の祝杯をあげた。

第三部

第八章

「シェリンガムさん、これで終わりですか。残念だな。ちょうど面白くなってきたところなのに」

「ぼくのほうはうんざりしてきたんだよ、だからやめたのさ」ロジャーは答えた。

それはモーズビー首席警部がふたたびオールバニーに電話してきた日の夜のことで、二人は前と同じくロジャーの家の暖炉の前に座っていた。もっと詳しく話を聞きたいと首席警部が立ち寄ったのだった。

「それで、犠牲者の見当はつきましたか」

ロジャーはジョッキのビールをぐいっとあおった。「さあ、どうかな。前にも言ったとおり、複雑な動機の裏の裏まですべて集めたとは保証できないよ。あそこではぼくが考えたよりはるかに多くのことが進行してたんじゃないのかな」

「それにしても、週末までに殺し合いが始まらなかったのが不思議なくらいですね」

「モーズビー」ロジャーは大まじめで言った。「私立初等学校の学期が今より一週間長かったら、とんでもない数の死者が出ているだろうね」

「きっとそうでしょうね。あなたの原稿から大いに学びましたよ。では被害者の女性が誰か、見当をつけてみるつもりはないんですね」

「まあ、見当はつけてみるさ。もちろん、エイミーという線はある。誰が彼女を殺してもおかしくなかっただろう。たった数週間いただけだが、ぼくだってすぐにでも手を下しかねなかった。彼女はぼくにはばかに優しかったがね。だが、誰にもそんな勇気はなかったと思う。そう、エイミーじゃないのは確かだ。あの手の人間は殺されたりしない。

だが、リーラ・ジェヴァンズ型の人間ならありうるな。しかし、動機は何かな？　彼女はまったく人畜無害だった。ぼくの知る限りでは、ダフ以外、リーラに少しでも個人的な興味を抱いた者はいない。ダフはむろん殺したいなどとは思わなかっただろうし。いや、リーラ・ジェヴァンズとも思えないね。

フィリス・ハリスンはどうだろう？　いやはや、彼女とライスくらい大っぴらに浮気してる男女も珍しい。フィリスのご主人なら動機は十分だ。それにああいった弱い男がどういうものか、きみ、分かるだろう。ひとたび窮鼠《きゅうそ》猫を嚙むとなると、深く嚙みすぎるのさ。それにしても……まあ、確かじゃないが、ハリスンが本当に妻君を愛していたとは思えない。若い妻と中年の夫の場合は万事うまくゆかない、ときみは言うだろうが、彼は愛してなかった。それに妻君をちょっと恐がっていたようだ。彼女にはけっこうユーモアのセンスがあったがね。ときどき抜けているように見せかけてはいたが、それほどばかじゃなかった。もちろん、根っからの怠け者で、ひどく自己中心的だが、ばかじゃない。それでもハリスンが激怒して我を失えば、フィリスだって危ないかもしれない、だが――」

「それはまずありません、シェリンガムさん。殺人があったとすれば、周到に計画した上での犯行です」

「では、被害者はフィリス・ハリスンではない」ロジャーは即座に言った。「フィリスを計画的に殺すとしたら、ライスしかいない。彼女が奴を手離そうとしなかった場合だがね。だが、彼女は別れたに違いない。ただライスと楽しんでいただけなんだ。あいつはちょっとばかり鈍いところがあるじゃないか。

では、あとに誰が残る？　美人の客間付きメイドのノーラかな？　いや。エルサ・クリンプでは？　彼女が熱をあげた副牧師が殺したことも十分考えられる。だが、ちゃんとした牧師は殺人などしないものだ。エルサがことさら誰かの不興を買っていたとも思えない。個人的にはけっこう面白い娘だと思ったがね。

すると残るのはただ一人、メアリ・ウォーターハウスだ。いや、彼女のことはよくは知らない。連中のなかではただ一人、内面まですっかり分かったとは言えない人物だよ。ぼくは時には彼女を純真だと思ったり、また時にはとんでもない偽善者だと思ったものだ。概して言えば、後者だったと思うよ。メアリの乙にすましたところは、できすぎていて本当とは思えなかった。偽善者だとすると、その偽善がどこまで及ぶか分からない。待てよ、きみの見つけた女は妊娠していたんだったな？　それなら、メアリ・ウォーターハウスにぴったりだし、彼女がただ一人、当てはまる人間のようだ。そう、それでオーストラリア人との話も、期末にイギリスを離れるという点も説明がつく。なるほど」ロジャーは興奮して言った。「メアリには近しい親戚もいず天涯孤独の身だから、失踪しても届け出る者は誰もいないというわけだ。モーズビー、被害者はメアリ・ウォーターハウスなんだろう?」

「そうです」首席警部はいささかがっかりして答えた。ロジャーがエイミー・ハリスンを選ぶと思ったのだ。

「ふーん」ロジャーはさらに真剣な顔つきになった。「メアリ・ウォーターハウスか……すると彼女が殺されたってわけだね? モーズビー、わずかでも知っていた人間が殺されたと聞くのは、少なからぬ衝撃だな。殺しってのはあまりに——決定的だから」

「通常、二人の人間にとってね」首席警部は素っ気なく言った。

「誰が殺したか、見当がついているのかい」ロジャーは尋ねた。

「本当のところ分かりません、シェリンガムさん。しかし、あなたの原稿から一つ二つ、手掛かりを得ました」

「あれをあんまり信用しすぎないほうがいいよ」

「むろんです。しかし——その、あなたが書いたことの大部分は事実かと思いますが? たとえば、あの塀の話とか」

ロジャーは「ああ」と頷き、続けて何か言おうとして、首席警部が意味ありげな表情を浮かべたのに気づいた。「モーズビー、まさかきみが考えているのは……」

「そう、あれは一つの手掛かりではないですか? つまり、奴はどうやって正しく仕上げるかを知っていたんです。地下室の床の煉瓦の継目はきちんとできていました。間違いありません。それに砂とセメントのことがある。どこから運んできたものか、我々には調べがつきませんでした。セメントは通常、少量買うようなものではありませんからね」

「つまり、学校からすぐ使えるようにして持ってきたと?」

「わたしにはそう思えますね」

「うん」ロジャーは考えた。「うん、そうだ。何と!——ウォーグレイヴだ……あいつは最初から虫が好かなかった、だが、畜生……」

「原稿でも、彼とメアリが一時、互いに夢中だったことにちょっと触れていましたね?」

「うん、そうさ。二人は親しかったということになっていたはずだよ。しかし、そのことには実際、大した意味はなかった。エイミーに行動を起こさせるために、メアリをだしに使っていただけかもしれない。あいつならやりかねなかった」

「本当に書いたとおりだったんですか?」

「ウォーグレイヴとエイミー・ハリスンについてかい? ほとんどね。エイミーは確かに彼を追いかけていたし、彼だってまんざらでもなかったろうと思うよ。奴は確かにとても真剣で、とても野心的だった」

「それにあなたの考えでは、あまり躊躇しなかった、というわけですね?」

「うん」ロジャーはいくらか認めるのを渋るように言った。「いや、躊躇したとは思えないね」

「ほう」

ロジャーは立ち上がり、またビールをついだ。

「だが、いいかい」彼はふたたび腰をおろしながら言った。「いったいなぜ、犯人が学校の人間だと分かる？　その必然性はないんじゃないか」

「ええ、必然性はありませんね。しかしシェリンガムさん、わたしはそれに賭けてもいい。メアリは学校の外では大した活動をしていなかった。我々は聞き込みをしたんです。休暇にはいつもどこかに泊まるか、誰か職場のほかの女性と過ごしていた。むろん、たまには男と過ごしていたかもしれません。そこまで調べあげることはできなかった。だが、学校以外をそんなに調べる必要はないと思いますね。どうですか」

「ああ、残念ながらね。だが、かつて一緒に食事をした人間の一人が殺人犯に違いないなんて、考えるとぞっとするな。うえっ！」

「多くの人間がこれまで同じことを言ってきたんですよ、シェリンガムさん」モーズビーはあっさり言った。「殺人犯はたくさん出てますからね」

しばらく二人の男は黙った。

「それで？」ロジャーは口を切った。「ほかに何かお手伝いできるかな」

「あなたの本ですがね。どう続けるつもりだったんですか」

「さあ、どうかな。どこかにざっとメモしてあるんだが。とにかく、揉め事はさらに続く。エイミー・ハリスンとライスの間で水泳プールに関して何かトラブルがあり、リーラ・ジェヴァンズとメアリ・ウォーターハウスの間であれやこれやで喧嘩が起きる。誰もがもう少し深く巻き込まれることになる。だが、きみの役には立たんよ。きみの抱えている問題にしろ、メアリ・ウォーターハウスの件にしろ、これ以上、あの原稿が光を投げかけることはないだろう。ここらでもう一方の側から探るほうがいいんじゃないか？」

「もう一方の側？」

「地下室だよ。どのようにメアリ・ウォーターハウスはあの地下室に入り込んだのか。歩いていったのか？　誘い込まれたのか？　誰か彼女を見た者はいるか？　誰か彼女と一緒の男を見た者はいるか？　メアリとあの家、あるいは男の誰か——まあ、ウォーグレイヴとしてもいいが——とあの家は関係があるのか？　こういった質問にもう答えは出てるのかい」

「まったくだめですね」モーズビーは朗らかに答えた。「答えるのはひと仕事だ。その方面は前にも当たってみたんですが、一歩も前に進めませんでした。被害者が分かったわけですから、少しは前進するでしょうが、あまり期待はしていません。いや、全力を注がなくてはならないのは、学校方面に関してだと思いますよ」

「まず、ウォーグレイヴ君に去年の夏休みの第一週に何をしたか訊くことから始めるのかね？」

「まあ、たぶんそこからは始めないでしょうが、じきにそう訊くことになるでしょう。死亡時期を一週間にまでしか絞ることができないのでは、訊いても、あまり役にはたたんでしょうが。丸一週間にわたって何をしていたかを分刻みで説明するなんて、誰にもできない相談ですよ」

「警官にしては、とても公正な意見だよ」ロジャーは認めた。

「ええ、あなたがた素人が考えるより、我々は公正なんです」モーズビーは釣り込まれないように、にやりとして見せた。

「言い換えると、この事件の解決にはだいぶ手こずりそうだってわけだね？」

「かなりね、間違いなく。だが、よくあることですからね。犯人はちゃんと分かっていても、証明するのは簡単ではないんです」

「そうとも。この件ではよっぽどの運がなけりゃ、証明なんかできないだろう」ロジャーは考え込むように言った。

「シェリンガムさん、我々はきっと解決してみせますよ」職業柄、楽天的に首席警部は返した。

「心配ご無用です」

「心配なんかしてないさ。こいつは完全にきみの事件だ。ぼくは巻き込まれたくない。ローランドハウスにはもう行ってみたかい？」

「わたし自身は行っていません。明朝行くつもりです」

「前にいた人間は四人しかいないだろうが、あとの者もすぐに調べ出せるだろう」ロジャーは無頓着に言った。

「四人ですって？」

「ハリスン、ミセス・ハリスン（彼女が夫をおいて出ていってなければだが）、エイミー、ウォーグレイヴだ」

「いや、みんないますよ。あなたの本に出てくる人物全員が」

ちょっとの間ロジャーは驚いた顔をした。それから微笑んだ。

「もちろん、そうだな。ばかなことを言った。私立初等学校の職員が辞職したり解雇されたりするたびに立ち去っていたら、期末ごとにイギリス中に大異動があるだろうね」

「はは」首席警部は礼儀正しく笑った。

「エイミーとウォーグレイヴはうまくいったんだね？」

「ええ、婚約しました」

「それでエルサ・クリンプと副牧師は？」

「ミス・クリンプとスタンフォードさんも婚約しました」モーズビーはしかつめらしく答えた。

「ではリーラ・ジェヴァンズとダフ君は？」

「婚約していません」

「モーズビー、それならきみもたまには仲人役をかってでて、あそこへ行ったときに二人の手を結び合わせてやったらどうだい。事情聴取は済んだんだろう？」

「ええ、もちろんです、シェリンガムさん」首席警部はもったいぶって答えた。「今回はあなたが手を貸してくれないと思ったので、我々だけでやることにしたんですよ」

ロジャーは笑った。「モーズビー、もっとビールを飲めよ」

「ええ」モーズビーは自分でもちょっと驚いたように言った。「悪くないですね」

第九章

ロジャーにも話したとおり、モーズビー首席警部は有望な容疑者をつかんだので、内心大いに満足していた。実生活における殺人が複雑であることは滅多にない。圧倒的な動機がある所には、必ずといっていいほど犯人がいる。この事件で、ウォーグレイヴがメアリ・ウォーターハウスの胎内の子の父親だとすれば、動機の強さは想像に難くない。

ロジャーには一言も洩らさなかったが、ミス・ウォーターハウスの過去はまことに興味深いものだった。骨折した足につけられていたプレート——それが身元の判明につながったのだが——に関する報告書は、実は刑務所内の診療所から送られてきたのだった。メアリ・ウォーターハウスは当時、メアリ・ウェラーの名で知られていた。彼女は別の女性のハンドバッグを盗んで逮捕されそうになったところを逃げ、つるつるした舗道で滑って足を骨折した。逮捕歴によるとメアリは前科二犯だったが、どちらも軽犯罪だった。あわせて八か月服役した。

メアリ・ウェラーがチェスター刑務所を出所してから、三年後にメアリ・ウォーターハウスとしてローランドハウス校に現れるまでの足跡を追うのは、容易ではなかった。彼女に関してそれ以上の前科はなかった。再度出所してからは、メアリはまっとうな道を歩もうと懸命に努力したようだ。モーズビーと部下の精力的な警官たちは、次第にその足跡を明らかにしていった。ある食堂ではウェイトレス、ある専門学校では速記の学生、ある事務所では一介の事務員、また別の事務所ではもっと重要な仕事を任された事務員、あるいはシャフツベリ通りの婦人服店の女性マネージャーと、ミス・ウォーターハウス（ウォーターハウスという姓は二つの勤め先でだけ使われた）の職歴が懸命の捜査の中で次々と確認され、そしてついにローランドハウス校に私設秘書として姿を見せるまでがつきとめられた。

そこで何が起きたかは十分推測できる、とモーズビーは考えた。今や自分の過去をまったく知らない人々の中で、いい給料をもらう身となったミス・ウォーターハウスは、結婚によって自分の世間体を確固たるものにしたいと切に望むようになった。ひとたびねじまがった精神の持ち主は、二度と完全にまっすぐになることはない。どの男も自分から近づいてくれないのなら、誰かを罠にかけるのが当然と彼女には思えたのだろう。メアリ・ウォーターハウスは抜け目なく、思いどおり内密に事を運んだ。しかし不運なことに、具《そな》えているべき恥や品位といった感覚より野心のほうが強い男を選んでしまったのだ。皮肉な話だと首席警部は思った。メアリがその男を選んだのは、まさに彼の野心的なところを買ったからなのだろう。そしてそれだけではまだ過ちが足りないとでもいうように、メアリはおそらくイギリスでただ一人の男を選んでしまったのだ——結婚できないとなれば当然のように彼女が恐喝し始めたとき、おのれの野心のためなら彼女を実際に撃つことも辞さないという男を。ともかく、モーズビーは事件を頭の中でこのように再現した。

ローランドハウス校でこれまでに行われた聞き込みは、当たりさわりのないものだった。ミス・ウォーターハウスとルイシャムの地下室で死体となって発見された女性が同一人物であることは、明かされていなかった。モーズビーはこの情報に対する各人の反応を自分で確かめたいと思った。

ロジャー・シェリンガムに原稿を返した翌朝十一時に、モーズビーはローランドハウス校の呼び鈴を鳴らした。

彼は名前も職業も告げずにハリスン校長と面会したい旨を告げ、明らかに父兄のための応接室とおぼしき部屋に通された。季節は三月も末、イースター学期は終わりに近く、ロジャーの原稿から私立初等学校について得た知識によると、彼らはこの時期、一触即発の危機にあるはずだった。首席警部は冷淡にもそういう状態であることを喜んだ。訊問される側の抑制の効いた神経は、訊問する側にとってはあまり好ましいものではない。

ドアが開き、若い女性が入ってきた。薄茶色の眉に緑色を帯びた目がいやに飛び出した女。モーズビーは彼女を興味深く見た。間違いなく、これが恐るべきミス・ハリスンに違いない。

女性はモーズビーに微笑みかけた。学校経営者の刺《とげ》を抜くには、生徒獲得の見込みにまさるものはない。

「初めまして」歩みよりながら、彼女は言った。「自己紹介をしなければ——ハリスンです。父にお会いになりたいんですね？　今は手が離せませんので、よろしければわたしがご用件を伺いますが。坊ちゃんのことですかしら？」

「いえ、お嬢さん、息子のことではありません」モーズビーはぶっきらぼうに答えた。

「あら」エイミーはちょっとの間驚いた表情をしたが、次に口を開いた時には態度がまるで変わっていた。モーズビーは忍び笑いをした。「では、何ですか?」刺々しい口調でエイミーは訊いた。「申し上げたとおり、父はたいへん忙しいんです。どんな用事でもわたしが代わって対処できますが」

「だが、これはあいにくできませんよ、お嬢さん。お父上に直接お会いしなくては。重要な用件で来たんです。わたしは警官で、これが名刺です」

エイミーは名刺をまじまじと見た。「まあ、ほんと!」

相手に悟られないように、モーズビーはエイミーをじっくりと観察した。彼女はとまどったような驚きを見せただけで、不安ととれるようなものはまったく認められなかった。「そうか」モーズビーは考えた。「彼女は何のことかまるで分かっていない。奴は何も匂わせてないんだな」

「分かりました」エイミーはそっけなく言った。「父に伝えます」

モーズビーはふたたびひとりで部屋に残された。

数分後にメイドが現れ、校長の執務室に案内した。モーズビーは父兄ではなかったので、エイミーの目からはそれ以上の気遣いは無用の人間と見られたのだと気づき、内心おかしかった。

ハリスン氏はどこか気乗りしない様子で机の後ろから立ちあがると、顎鬚を神経質に引っ張りながら、手にした名刺から訪問者へと視線を移し、また名刺へと戻した。「わたしにご用とモーズビーはドアが閉められるのを待って、率直に要点を切りだした。

「あいにくと、悪いお知らせがあります」

ハリスン氏は目をしばたたいた。「わたしに？」

「はい。ルイシャムにある住宅の地下室の床下から、女性の死体が見つかった事件を覚えておいでですか？　新聞はそのニュースでもちきりでした。さて、お気の毒ですが、その女性の足取りをたどった結果、こちらの学校にいたことが分かったのです」

「ここですって？　だが、誰も――その――いなくなってはいないが」ハリスン氏は間の抜けた物言いをした。

「昨年の夏、メアリ・ウォーターハウスと名乗った若い女性がいたでしょう？」

「メアリ・ウォー――まさか、あなたは……？」ハリスン氏は不意にまた椅子に座り込んで首席警部をじっと見上げたが、口もとは力なくぽかっと開いていた（「父兄がこの様子を見ていなくて幸いだ」とモーズビーは思った）。

「あいにくと、そうなんです。間違いありません」

「しかし……彼女はオーストラリアに行くはずだった。結婚するためにね。そう言ってました」

「行かなかったんです」

「だが、どうして分かるんですか？　調べたとでも……？」

「オーストラリアでですか?」モーズビーは我慢強く言った。「いいえ。その必要はありません。この段階ではまだ詳細をお話しできませんが、身元確認については間違いないとわたしが保証いたします。そういうわけで、彼女のここでの生活について二、三お尋ねしたいのです。お答えいただけますね」

「はい、はい」ハリスン氏は呟き、震える指で机上の呼び鈴を押した。「はい、もちろん。だが、信じられません……ええ、もちろんですとも」呼び鈴を押すのを不審そうに見るモーズビーに向かって、ハリスンはつけ加えた。「娘を呼びにやります。あの娘がいるほうがいい。ミス・ウォーターハウスのことはずっと良く知っていますから――その――わたしより」

「結構です」モーズビーは愛想よく同意したが、内心はこう考えていた。「シェリンガム氏はこの用心深いおやじさんを実にうまく描いていたっけ。それに娘も。作家というものは大したものだ」

ベルに応えてやってきたメイドは、ミス・ハリスンを探しにやられ、当人が姿を見せるまでの間、モーズビーはミス・ウォーターハウスの職務に関して一、二質問をした。しかし、ハリスン氏は今は亡き秘書を襲った運命を思い刻々と恐怖をつのらせている様子で、答えも次第にぼそぼそとはっきりしなくなっていった。ついにモーズビーは彼に期待するのをやめ、娘のほうをあからさまに待った。

「何?」エイミーは暖炉前の敷物上に立つモーズビーには目もくれず、父親に向かってつっけんどんに訊いた。「何なの、お父さん。わたし、とても忙しいのよ」

「おまえ、去年の夏ここにいたあの感じのいい娘……おまえの秘書の……覚えてるだろう?」

「わたしの秘書?」

「そうだよ、ほら、ミス……ミス……」

「ウォーターハウス」モーズビーが口を挟んだ。

「ウォーターハウス、そう。そう言うつもりだった。ミス・ウォーターハウス……覚えてるだろう?」

「もちろん覚えてるわよ。あの人が何か? 結婚するために、オーストラリアに行ったじゃない。少なくとも彼女はそう言ってたわ。手紙を一度も寄こさないけど。なぜ? 警察が追ってるの?」

「警察が見つけたんです、ミス・ハリスン」モーズビーが割って入った。「彼女は亡くなりました。殺されたんです」

「何ですって」エイミーは縁なし眼鏡の奥から冷たくモーズビーを睨んだ。

「ルイシャムで地下室の床下から女性が見つかった事件を覚えていますか? あれがミス・ウォーターハウスだったんです」

「ばかばかしい! 一言だって信じないわ」エイミーはきっぱりと言い放った。

「それは、残念ながらミス・ウォーターハウスが殺されたという事実を変えるものではありませんね」モーズビーは穏やかに言った。
一、二分かけて、彼女の知っていたある人物が殺されてもおかしくない前科の持ち主であったことをミス・ハリスンに納得させると、モーズビーは質問を開始した。最初のうちはハリスン父娘の両方に同じように質問を投げかけていたが、答えるのはもっぱら娘のほうで、父親のほうは取り乱したように顎鬚を引っ張っては、ぶつぶつ呟くばかりなので、有名無実の校長はたちまち後方に退けられ、事実上無視された。ともかく彼もそのほうがいいようだった。

　そのエイミーもあまり助けにはならなかったが、いためだと考えて満足した。最初、ミス・ウォーターハウスは私設秘書の求人広告に応えてきた。照会先の推薦状の内容は申し分なく、本人も好印象をあたえたので、エイミーはすぐに彼女を雇い入れた。いつもの有能さでエイミーは当の推薦状の内容を書き留めており、見せてくれた。うちの二通はミス・ウォーターハウスが最後に勤めていたことが判明している二つの会社からだったが、最も輝かしい内容の三通目は偽造したものに違いなかった。雇われてからのミス・ウォーターハウスの働きぶりは完全に満足のゆくものだった。手際が良く、きちょうめんで、やる気十分だった。そういった仕事の経験は皆無だと最初に率直に言ったが、低学年のクラスで彼女はすばらしい教師となった。ほかの職員にも人気があった。ミス・ハリスンは彼女の退職をとても残念に思っていた。

　ウォーグレイヴとミス・ウォーターハウスの関係については、モーズビーはわざと触れなかった。ただ、いかにもおどけた調子で、そんなに模範的な女性なら、なぜ多感な若い男性教師の誰かに気に入られなかったのだろう、と尋ねた。これに対しエイミーは、その種のことはローランドハウスでは奨励されておらず、ともかくミス・ウォーターハウスは明らかにそういう類の女性とは一線を画していた、と冷ややかに答えた。

「事件の詳細を覚えておいでではないようですね、ミス・ハリスン」モーズビーは指摘した。「発見された女性、ミス・ウォーターハウスは妊娠していたことをお忘れになっているようです。このことに関しては、何かご存じですか？」

ミス・ハリスンは血色の悪い顔を赤らめた。「知りません。たとえ知っていたとしても、お話ししたくありません。いずれにしろ、わたしは決してスキャンダルを他言したりはしません」

「ほう、それではミス・ウォーターハウスには何かスキャンダルがあったんですね？」モーズビーはすかさず尋ねた。

「いいえ、わたしの知る限りでは何もなかったわ。わたしが言ったのは一般的に、ということです」

「なるほど。ではこれがあなたが好意を持ち尊敬していた友人が殺された動機かもしれないのに、殺人犯を捕らえるための助けになるようなことを、あなたはいっさい我々に話してくれるつもりはないというわけですね？」

だが、エイミーはこの手には引っ掛からなかった。

「あいにくと『くれるつもりはない』といった問題ではないと思います。わたしはただ何も知らないというだけです。知っていれば、誰が関わっていたにしろ、お知らせしたでしょう。誰にもその人なりの規範というものがありますからね」エイミーは冷静に答えた。

モーズビーは彼女が真実を述べていると信じた。

彼はハリスン父娘に、ともかく職員全員に話を聞くまでは、これらの情報すべてを秘密にしておいてほしいと頼んだ。そして、おそらくは間違っている憶測が形をとるまえに、各自がまっさらな状態で会いたいのだと説明し、皆の名前を苦労して訊き出した。

「本当に全員から事情聴取したいのなら、先任順にお会いになればいいでしょう」エイミーは名簿に指を走らせながら、てきぱきと言った。「パーカー先生を呼びにやりますわ」

「パーカー先生？　ああ、ええ。年配の先生ですね。いや、彼を最初にするのはやめておきましょう。最後に会って、ほかの人から何か収穫があったら、検討してもらおうかと思います。若い先生の一人から始めることにします。ところで、名前は何と言いましたっけ……？」

「ウォーグレイヴ先生とライス先生です」

「ああ、そうでした。忘れてました。ではウォーグレイヴ先生から始めます。ところで、ミス・ハリスン、最初にお会いした小さな部屋がまことに都合が良いのですが。事情聴取するのに、あの部屋をお借りできるでしょうか？」

「もちろん。ウォーグレイヴ先生に、すぐにそちらへ伺うように伝えます。お父さん、すぐにこの方……ええと……」

「ミス・ハリスン、どうぞお構いなく」モーズビーはすでにメイドを呼ぶ呼び鈴を押していた。「あなたを煩わせてウォーグレイヴ先生を呼んでもらうわけにはいきません。メイドを行かせましょう。というのは、あと二、三あなたに質問したいことを思い出したんです」

モーズビーは急いで一つか二つ、さして重要でない質問を思いつき、できる限りまじめくさって訊いてみた。モーズビーは運まかせにはしなかった。内心エイミー・ハリスンは何も知らないと思っていたものの、ウォーグレイヴに対していかなる種類の警告も与える危険を冒すつもりはなかった。

二分後、モーズビーはハリスン氏に案内され、廊下を通り応接室へと行ったが、そこにはウォーグレイヴ氏が待っていた。質問にすべて答えるように二言三言ぶつぶつと指示すると、ハリスン氏は出ていった。

モーズビーは相手をすばやく一瞥して評価した。両こめかみに挟まれた狭い額に低く垂れた前髪、大きな顎と固い意志を示す口、いささかあぐらをかいた鼻に、突き出た大きな耳、きっちりと刈った髪、太く黒い眉毛の下の、少し左右がくっつきすぎた目。背はやや低めだが、体格はがっしりして力強く、手が大きい。実に気難しい顔をした、手強そうな男だ、とモーズビーは判断した。間違っても何事かを洩らしたりしそうにない。

「ウォーグレイヴさんですね」

「そうですが」

「わたしはスコットランド・ヤードの警官です」

ウォーグレイヴ氏は威圧感のある眉毛を一インチの何分の一か上げたが、何も言わなかった。

モーズビーは両手をポケットに突っ込んだ。「ウォーグレイヴさん、わたしはとてもいやな用事で来たんです。ここの皆さんはできる限りの手助けをしてくださることと思いますが、凶報を持ってきた者は決して歓迎されないでしょうね？」モーズビーは微笑んだ。

ウォーグレイヴ氏は微笑みを返さなかった。「つまり、誰かが事件に巻き込まれたとでも言うんですか？」と尋ねる彼のランカシャー訛りにモーズビーは気づいた。

「巻き込まれた人がいるんです。去年の夏まで一年ほどここにいたミス・ウォーターハウスを覚えてますか」

「もちろん。あの人はオーストラリアに行きました」

「失礼ですが、彼女は行きませんでした。ルイシャムに行き、誰かにそこで殺されたんです」モーズビーはわざと取りつく島もないほどぶっきらぼうに情報を伝えた。さらに「誰か」という語をほんの少し強調し、その「誰か」の正体が自分には完全に分かっていることをわずかばかり、ほのめかそうとした。

結果はがっかりするものだった。

「ほう！」ウォーグレイヴ氏はそう言ったきり、何もつけ加えなかった。表情を少しも変えなかった。

「あまり驚いていないようですね」

「それどころか」ウォーグレイヴ氏は落ちつきはらって答えた。「ひどく驚いています。何が起きたんですか」

「新聞が名づけた例のルイシャムの地下室事件を覚えていますか？」

「えっ！　すると――ミス・ウォーターハウスが？」ウォーグレイヴは急に顔をそむけ、窓に手を触れた。

「ええ」

しばしの沈黙。

ウォーグレイヴがふたたび話し出したとき、以前よりもためらっているように聞こえた。

「誰がやったか――見当はついているんですか」

「そのためにわたしはここへ来たんです――見つけるためにね」

「では、ここに答えがあると言うんですね」問い質すウォーグレイヴの声は険しかった。「もちろん、それはばかげている」

「さあ、どうでしょう。そうかもしれないし、またそうでないかもしれません。だが彼女は死ぬ一週間か二週間前までここにいたので、わたしはここから聞き込みを始めたのです。ですから、お答えいただけるようでしたら」とモーズビーは事務的な態度で、手帳と鉛筆を取りだした。

しかし、モーズビーがした質問は一般的なものだけだった。ミス・ウォーターハウスとウォーグレイヴの間に、彼女とほかのどんな職員よりも深い関係があったかもしれないことを知っていると、声の抑揚によって匂わせたりもしなかった。これはウォーグレイヴからの本番の事情聴取ではなかった。それはたぶん、のちにモーズビーがウォーグレイヴ氏の同僚から少しずつ収集した知識を披露するときのことになるだろう。殺人犯が実に慎重に秘密にしようと謀った被害者の女性の身元が今や謎ではなくなったという情報を、ウォーグレイヴがどのように受けとめるか、という当面の会見の目的は果たした。

そしてモーズビーはお決まりの訊問をし、反応は良いがまるで当たり障りのないウォーグレイヴの答えを聞いて、相手が不意討ちの衝撃をまったく感じていないと認めざるをえなかった。

しかし逆の見方をすれば、死体が発見されて以来、殺人犯がその衝撃に耐えるように自分の調子を整えてきただろうことは想像に難くない。そして、そのように身構える練習の時間は十分にあったのだった。

第十章

　ウォーグレイヴを片づけてしまうと、事件を秘密にする必要は実際にはもうなかった。したがって、モーズビーを台所に追いやるべきだろうかと大いに迷っているような、あやふやな態度のミス・ハリスンに、アリンフォードでパブを探す代わりに残って昼食をとるよう招かれた時点で、彼はすでに聞き込みを済ませた人々を沈黙の誓約から解放してやった。

　対象となったのは、パーカー氏、ダフ氏、ライス氏の面々である。三人のうち誰からも何も得るものはなかったし、モーズビーのほうもまったく期待していなかった。人もあろうにミス・ウォーターハウスが正道を踏みはずしていたことに三人とも相応の衝撃を覚え、みな心底驚いたように見えた。ハリスン父娘同様、揃って彼女に騙《だま》されていたようだったが、それでも彼女とウォーグレイヴの交際に関しては誰も一言も洩らさなかった。これはすべてモーズビーが予期していた以上でも、以下でもなかった。そもそも何か聞けることがあるのなら、学校の女性連から聞きたいものだ、とモーズビーは思った。箝口《かんこう》令を解き、連中の舌をゆるめさせれば、今にも爆発しそうなお喋りの表面に何か打ち上げられるのではないだろうか。

　昼食後、リーラ・ジェヴァンズが呼ばれた。

彼女を気楽にさせようと、モーズビーは苦心した。ロジャー・シェリンガムの草稿から評価した限りでは、リーラに最も希望が持てた。被害者と誰よりも親しくつき合っていた仲であり、かなりの鉄棒《かなぼう》引きで、権威者を進んで助けるために汲々とする、あの種の人間だった。

ミス・ハリスンがリーラを紹介したとき、彼女の鼻の横に特大のほくろなどなく、あった形跡もないことに気づいて、モーズビーは面白く思った。どうやらついに一大決心をして、すこぶる満足のゆく結果が得られたらしい。

ミス・ジェヴァンズは最初少しそわそわしたり、気取って見せたりしていたが、モーズビーの手慣れた扱いで、すぐに落ち着きをとりもどした。椅子から身を乗り出し、極端に短いスカートの下から絹の靴下をはいた膝小僧を覗かせつつ、何とか手助けしようとする姿は痛々しいほどだった。上を向いたほくろのない鼻先が光り、震えた。

「ええ、それで?」リーラは訊いた。「それで?」

「ミス・ジェヴァンズ、ミス・ウォーターハウスをよくご存じでしたね」

「あの、わ、わたし、知っているつもりでいました。みんなと同じくらいには。でも、あの人はいつだって——その、打ち解けなかった、とでも言いましょうか」

「一部の女性ほどは、お喋りしなかったということですね」

「ええ、そうです」

「あなたに打ち明け話をするような習慣はまったくなかったんですか」

「なかったと思います。誰のことも信頼していなかったと思うんです。わたしの部屋で腰掛けて、わたしの話に耳を傾け、笑ったりしたものですけど、でも……もちろん、婚約したオーストラリア人のことは話しましたが、その人のことはもう、みんな調べがついているんでしょう」

「ミス・ジェヴァンズ、わたしが何も知らないつもりになって話してくれませんか」

ミス・ジェヴァンズは進んで話した。しかし結局、大した話ではなかった――メアリは婚約者のことをいつも「ロナルド」と呼んでいました。姓を聞いた記憶はありません。住所も聞いたことはないと思います。メアリの話では、相手の男性は何か羊の飼育に関する仕事をしていたようですけど、詳しくは聞いていないんです。婚約者のスナップ写真を見せてもらいましたが、何処とも分からない場所で、写りもすごく悪くて、実際、誰が写っているのか特定するのは難しいような小さな写真でした。いいえ、その写真がどうなったかは知りません。たぶん学期末に、ミス・ウォーターハウスが持って行ったんじゃないかしら。ええ、あの人は親しみをこめてさようならを言ったけど、それでも住所は教えてくれませんでした。オーストラリアから手紙を出すと言ったきり、一通もくれないんです――そのため、ミス・ジェヴァンズはとても気を悪くしていた。

「なるほど」モーズビーは頷いた。オーストラリア人の存在をまともに信じたことは一度もなかったが、その男に関してもできる限りの手を打って調査するつもりだった。が、今となっては、いっそう信じられない話だった。

「ところで」モーズビーは次の話題にかかった。「ミス・ジェヴァンズ、昨年の夏学期末に、最後にミス・ウォーターハウスを見たのはいつですか？　ひょっとして休暇の最初の数日間、一緒に過ごしませんでしたか」

しかし、ミス・ジェヴァンズは一緒に過ごしてはいなかった。ミス・ウォーターハウスの姿を最後に見たのはユーストンで、ハンプシャーの実家に帰省するミス・ジェヴァンズは、せっかちな婚約者と昼食をともにするというミス・ウォーターハウスにそこまで同行したのだった。別れるとき、ミス・ウォーターハウスに変わったところは見られませんでしたか？　いいえ、少しも。興奮していませんでしたか？　とんでもない。メアリは決して興奮などしませんでした。その奔放なオーストラリア人と会いに行くときも？　ええ、そんなときでも。

モーズビーがこの点を押してみると、ミス・ジェヴァンズは、メアリの態度の奇妙なほどの穏やかさにそのとき驚かされたことをすぐに認めた。オーストラリア人の恋人に会いにゆく女性の、期待に胸をふくらませた様子とはとても言えなかった。しかし、ミス・ジェヴァンズはモーズビーが持ちかけることすべてに、あまりにもすぐに同意するきらいがあったので、首席警部は彼女の発言をさほど重視しなかった。それでも一要点ではあった。

「ところで、ミス・ジェヴァンズ、いささか微妙な話題になって恐縮ですが、ミス・ウォーターハウスがもうじき母親になるはずだったことはご存じですよね。子供の父親が誰だったか、あなたには何か心当たりがありますか」

モーズビーは半ば心配していたのだが、ミス・ジェヴァンズはこのきわめて重要な点について助力をためらうほど古くさい女ではなかった。「いいえ、あいにくと分かりません」彼女は率直に言った。「ルイシャムで発見された女性がメアリだと聞いてから、ずっと不審に思ってきました。誰が父親か、わたしには想像できません」

「たとえば、ここの誰かということは？」

「まあ、まさか、それはないと思いますよ」

「ミス・ジェヴァンズ、どうぞ考えてみてください。事の重要性はお分かりになるでしょう。ミス・ウォーターハウスとアリンフォード――この学校の誰かの間に何かあったことを示すような、どんなことでもいいですから思い出してみてください。彼女が誰か男に関して話すのを聞いたことはありませんか」

「ええ、一時ウォーグレイヴ先生のことで、みんなであの人をからかったことがありました」

ミス・ジェヴァンズは即座に喜々として答えた。「でも、もちろん、二人の間にはそんなこと、何もなかったんです。それに彼は目下、ミス・ハリスンと婚約中です。次の休暇中に結婚することになっていますわ」

「そうですね。ではミス・ウォーターハウスと関係のある男は、誰もほかにはご存じないんですね？　ほかの男性に関してからかわれたことは一度もありませんでしたか」

「ええ。そのオーストラリア人が、ただ一人の真剣におつきあいした男性だったに違いありません。彼が父親に間違いないわ」

「なるほど。ありがとう」

「あら！」ミス・ジェヴァンズは目を丸くした。「だとすると、その男の人が……」

「まあ、まあ」モーズビーは愛想良くなだめた。「そんな質問をするのは早すぎますね。そしてそれにわたしが答えるのは、もっと早すぎます」ミス・ジェヴァンズから知りうる限りの情報を引きだすと、モーズビーは優しく彼女に退出を促した。

次に居間に入ってきたのは、期待に胸をわくわくさせているミス・クリンプだった。

モーズビーは熟練した観察眼で彼女の人物を見てとると、煙草を勧め、どんな女性からもいかなるたわごとも聞くつもりはないといったきっぱりした態度をとった。

しかし、ミス・クリンプはモーズビーが考えたほど愚かではなかった。彼女はミス・ウォーターハウスを鋭く観察していた。

「いいえ、わたしはずっと彼女をあまり好きではありませんでした。もちろん、信用するつもりもなかったわ。べつに、煙草を吸わず、お酒も飲まず、噂話もしない女性なのはいいんです。それが本物なら、今どき清々しいとさえ思えるくらい。でも、メアリ・ウォーターハウスは本物ではなかったわ。わたしが吸っていた煙草を、あの人はむさぼるような目つきで見つめていました。それに義務だとか、立派にふるまうとかいったことに関するあのはったりやら何やらときたら――やりすぎなのよ。胸が悪くなるわ。実を言うと、あの人からは、いつも何かの役を演じているといった印象を受けました――そして演じ続けていくのがちょっと難しくなったというような。あの人のいやに気取った話にはどれもうんざりさせられたから、わたしには偏見があるかもしれません。それでも、わたしの考えは当たらずとも遠からず、かと思いますけど」

ミス・クリンプがミス・メアリ・ウォーターハウスの意外な過去を何も知らないことを考慮すれば、この判断を下した彼女の直感力はなかなかたいしたものだ、とモーズビーは考えた。ミス・クリンプにしても彼女なりに、ミス・ウォーターハウスに劣らないほど気取り屋《ポザール》なのかもしれないが、気取った態度の下には同じだけの真の性格があった。

「あなたの前にお話ししたお嬢さん、ミス・ジェヴァンズは、ミス・ウォーターハウスをそういうふうに見ていた印象はありませんでしたが」モーズビーはわざと穏やかに言った。

「そうでしょうね」ミス・クリンプは言い、微笑んでみせた。ミス・ジェヴァンズの、物事の裏側を見る力が強くないことが推察された。

モーズビーが彼女に話を続けさせるうち、次第にウォーグレイヴ氏の名前がまたもぽっかり浮上するようになった。そしてミス・クリンプには、ミス・ジェヴァンズよりはるかに多くこの主題に関して話すことがあった。

「ああ、なるほど」モーズビーは無造作に言った。「だが、ミス・ジェヴァンズは何も深刻なことはなかった、と言ってましたが」

「あら、そう言いました？」ミス・クリンプは刺々しい調子で訊き返した。

「では反対なんですね？　あなたはミス・ウォーターハウスが……」

「彼女をこれっぽちも信用するつもりはなかった、と言いましたでしょう？」

「ええ。さて、ミス・クリンプ」モーズビーはもったいぶった口調で言った。「さて、ミス・クリンプ、あなたのように賢いお嬢さんなら、これが非常に重要な点だということがお分かりでしょう。あなたはつまり、そのウォーグレイヴ先生がミス・ウォーターハウスの子供の父親かもしれないとほのめかしているんですね？　これからとても重要な質問をしますが、まず、できる限りすべてを正直に答えることがあなたの義務である、と指摘しておきます。同時に、ちょっと非公式になるかもしれませんが、あなたからお聞きするすべての答えはあなたとわたしの間の秘密とし、この部屋の外に洩らしてあなたに不愉快な思いをさせることはないと、付け加えておきます。どんなに小さいと思われることでもいいんですが、ウォーグレイヴ先生とミス・ウォーターハウスに関してあなたが匂わせている関係を裏付ける、何か証拠のようなものがありますか？」

「言い換えれば、ウォーグレイヴ先生がメアリを殺す動機を持っていたという証拠があるかということですね」ミス・クリンプは鋭く突いた。「いいえ、ありません。あれば、お話ししたでしょうが。何かに一線を引くということをわたしはあまりしませんが、殺人は別です。でも証拠となると、ありません」

「確かですか？」モーズビーはがっかりした様子で尋ねた。

「ええ。わたしがお話ししたのは、はっきりした可能性があると思ったし、お知らせすべきだと考えたからです。でもわたしが言えるのは単に心理的な事実についてであって、実際的な面ではありません」

「あのう、たとえ軽いいちゃつき程度のものだったとしても、二人の間に何かあったという証拠はありませんか？」

しかし、こうした場合に見られるありふれた証言以上の出来事は、何もなかったようだ。ウォーグレイヴ氏とミス・ウォーターハウスは明らかに互いに少し惹かれ合い、つき合いたいという意思表示をし、ロンドンの劇場まで一、二度出かけて行き、とても楽しい小さな秘密を共有する二人のように互いを見つめ合っていた。そしてもちろん、ミス・ウォーターハウスはウォーグレイヴ氏のことでからかわれると、ひところ少しばかりつんとしたものだった。それだけだった。

モーズビーは頷いた。彼はすでにこれが事件の核心だと決めていた。ウォーグレイヴが被害者の胎内の子の父親だと証明できれば、非常に強い動機を持つことになり、有罪が確定的と考えられる。そうなれば、実際の殺害に関するほかの細かいことについても、若干の幸運に恵まれれば立証されるかもしれない。そうした証拠がなければ、ウォーグレイヴ氏を告発する根拠はない。すなわち現在はないということだ。もちろん、刑事の仕事では、先のことは決して分からない。明日にでも誰かが、バーント・オーク・ロードの家に二人が実際に一緒に入るのを見たという情報を持って不意に現れ、ウォーグレイヴをその男とただちに確認することも、少しも珍しいことではない。大半の殺人犯を絞首台に送るのは、「一般から寄せられた情報」として知られるこの種のことなのだ。

しかし、一つ、ミス・クリンプが明らかにしたことがあった。ミス・ウォーターハウスとウォーグレイヴ氏の互いに対する関心は、モーズビーが推測したように夏学期の最初の頃だけではなく、その前のイースター学期の間中、最高に盛り上がっていたと言うのだ。これは重要だった。

ミス・クリンプは心からの称賛と感謝の言葉を聞きながら退出させられ、ハリスン夫人が続いて厳しい尋問の部屋に入ってきた。

白い衿《えり》のついたシンプルな黒いワンピースを着たフィリス・ハリスンは、ごく無邪気で人なつこく見えた。ロジャーから彼女に関する付随的情報を仕入れておいて良かった、とモーズビーは思った。

その知識を武器に、モーズビーはただちに要点に入った。

「奥さん」日頃の愛想の良さを少しも見せずにモーズビーは言った。「ミス・ウォーターハウスの胎児の父親が、この学校の誰かであるという証拠があります。わたしはその男を見つけなくてはなりませんが、お手伝いいただけるでしょうね」

ハリスン夫人の美しい顔を飾っていた、どこか嘲《あざけ》るような薄笑いがさっと消えた。「それはつまり……そのために殺されたとおっしゃるんですか」

「そこまでは言えません。しかし、可能性は探らなくてはなりません」

「でも――可能性などではありませんわ、首席警部さん。つまり、もちろん……その、ここの誰にしろ、そんなことはできなかったわ。不可能です」

「その反対です、奥さん」モーズビーはにこりともせず言い返した。「大いにありうるのです。どうぞ、事態を直視してください。さて、ここには住み込みの教師が何人かいますね。ちょっと名前を挙げてみましょう。パーカー先生、ダフ先生、ウォーグレイヴ先生、パタースン先生、ライス先生ですね。わたしが得た情報からすると、このうちの一人がその男なのです」

ハリスン夫人はすんでのところで激しい言葉を浴びせるところだったが、モーズビーは大きな手で彼女を制した。

「ちょっと待ってください、奥さん。はっきりさせておきたいことがあります。わたしは今この男をミス・ウォーターハウスの死に関与したと告発しているわけではないのです。まったくそのつもりはありません。しかしその一方で、彼女の身体の状態が動機となりえたことを否定するのは不可能です。だがこれは、あとにしましょう。この点についてあなたがわたしの考えを認められれば、この男にかける疑いは誠に公正で率直なものとなり、彼にその釈明を求めることができます。男の釈明で我々がすっかり納得することは、大いにありえます。その場合はむろん、我々はほかを探します。しかし目下のところは（そして強調しなくてはなりませんが）、この特別な点に関してご自分の持つ情報のすべてをくださるのが、あなたの義務なのです」

「でも、何も持っていませんわ」フィリスは少し拗ねたように答えた。

「パーカー先生、ダフ先生、ウォーグレイヴ先生、パタースン先生、ライス先生」モーズビーはすらすらと名前を挙げた。「さて、この五人の中で、まずライス先生を除外できるかと思いますが」モーズビーは夫人をじっと見つめた。

「は、はあ？」フィリスは意味ありげな視線にたじろいで身を震わせた。

いま不運なハリスン夫人を睨んでいる、厳しい目でずけずけものを言うこの男が、セイウチのように優しい自分の友人と同一人物であるとは、シェリンガムにしてもなかなか認めるのは難しいことだろう。成果の大半を持ち前の愛想の良さをいかして得たとしても、それを厳しさに変えるべき勘どころをモーズビーは正確に知っていた。真実を追求する警官は、いかなる武器でも自由に使えなくてはならないのだ。

「問題の期間」モーズビーはおもむろに言ったが、その目は犠牲者の心にぐいぐいと食い込んでいった。「ライス先生の関心は、むろん――どう言ったらいいでしょうね、奥さん？――ほかに向けられていました。そして彼は一度に二つの情事に耽るような男ではない、とわたしは見ましたが。いかがですか」

「ええ」ハリスン夫人は消え入るような声で答えた。

束の間の沈黙が、きわめて雄弁に語った。

「何ですの――あなたがお知りになりたいことは？」ハリスン夫人は心もとない声で尋ねた。

「言ったでしょう。この四人の紳士のうち一人が、ミス・ウォーターハウスと通じていたという証拠ですよ。ご存じでしょう？」

「ええ」ハリスン夫人はかすれた声で返事をした。

「何をご存じなんですか？　奥さん、どうぞ、真実をすべて明らかにしてください」

「昨年のイースター学期に義理の娘が、何か不測の事態が起きているように思う、と申しました――夜間、わたしどもの階上で」ハリスン夫人は突然とぎれとぎれに話し出した。「ある晩遅く、わたしが床につこうとすると、誰かが上の階の廊下を歩いている足音が聞こえました。

わ、わたしが上がって行くと、ミス・ウォーターハウスが部屋着姿で、ある人の部屋に入ってゆくところでした」ハリスン夫人はハンカチを唇にあて、怯えたような目でモーズビーを見た。

「男性の？」

「ええ」

「誰のです？」

「ウォーグレイヴ先生です」

第十一章

　モーズビーはすこぶる満足してアリンフォードからスコットランド・ヤードに戻った。ウォーグレイヴと被害者の関係を裏付ける、こんなはっきりした証言を得られるとは期待していなかった。噂、ゴシップ、スキャンダルの類は予期していたが、本物の証言が得られるとは思わなかった。報告のためにグリーン警視の部屋へと向かいながら、ハリスン夫人がウォーグレイヴの首に縄をかけたな、と感じていた。

　しかし、例によって警視はあまり楽観的ではなかった。

「ふん」モーズビーが意気揚々と成果を報告すると、警視は鼻を鳴らした。「ウォーグレイヴがハリスンの娘と婚約したことを考えると、確かに動機はおさえたと言えるが、それだけではな。動機では有罪にできない。ところで、その女は宣誓して証言する気はあるんだろうな？」

「ええ」モーズビーはいささか気落ちして答えた。フィリス・ハリスンと交わした暗黙の取り引きに従って、彼女からこの情報を引き出すことを可能にした手段は警視にも言ってなかった。

「ええ、むろん、それには何も難しいことはないと思います」

「だが確証は得られなかったんだな？　メイド連中は役に立たなかったのか」

モーズビーはハリスン夫人を行かせたあとで、残りの職員や、客間付きのメイドのノーラや、住み込み職員の部屋の世話をするメイドから聞き込みを続けたが、そのうちの誰一人からも、ハリスン夫人の証言の裏付けや、ほかの新しい情報を得ることはできなかった。個人的にはそれでも問題はないと思ったが、この点で警視と見解が一致しないことは分かっていた。グリーン警視は、いかなる証言もしっかりした裏付けがなければ価値がないという理論の持ち主だった。この理論のせいで何度も、事件解決までに多くの不必要な労力を費やすはめになったとモーズビーは考えていた。

「いえ警視、裏付けはありません」今度はモーズビーは否定した。ただ、裏付けは必要ないだろうという自分の意見は付け加えなかった。「しかし、二人に関する噂話で持ちきりです。それで十分かと思いますが」

「うーん」グリーン警視は唸ったが、それは否定を意味していた。「それで、次にどうするつもりだね」

「ウォーグレイヴをここに出頭させて、何かそれについて言うことはないか訊いてみるつもりでした」

「供述させるというわけか」

「はい」

「そして学期末後の彼の行動を説明させる、と?」

「グリーン警視、その点についてあなたのご意見を伺いたいのです。わたしの考えでは、今それを尋ねれば奴はだんまりを決め込んで、弁護士を呼ぶまでは一言も発しなくなると思います。その手の人間と見ました。そうなると、奴に嫌疑をかけているという事実を明かしてしまうだけで、我々は何も得られなくなります」

「ということは……?」

「それで、被害者に関して奴とその、親しく話をするだけにとどめておけば、あいつは余計なことを考えたりしないでしょう。何かそこで口を滑らせたりすれば、奴の行動について訊く前に、少しばかり調べることができます」

上司はいくぶん不興げにモーズビーを見た。警視自身は率直な男だったので、率直な方式を好んだ。「すこし策を弄しすぎじゃないかね」

「警視、あいつ自身、策士なんです」モーズビーは反対した。

「では、きみのことを見すかしてしまうさ。いや、モーズビー、きみの好きな方法をとったらいいが、わたしがきみの立場だったら、彼の行動に直接当たるな。何といっても何か月もたっているから、調べるのに時間がかかるだろうが、すぐにでもとりかかるほうがいいだろう」

「承知しました、グリーン警視」モーズビーは内心諦めて、同意した。「そうするのなら、あらゆる方向から彼に当たってみたほうがよさそうです。つまり、建築に関してどのくらい知っているか、とか、そういったこと全部ですね」

「そうだな。完全な供述をさせろ。弁護士を呼びたがったら、もちろん来させるんだ」

「もちろんです」モーズビーが弁護士のことを、正義の道を阻む障害物と考えているのは明らかだった。おそらくモーズビーはそんなにひどく間違っているわけではなかった。

グリーン警視は古いブライアー・パイプを詰め出した。「ところで、もう一つの方面はどうするね？　ウォーグレイヴから何も得られない場合、次はどうする気だ？　奴とルイシャムの家とのつながりを立証しない限り、有罪にすることはできないのはよく分かってるだろう。どうする気だね？」

「学校で被害者のスナップ写真を手に入れました。あまり良いものではありませんが、肖像写真はまったくなかったんです。写真係に引き伸ばさせていますが、できたら、フォックスにルイシャムへ持たせて、近隣の人間に確認させます」

「それはいい。男のほうは？」

「フォックスには奴の写真も持って行かせます」モーズビーは首席警部から警視への贈り物としては精一杯の、ウィンクとおぼしきものを捧げて言った。

「どうやって手に入れたんだね」

「あそこを離れるとき、外で『イヴニング・スター』紙のブレアに会いました。職員の写真を手に入れてくれたら、時機がくれば何か提供できるかもしれない、と言ったんです」

「うむ」グリーン警視はこのマキャヴェリ流の策謀を、承認も否定もしなかった。パイプに火をつけると、黙ってしばらく吹かした。

「むろん」しばしの沈黙ののち、警視は言った。「二か月前に言ったとおり、被害者の身元が分かれば、この事件ははっきりするだろう。しかし、立証するのは実に面倒な事件となるだろうな。きみ同様、それはわたしにも分かっている。実際、男が家に被害者を連れ込むのに人並みの用心をしたのなら（そうしたに違いないとわたしは見てるが）、そして犯人とあの家、もしくはミス・ステイプルズとを結びつけるものが何も出てこないとしたら、やれやれ、きみにとってはかつてないほど難しい仕事となるだろうね、モーズビー君」

「事実難しいです、グリーン警視」モーズビー君はその場を辞するために立ち上がりながら、沈鬱な口調で同意した。「だが、それでも何とかして奴を捕らえますよ」実際に感じているよりはるかに楽天的な言葉が口をついて出た。特定の犯罪を行った犯人が分かっているのに、陪審員を納得させる十分な証拠がないために逮捕できないのは、いらいらする話ではあったが、それはスコットランド・ヤードがしばしば陥る状況だった。そして、この事件ではまだほとんど証拠らしいものはなかった。

モーズビーは独身暮らしのフラットに戻り、一晩頭を絞ってみたが、彼にとっても事件にとってもまったく役に立たなかった。

翌朝最初の仕事は、ミス・ウォーターハウスの引き伸ばし済みのスナップ写真と、『イヴニング・スター』の記者が送ってきた写真の中から抜き出したウォーグレイヴの写真を持たせて、フォックスをルイシャムに行かせることだった。モーズビーはこの訪問から何か得られるとは、あまり期待していなかった。

この間にアフォード部長刑事は警察の車でアリンフォードに向かい、ウォーグレイヴ氏に、昨日の尋問のことでモーズビー首席警部がさらに二、三訊きたいことができたので、スコットランド・ヤードまで同行願えないか、と丁重に頼んだ。アリンフォードまで部長刑事と一緒にやってきた人物が、私道の入口で人目につかぬように車をこっそりと降り、帰途についた車がウォーグレイヴ氏を間違いなく後部座席に乗せて通りすぎるまで茂みの後ろに隠れ、それからローランドハウス校に行って捜査令状を示して、最近までミス・ウォーターハウスが使用していた部屋を調べたいと要請したことは、ウォーグレイヴ氏には知らされなかった。たとえ知らされたとしても、目立たないようについてきた人物の真の目当てまでは分からなかっただろう。ローランドハウスの階上で独りになるや、彼はミス・ウォーターハウスの部屋ではなく、ウォーグレイヴ氏が現在使用している部屋を目指したのである。

モーズビーは自分の流儀に従い、ウォーグレイヴを呼びにやるまで二十分ほど間をおいた。この間にスコットランド・ヤードの雰囲気が罪の意識を持つ者にゆっくりと浸透し、容疑者の心に大きな苦痛と混乱を呼び起こすことを、モーズビーは知っていた。

しかし、モーズビーが勧めた椅子に腰をおろしたウォーグレイヴ氏の無表情な顔には、苦痛や混乱はまったく見られなかった。二十分も待たされたのにいらいらした様子もないことに気づいて、モーズビーは興味を覚えた。このような場合、罪のある者は狼狽を隠すのに窮するのに対して、罪のない者はえてして腹を立て、怒りをあらわにするものだ。

部屋の片隅の机に、速記のできる巡査がメモ用紙を前にして座った。ウォーグレイヴは彼のほうを一瞥すらしなかった。

図太い男だ、と、モーズビーはいささか感心しながら考えた。彼は机をはさんでウォーグレイヴと対面した。

「さて」モーズビーはてきぱきと切り出した。「ここまでご足労願って申し訳なかったのですが、二、三お話ししたいことがありましてね。ローランドハウスよりこちらのほうがいいかと思ったのです」

ウォーグレイヴは軽く頷いた。これまでのところ「おはよう」以外、一言も発していなかった。

「主にあなたとミス・ウォーターハウスの関係についてです。何かそれについて供述したいことがおありなのでは？」

ウォーグレイヴは黒く太い眉をつり上げた。「供述？」無関心とも思える態度で、おうむ返しに訊いた。「いったい何を供述するというんですか？」

「ウォーグレイヴさん、申し上げたようにミス・ウォーターハウスとの関係です。もちろん、供述したくなければ、しなくてもかまいません。あなたに強制して質問に答えさせる、いかなる力もわたしにはありません。それと義務として警告いたしますが、あなたの発言はすべてあなたの不利に用いられる場合があります」

「それはご親切に」ウォーグレイヴは冷ややかに言った。「だがあいにくと、わたしには分かりません。ミス・ウォーターハウスとは何の『関係』もありませんでした」

モーズビーはよりくだけた調子に変えて、言った。「いいですか、わたしがあなたを騙したり、ぺてんにかけて有罪にしようとしている、などと考えないでください。ここではそういう手は使いません。わたしは手の内を見せますから、あとはどうしようとあなた次第です。ミス・ウォーターハウスが妊娠していたのは知っているでしょう？　あなたが父親ではないか、という証言があるのです。そこで率直に言って、この件についてあなたのご意見を伺いたいのです」

「では即答しましょう」ウォーグレイヴは少しもあわてずに答えた。「何もありません！――証言とはね、まったく。どれもこれも、女どものばかげた噂話だ」

　モーズビーは彼を見た。「とんでもない、ウォーグレイヴさん。それよりもずっとまじめな話です。わたしが証言といったら、証言なのです。それがどんなものか、お話しするのにやぶさかではありません。一年近く前のある晩、ミス・ウォーターハウスがあなたの部屋に入っていくのを目撃した人物がいるんですよ」

　この一撃は効いた。疑いもなかった。ほんの瞬時、男の顔にわずかな動揺の影が過った。次の瞬間、男はもとの顔に戻っていた。

「ばかばかしい。誰がそんなことを言ってるんですか？」

「あいにくとそれは言えません」

「だと思いました」ウォーグレイヴは冷たく笑った。

「いや、作り話ではありませんよ、そう思っているのなら。ではあなたはその種のことはすべて否定するんですね？」

「もちろんです。そんな途方もないことを言う奴がいたら、それは真っ赤な嘘です。それだけです」

「しかし、その種の関係があなたとミス・ウォーターハウスの間にあったのでは？」

「遺憾ながら、ありません。まったくありませんでした」

「完全に否定するんですか」

「完全に」

モーズビーは溜息をついた。ウォーグレイヴに当たるのは難しいと分かっていたが、事実難しかった。

「結構です、ウォーグレイヴさん。ですが、ミス・ウォーターハウス自身が友人に打ち明けていたとすると……？」

「あんたは大嘘つきだ」ウォーグレイヴはすかさず答えた。

こういう話を持ち出せば、相手がこう出ると正確に分かっていたモーズビーは、また溜息をついた。

彼は新たにサイコロを投げてみた。「あなたは戦争に行きましたか」

「ええ」

「どこの聯隊か教えていただけますか」

「構いませんよ。ノーサンプトン聯隊です」

「そこで従軍したんですか」

「そうです。第七大隊です」

「もちろん、リボルバーを持っていましたね」

「もちろん」

「軍で支給されるリボルバーですか、それともオートマティックですか」

「軍支給のふつうのリボルバーです」

「まだ持っていますか」

今回はあまり確かではなかったが、ウォーグレイヴの顔をまた小さな動揺の影が過ったようにモーズビーは思った。しかし、見たところ少しも躊躇せず、彼は答えた。

「いいえ」

「なぜですか」

「つまりリボルバーをどうしたか、というんですか？　イギリスにはまったく持ち帰っていません。一九一八年七月に負傷した際に、装具の大半と一緒になくしました」

「なるほど。ではあなたは戦争以来そのリボルバーを所持していないんですね」

「そう言ったつもりです」

「戦争以後なにかほかのリボルバーを所持したことはありますか」

「いいえ」

また袋小路だ。しかしともかくもウォーグレイヴは、質問に答える前に弁護士の立ち会いを要求はしなかった。ある意味では、モーズビーは彼が要求してくれたらいいのにと思った。弁護士を要求するということは罪に問われることを恐れることだ。そしてそれは通常、有罪を意味する。ウォーグレイヴは罪に問われる可能性をばかげたこととして退けているかに見えた。この男の自信は大したものだった。そしてモーズビーも認めざるをえなかったのだが、これまでのところそれは正しかった。

　ウォーグレイヴがいかなる形、種類のリボルバー、またはリボルバーらしき物を所有することも最終的に否定した時点から、ずっと睨んでいた天井から視線を落とし、モーズビーは再度相手の顔にすえた。

「ウォーグレイヴさん、去年の夏学期末の直後におけるあなたの行動について、供述することに何か異議がおありですか？」

「いいえ、少しも」ウォーグレイヴは穏やかに答えた。「覚えていればですが。だが実際のところわたしはこちらを先にはっきりさせたいんです。あなたはミス・ウォーターハウスを謀殺した容疑をわたしにかけているんですか、いないんですか」そして彼は首席警部に向かって、さっと冷笑を浴びせた。

　警官になっておそらく初めてのことだが、モーズビーはいささか面食らっていた。この現象を引き起こしたのは、相手が使った「謀殺《マーダー》」という言葉だった。殺人者《マーダラー》は決して「謀殺《マーダー》」はしない。誰かほかの人間なら謀殺《マーダー》するかもしれないが、彼らはしない。彼らは「殺害《スレイ》」するかもしれないし、時には「殺し《キル》」さえするかもしれない。だが決して、決して「謀殺《マーダー》」はしない。モーズビーはこの言葉を使ったのは相手のはったりだと分かっていたが、この種のはったりには慣れていなかった。ウォーグレイヴが図太い人物だという彼の考えは裏付けられた。

モーズビーはその質問には直接答えなかった。「犯行の少し前に、殺された人間と接触のあった人間全員に、当時の彼、または彼女の行動を説明してもらう、というのが我々の手順の一つなんです。訊いたからといって、あなたを疑っているということでは毛頭ありません。ミス・ウォーターハウスの死に関しては同様な供述をたくさんしてもらうことになると思いますよ」

「よく分かりました」ウォーグレイヴは言って、また笑った。モーズビーはその薄笑いの意味を容易に理解した。それははっきりとこう言っていた。ああ、あんたはおれがそれをしたと知っているし、おれは自分がしたと知っている。だが、あんたはそれを決して証明することはできないのさ、ご愁傷さま。

「ではどうぞ、ウォーグレイヴさん」モーズビーは促すと、巡査に向かって付け加えた。「グレイヴストック、記録してくれ」

ウォーグレイヴは深く考え込むような様子をみせた。「昨年の夏学期と。待ってくださいよ。覚えている限りでは、いつものようにアリンフォード発十一時十七分のユーストン行き列車に乗りました。そこから旅行鞄をさげてタクシーに乗り、チャリングクロス駅へ行って、手荷物預かり所に鞄を預けました。午後をどうやって過ごしたか、覚えていませんね。何か雑用でもあったんでしょう。しばらく映画館に入ったと思います。ともかく六時ごろの列車でチャリングクロスからケント州のグローヴパークに行きました。そこで一週間ほど友人と過ごす予定だったんです。待てよ——あれはあの休暇だったかな？　ええ、そうです。確かです」

「友人のお名前は？」

「ダッフィールドです。ジョン・ダッフィールド。奥さんの名はマーガレット・ダッフィールド。大英博物館に勤めているんです。そこに一週間ちょっと滞在しました。正確な日付は分かりません。夫妻なら分かるかも」

「そこで過ごした何か特別な理由でも？」

「どういう意味ですか？　友人と過ごすのに何か特別な理由が必要だとでも？　実際のところ、訊かれて今思い出したのですが、自分から行く気になったのです。それにそう、特別な理由がありました。ローランドハウスで先学期、わたしが興味を持っているテーマに関して、科学の初級クラスを受け持ったんですが、いくつかの項目に関してわたしの知識が非常に古くなっていることに気づいたんです。それで、サウスケンジントンの科学博物館で二、三日過ごしたいと思いました。ロンドンのホテルに滞在する経済的な余裕がなかったので、ダッフィールド君に泊めてもらえないかと頼んだのです。いつでも来いと言われてましたから。ダッフィールド君は長年の友人です」

モーズビーは頷いた。むろん、ウォーグレイヴはすべてを説明できるだろう。

「なるほど、それで？」

「それから家に帰りました。ランカシャー州、クリザロウ、アルマ・ロード二七番地が両親の住所です。休暇の残りはそこで過ごしました」

「それでクリザロウに行った日付は？」

「どうしても思い出せません」

「それで、グローヴパーク滞在中に科学博物館を訪ねたんですね」

「そのとおり。長い時間をあそこで過ごしました」

「毎日？」

「いいえ。しかし、ほとんど毎日です」

「そこで過ごした日と、おおよその時間を言えますか」

「言えません。日記をつけているわけではありませんから」

「だいたいでもいいんですが」

「分かりませんね、あいにくと」

「なるほど。では、ウォーグレイヴさん、これから質問することには、もし気が進まなければ、お答えくださらなくて結構です。グローヴパークからロンドンに出てきた日のうちで、またはグローヴパークに滞在中に、ミス・ウォーターハウスと会いましたか」

「お答えするのはいっこうに構いません。会っていません」

「ありがとうございます」

「これで全部ですか」ウォーグレイヴは皮肉っぽく訊いた。

「これで全部です、ウォーグレイヴさん。あなたの供述をタイプする間、待合室にお戻りになって、のちほど目を通して、承認いただけるなら署名してください。その後は、もちろん自由にお帰りいただけます」

ウォーグレイヴは何も言わずににやりとした。

モーズビーは巡査を呼んで、彼を案内して待合室に戻らせた。

ウォーグレイヴが行ってしまうと、すぐに首席警部は電話の受話器を取り、クリザロウの警察署に電話をつながせた。待つ間に今度はグローヴパーク署に電話し、ある指示を出した。

次にウォーグレイヴが建物を出たら尾行をつける手配をすると、モーズビー首席警部は椅子の背にもたれて、思い切りしかめ面をして机を見た。

予期したとおり、今回の尋問ではふりだしに戻ったにすぎなかった。

「まあ、たしかに奴は図太い男だ」モーズビー首席警部は鷹揚に言った。

第十二章

昼食が終わるとモーズビーは言った。「アフォード君よ、げんなりする仕事があるぜ。このウォーグレイヴの写真を持ってユーストン駅に行って、去年の八月二日に奴の荷物を運んだポーターを探し出し、スーツケースの一つがひどく重くなかったか、訊いてみるんだ」気前のいいブレアは手持ちの写真全部を焼増ししてくれていた。「次にチャリングクロスに行って同じことを調べろ。奴はチャリングクロスの手荷物預かり所に旅行鞄を預けているから、あそこではポーター二人と預かり所の係が鞄を手にしたはずなんだ。そのうち一人でも見つけたら、ビールを一杯奢ろうじゃないか」

アフォードはにやりとした。「酒にはありつけそうにないですね。荷物というのは例のセメントですか?」

「セメントだよ」モーズビーは頷いた。「セメントは煉瓦の下には流してなくて、継目にだけだったろう? あの程度なら、砂と混ぜ合わせて使うばかりにしてスーツケースで運べるさ。参考までに、比率は二対一だが、こんなことは役には立たない。いずれにしろ、かなりの重さにはなるな」

「奴はそれをグローヴパークには持って行かなかったんじゃないですか？　前もって計画を立てていたとなると、その問題の鞄をおそらくすぐにルイシャムに持って行ったのではないかと思います。そもそも奴が自分で運んだのならばですが」

「あの午後何か『雑用』があったって言ってたな。おそらくそれ以前に持っていったか、あとから持って行きはしなかっただろう。うん、そうに違いない。たぶん、持って行ったんだろうな。ルイシャムでの取り調べが済み次第、フォックスがアリンフォードに取りに帰ったんだろうな。ルイシャムでの取り調べが済み次第、フォックスがアリンフォードに行って、休みに入ってからウォーグレイヴをあの辺で見なかったか、聞き込みをすることになっている。その間、きみはきみなりに調べたまえ。しかし、やれやれ」モーズビーは溜息をつきながら、付け加えた。「わたしは奴とあのセメントを結びつけることはできないように思うね。あいつは実に頭が切れる、そういうことだ。アフォード、出て行くときにジョンスンを寄越してくれ」

ジョンスンはその朝、人目につかないよう行動し、ローランドハウス校で捜査令状を見せた人物だった。

彼の報告の大半は否定に終始したが、一つだけ興味深い示唆を含んでいた。

「何もありませんでした、モーズビー首席警部。女の手紙も、写真も、二人を結びつけるようなものは何も。だがあの男がリボルバーを持っていたことだけは誓ってもいいですよ」

「持っていた？」モーズビーは語気鋭く訊き返した。

「ええ。奴の整理簞笥の一番下の引き出しの奥に、ひとかたまりの古い脱脂綿があって、真ん中が何か入れていたように深く窪んでいたんです。寸法を測ってみましたが、軍支給のリボルバーを隠していた跡でないとしたら、驚きですね。脱脂綿には一、二か所、油のしみがついていました。だが今、奴の部屋には一挺のリボルバーもありません」

モーズビーは悪態をついた。「昨日のうちに処分したんだな。そうに違いない。何てことだ！　あそこを見張らせておけばよかった。わたしの失策だ。だが、奴は実にうまくやったもんだな。それにしても、それを考慮に入れておくべきだった。確かに奴は頭が切れると分かっていたのに。ジョンスン、すぐにアリンフォードに戻って、そのリボルバーを探し出せ。分かったか？　見つけるまでは帰ってくるな。昨日の午後わたしがあそこを出てからの奴の動きを調べて、夜間に外出したとしたら何をしたのか頭を働かせて、隈《くま》なく探すんだ。そして見つけたら、動かす前に証人を確保しろ。それからここへ持ってこい。さあ、行け」

ジョンスンは苦笑すると、出て行った。

モーズビーは自分を責めた。昨日ウォーグレイヴに見張りをつけておくべきだった。相手がよく気がつく点を過小評価するという大失敗をしてしまった。グリーン警視がこういった手抜かりを何と言うか、考えたくもなかった。

事件の書類を手元に引きよせ、ページをめくるうち、午前中に写真部から送られてきたメアリ・ウォーターハウスの引き伸ばし写真の一枚に目が止まった。いい考えが閃いた。彼は内線電話を引き寄せると、写真部につなぐように頼んだ。

「メリマンかい？　昨日引き伸ばしてくれるように頼んだスナップ写真を覚えてるかい？　う

ん、ウォーターハウス事件だよ。いや、ちっともまずい出来なんかじゃない。ああ、かなりよく分かると言っていいだろう。いいかい、焼き増しをもっとたくさん欲しいんだ。何だって？ ああ、新聞社用だ。そうだな、三十枚ばかり。今日の午後焼き上げてもらえるかな？ ありがたい。うん、それにもう一枚写真を送るよ。ウォーグレイヴという名の男さ。ああ、同じ事件だ。そっちも十枚焼いてくれ。うん、悪いな」

モーズビーは紙を取り出すと、新聞記者に当てたメモを書き始めた。去年の夏の間に彼女を見かけた人は警察に申し出てほしいという控えめな見出しをつけて、ミス・ウォーターハウスの写真を紙上に載せることを依頼する内容だった。

というのも、これがこの事件で空白の部分の一つだったからだ。ユーストンでリーラ・ジェヴァンズがさようならを言った瞬間から、ミス・ウォーターハウスは完全に姿を消してしまったかのようだった。前日の午後アリンフォードから戻るとすぐに、モーズビーは選りぬきの部下二人に彼女の足取りを追わせ、八月の第一週にどこで過ごしたかを調べさせたのだが、これまでのところ成果はなかった。確かに二人がこの調査にまるまる二十四時間はかけていないにしろ、そもそも見つかるものであれば、ユーストンから彼女を乗せたタクシーを探すのに二十四時間あれば十分なはずだった。明らかにそうではなかった。ごく普通の乗客だったに違いない人物を運転手が覚えているには、時間が経ちすぎていた。

メモを書き終えると、彼は書類を脇へどけて、この二日間にたまった他の仕事に専念した。六時少し前にフォックス警部が戻ってきた。この日は収穫がまるでなかった。隣人の誰一人として、また、教区牧師、不動産屋、地域の噂好きのメイベルたちさえも、どちらの写真の人物も見たことがないと言った。

「くそ！」モーズビーは一言悪態をついた。

「いまいましい事件ですね」フォックス警部も口走った。

モーズビーは不機嫌に彼に向かって顔をしかめた。

「それじゃあ、二人のうちどちらかが、いったいどうやってあの家の鍵を手に入れたんだ？それが知りたいね。鍵を持っていなかったかもしれないと言っても無駄だ。押し入った形跡もなくあんな風に中に入るには、鍵を持っていたに違いないんだ」

「それはさておいても、あのようにあの家が留守になるなんて、二人にどうして分かったんでしょう？どちらかがミス・ステイプルズか、隣人と接触があったに違いないですね」

「もちろんさ」モーズビーはすかさず答えた。「つまるところ、写真の人物が分からないなどというのは、決定的ではない。角縁眼鏡でもかけてみろ、ああいう連中はきみになど会ったこともないと言うだろうさ」

「写真に角縁の眼鏡を描きたして、もう一度見せてみましょうか、首席警部」

「おい、きみ、わたしの言うことをそんなに真に受けるなよ」

単に役に立ちたいと思って言っただけのフォックス警部はへこまされて黙り込んだが、モーズビーはまだ苦い顔をしていた。

「メアリがあの鍵を入手する方法がたった一つある」しばらく考え込んだのち、モーズビーはおもむろに言った。

「と言うと?」不当に叱られた者の気乗りしない口調で、フォックス警部は尋ねた。

「あの女はバッグ泥棒だったな。彼女がかつてミス・ステイプルズのバッグを盗んだことがあり、中に住所と鍵があったとしたら? 鍵を手に入れたことの説明がつくんじゃないか?」

「そのとおりです、モーズビー首席警部、確かに」フォックス警部は惜しみなく賛同した。

モーズビーは話しながら、電話の受話器を取り、ルイシャムの警察署を呼び出すよう頼んだが、つながると、今度は担当の巡査部長を呼び出した。

「巡査部長、こちらはモーズビー首席警部だ。バーント・オーク・ロードの殺人事件を覚えているだろう。すぐに記録簿を見て、四番地のミス・ステイプルズからバッグか財布、あるいはその類の物を盗まれたという届け出がなかったか調べてくれ。ここ数年間のことだ。このまま待ってる」

長くは待たされなかった。値打ちもののカード式索引により、情報はたちどころに得られた。ミス・ステイプルズはちょうど三年前に、オールド・ケント・ロードを行くバスの中でバッグを盗まれた。中にはあまり価値のないものしか入っていなかった。数シリング、住居の鍵、「M・S」とイニシャルをつけたハンカチ。バッグを取り戻したという記録はなかった。

「うん、これで一つ問題が解決した」受話器を置きながら、モーズビーは満更でもなさそうに言った。

「バッグを盗ったのは、十中八、九、当時の名前でミス・メアリ・ウェラーに違いない。彼女はずっと縁起をかついで鍵を持っていたんだろう。まあ、分かって良かったが、それで何か役に立つかは疑問だね」

「それにどうやって隣人のことを知ったか、それでは分かりません」

「ああ」モーズビーはじっくりと考え込みながら言ったが、かなり機嫌は良くなっていた。「それが分かれば、ぐんと進展するように思うんだ。だが、目下のところ、どうやって調べるか、皆目分からない！」

　モーズビーは考えながらしばらく頭を掻き、諦め、次にメモを見た。

「フォックス、明日はこれを調べてくれ。あの女は婚約指輪をしていたことが分かった。オーストラリア人にもらったと言っていたそうだ。高価な指輪だったと連中は言ってた。ここに分かっただけのことは書いておいた――プラチナの台にダイヤが三個、間にエメラルドが二個ずつ塡《は》まっていたそうだ。ここにみんな書いてある。去年の八月初め以来、この記述どおりの指輪がロンドンで売られたか、または、売りに出されたかを調べろ」

　フォックスは頷いた。骨の折れる仕事だったが、彼にはお馴染みのものだった。

「まるでツキがないかもしれないが」モーズビーは立ち上がりながら言った。「その反面、ちょっとばかりヤバい仕事で手に入れた物だとしても、ウォーグレイヴは高価な指輪を捨てたりはしない男と見た」こう皮肉を言うと、モーズビーはきつめのコートになんとか体を入れて、帽子を取った。

「二人で例の家に入ったときにも、指輪をはめていたと思いますか」首席警部と石の廊下を足音を響かせて行きながら、フォックスが訊いた。

「きみ、はめていたのは分かってるよ」モーズビーはそれに関しては皆目分からなかったにもかかわらず、断定した。「それはなぜか？　でなければはめていた手袋の説明がとうていつかない。何週間も前にそのことは警視に話したんだがね。手袋をはめて指輪をしていない女性を見れば、警察は指輪をしてない女性を探しにかかるだろうとお利口氏は考えたんだ。だがお利口氏は、ダイヤなら手袋の内側にしっかりと跡がつくということを忘れていた。そして跡はしっかりとついていた。お利口氏のおかげで、探偵小説を書いている男を思い出したよ。利口さを鼻にかけている男をね」

フォックス警部は笑いころげた。

モーズビーは自分のフラットに戻らなかった。彼は昼過ぎにロジャー・シェリンガムに電話をし、草稿には当然ながら出てこなかったローランドハウス校のロジャーの友人のことでいくつか質問するため、帰宅途中に寄りたいと告げた。ロジャーはモーズビーを夕食に招待し、彼の家の夕食がどんなものかを知っているモーズビーは承知した。すでにかなり態度の大きいシェリンガム氏に対して、そう認めるくらいなら死んだほうがましだったにせよ、モーズビーは内心では、事件について彼と話し合いたいとも思っていた。近くで見る者の目にはとても解けそうにないほど複雑にからまっていると見える糸でも、外側の人間は時に解くことができるものだ（モーズビーは自分の弱みを胸の内でこう言い訳した）。

ロジャーは笑顔をふりまき、上等な辛口のシェリーをふるまって客を歓迎した。

「パタースン？」暖炉の前に座ると、彼は教師をしている友人の名前を口にした。「ああ、あの男なら除外していいよ。会ったんだろう？」

「あなたの本には書かれてなかったので、最後に聞き込みをした一人です。役に立つことは何も聞けなかった」

「うん、彼からは聞けないだろうね。ただこんなに悲劇的でなければ、すべてがとても滑稽だったろうということ以外はね。パタースンはぼくが会った中で平衡感覚を持ち続けている数少ない教師の一人さ。だがこの事件では、あの男はきみの助けにはならない」

「シェリンガムさん、あなたも彼と話したんですか？」モーズビーは疑わしげに尋ねた。

ロジャーはにんまりと笑った。「昨晩電話したよ。モーズビー、きみはあの連中みんなをすっかり動転させたようだな」

「わたしが？」モーズビーはすまして答えた。「それはそれは」

「パタースンは大して話さなかったが、あちらでの意見は固まったようだよ」

「と言うと……？」

「きみの意見と同じさ、たまたま」ロジャーはさりげなく言った。

「言い換えると——ウォーグレイヴ？」

「ああ」

モーズビーはぼんやりとシェリー酒を明かりにかざして見た。

「それであなたは、シェリンガムさん？　賛成ですか」

「実にいまいましいがね……ほかにどう考えられるんだね？　彼を捕らえる論拠は得られたのかい」

「しこたま。だが証拠がない。こういう訳なんです」

モーズビーは事件の難しさをかいつまんで話した。

「我々が追ったすべての線は行き詰まったみたいなんです」彼は悔しそうに言った。「もちろん、メアリがどうやって鍵を手に入れたかは分かったが、それはあまり重要ではない」

「彼女がバッグを盗んだというのは、どういうことだい」

「ああ、忘れてた。あなたは知らないんですよね。シェリンガムさん、あの女は性悪だったんです」モーズビーはこの点も説明した。

「そりゃまた！」ロジャーは感心した。「いや、実にうまくごまかしたもんだ。彼女にはすっかり騙されたよ」

ミス・クリンプは騙されなかったことを口に出すのは、モーズビーは気高くも控えた。

「では、ゆすりかい？」ロジャーは続けた。「強力な動機だね。もちろん、奴がエイミー・ハリスンと結婚するのをメアリは邪魔しようとしていた。うん、確かにみんなはっきりした。気の毒に、あの女は悪い男をつかまえたんだ。ぼくだってウォーグレイヴに逆らいたいとは思わないね。モーズビー、だがぼくは奴が殺人のようなことをする男とは思えない。つまるところ殺人は弱さの印だが、ウォーグレイヴは強い男だ。奴ならもっと断固とした手段を取ると思うな」

「シェリンガムさん、殺人より断固とした手段を見つけるのは難しいようですが」

「そんなことはないよ。恐喝者が男であれ女であれ、そいつを殺すより、地獄へ行けと告げるほうがはるかに勇気がいる。はるかにだよ。だが、こいつは見込み違いだな、奴はその手段を取ったのだから。それで、警察はどうする気だね」

「ずいぶん調べたんですが、あまり進展がないんです」

「そうだろうね。モーズビー、実際、ここだけの話、きみに奴を挙げられるとは思わないな。これ以上きみに何ができるか知らないが、もっと多くの証拠がなければ、奴を告訴など決してできやしないさ」

「そうです、シェリンガムさん」モーズビーはグラスの足を上の空でもてあそびながら、同意した。

今度はロジャーが疑惑を抱く番だった。「モーズビー、何を企んでいるんだ？　ここへただパタースンのことを話しに来たわけではないだろう？　何だい？」

モーズビーはにやりと笑った。「シェリンガムさん、言いますよ。この事件で助けてもらいたいんです、本当のところ」

「ぼくの助けだって？」

「ええ。いいですか、こういうことです。ローランドハウス校は広大な場所です。我々警官の一人がきちんと見張るのは不可能だ。たぶん夜以外は、外で見張ることになるでしょう。だが、二十か三十エーカーある敷地でそんなことをして何になりますか？」

「それで?」

「それで、あなたならこれまで何度も我々に協力してくれていますから、もう一度やってもらう許可を得ることもできます。ローランドハウス校の内部にいる人間が必要なんです。あなたの友人が病気になるように計らって、また代わりになることはできませんか」

「つまり、きみはぼくに校門の中でスパイをやれ、と言うんだね? ウォーグレイヴを見張って、同時に奴を有罪にする証拠を見つけろと?」

「そうです」モーズビーは熱意をこめて言った。「そのとおり」

「ぼくにはかかわり合う気はない。それははっきりしてる。ほかの事件なら喜んで。だが顔馴染みの連中の間でそんなことをする気はない。いや、モーズビー、素人探偵には節操など大して残ってないかもしれないが、ぼくは友人をスパイするほど落ちぶれてはいないつもりだ。考えるまでもないね」

「残念だな。では殺人者を逃してもいい、というわけですね」

「奴を逃がす責任をぼくになすりつけるのはよしたまえ。きみが捕まえたらいい。それはきみの仕事であって、ぼくのじゃない」

「ふん! シェリンガムさん、あなたに捕まえてくれと頼んでるわけじゃない。それはわたしが自分でやる。頼んでいるのは、奴が自殺をしたり、ほかの人間を殺したり、あのリボルバーみたいな重要な証拠を湮滅《いんめつ》してしまわないように見張ってほしいってことだけなんだ。それだけですよ」

ロジャーは笑った。「駄目だ。行くつもりはない。この件についてきみがしたいだけ話をする気はあるが、実際に手を貸すつもりはないね」

モーズビーはシェリー酒に向かって顔をしかめると、話などいくらしても埒があくものか、欲しいのは証拠なんだ、と小さくぼやいてみせた。

「シェリンガムさん、あの男と殺人を結びつけるほんのちょっとした証拠一つだけ。二か月間に及ぶ調査のあとの慰めとして、それがわたしが今求めているすべてなんです。法外な要求ではないでしょう？　でも得られれば、ありがたい」

このような言葉を待ち伏せていた小さな神々は眠っていなかった。まさにこの瞬間、ロジャーの電話のベルが鳴った。

「もしもし？　ええ、ここにいますよ。待ってください。モーズビー、きみにだ」

スコットランド・ヤードに行き先を言い残してきたモーズビーは、跳び上がって受話器をつかんだ。

「モーズビー首席警部ですか」

「そうだが」

「ジョンスン部長刑事です。アリンフォードからです。すぐにお知らせしたほうがいいと思いまして。我々はリボルバーを見つけました」

「そうか。よくやった。我々というと？」

「わたしとグレゴリーです」それはスコットランド・ヤードを出たウォーグレイヴを尾行する

ように、分遣されたグレゴリー巡査のことだった。

「どうやって見つけたんだ」モーズビーは歓声をあげんばかりに訊いた。

「わたしはここに着くとグレゴリーと連絡をとりました。問題の人物はまっすぐここに帰ってきたと言うので、わたしのそばにいて、二人で学校に目を光らせていようと伝えました。何をしているのか誰かに訊かれたら、新聞社の人間だと言うつもりでカメラを持参してきたので、グレゴリーにカメラを持ってカメラマンのふりをしろ、わたしは取材記者を装うからと言いました。学校からかなり離れた場所も探してみましたが、何も見つからず、暗くなったらもっと近くを探すつもりでいました。やがて日暮れになってグレゴリーとわたしが学校に近づくと、あいつが出てきました。

奴はしきりにあたりを見回しましたが、姿を見たとたんにグレゴリーをシャクナゲの植え込みの後ろに引き込んだので、見つかりませんでした。すると、あの男はきびきびと歩き出し、我々はあとをつけました。グラウンドを横切ると、さらに先の生垣に沿ってどこか場所を探すようにゆっくりと歩き出しました。かなり暗かったので、グレゴリーとわたしは奴のいる生垣と交差している生垣を廻って、奴のいる方向へと進み、かなり近づきました。首席警部が言われたように、証人としてグレゴリーを連れて行ったほうがいいと思ったのです」

「うん、うん」モーズビーは我慢強く頷いた。

「しばらくすると奴は目当ての場所に来たとみえ、屈み込みました。生垣の中を何か一所懸命探していたので、グレゴリーとわたしは数ヤードの所まで近づきました。立ち上がったのを見て、奴は探し物を手に入れたのだろう、と思い切って奴のほうに近づきました。すると手にリボルバーを持っていました。それでわたしを脅したので、取っ組み合いとなり、グレゴリーがリボルバーを取りあげました。グレゴリーには気をつけて持て、と注意しました」

「おいおい、きみ。グレゴリーはリボルバーの扱いくらい知ってるぜ」

「リボルバーに指紋がついているといけないと思ったからです、首席警部！」ひどく自尊心を傷つけられて、ジョンスンは金切り声に近い叫びをあげた。

「ああ、なるほど。うん、よくやったな、ジョンスン。よく気がついたぞ。ああ、それで？」

「それで全部です。わたしが責任を持ってリボルバーを持ち帰るとグレゴリーに言い、ハンカチに包んで持ってきたんです。指紋を消さないよう」ジョンスン部長刑事は付け加えた。

「それで奴は？」

「そのことですが、首席警部。許可証なしに火器を所持していた罪で逮捕しようかとも思いましたが、首席警部はことによると反対なさるかもしれないと考え、電話して指示を仰いだ次第です。我々は奴を宿舎に送り返し、一緒に出てきました。門を出てから、こっそりグラウンドに戻って学校を見張り、奴が出てきたら尾行するようグレゴリーに指示しておきました。戻ってあいつを逮捕したほうがよろしいですか、モーズビー首席警部？」

「いや」モーズビーは一瞬考えてから答えた。「まだ奴を引き止めるのに十分な証拠が揃っていない。ジョンスン、リボルバーをすぐに本部まで持ってこい。わたしは部屋にいる。帰る前に顔を見せろ。よくやった」

「ありがとうございます、モーズビー首席警部」満足したジョンスンは礼を言うと、電話を切った。

モーズビーは受話器を置き、満面に笑みを浮かべ揉み手をしながら暖炉へ戻った。「いや、どうも」ロジャーが黙って酒を満たしたグラスを手渡すと、彼は礼を言った。「悪くないな。ところで、聞きましたか？ リボルバーを見つけましたよ」

「だろうと思ったよ。ちょっと前にきみが泣き言を言っていた、ほんのちょっとした証拠一つという奴だろう」

「そう、そのとおり。今やツキが廻ってきた。そう思いませんか」

「きみにはツキが必要だね」ロジャーは辛辣に言った。「リボルバーを所持しても死刑にはならないよな？ それにこれが犯行に使われたリボルバーだという証拠は何もない」

「はい、はい、そのとおりです。弾を見つけてませんからね。いや、それは実際のところ、奴と犯行を結びつけることにはならないが、陪審の前に示せば、状況は悪く見えるだろうな。非常に悪く。無邪気にブツを引き出しに入れておいたほうが、奴にとっては良かったんです。あの男がしでかした最初の大きな過ちだな。まあ、奴が間違いをし始めたのなら、し続けるように願いたいものです」

「えらくばかげた間違いだね」ロジャーは訝しげに同意した。ウォーグレイヴならしそうにない間違いだ、と思った。自分があの険しい眉の男を完全に理解していたわけではなかったことに、ロジャーは気づき始めた。

「参考までに話すと、奴は昨日わたしが引き揚げたあと、自分の寝室からリボルバーを持ち出したんです」モーズビーは説明した。「その時は本当に疑われていると思ったのではないだろうが、運任せにする気はなかったと見える。そこへきて今朝、わたしの部屋で、奴は当然目をつけられていることを知り、遅かれ早かれローランドハウス校の敷地内でリボルバーの捜索が始まると分かった。だから始末するのは、早ければ早いほど良かったんです。どうする気だったのかな？　あの近くには運河がありましたよね？　そう、グランド・ジャンクションがあのあたりを流れてる。その辺に捨てるつもりだったんだろうな。運よくジョンスンにそれを探しに行かせていなかったら、奴は始末してたでしょう」しかしながら、モーズビーの口調からして、〝運よく〟というのは実際は適切な言葉ではなく、単に謙虚さが言わせていることが分かった。

ロジャーは面白くなさそうにモーズビーを見た。自分が自慢するときには少しもためらうことはなかったが、他人の自慢を聞くのはうんざりだった。「急いでシェリーを飲めよ、モーズビー。食事の支度ができてる」

「シェリンガムさん、食事ですって？　残念だが、食事をしてはいられません。本部に戻って、ジョンスンに会わなくては」

「おいおい、ジョンスンは待てるさ。料理したものを食べなければ、メドウズはきみを決して許してくれないぜ。もちろん、ぼくもね。そのほうがはるかに問題だよ。それに牛の胃袋《トリップ・ア・ラ・》のカン風《モード・ドゥ・カン》煮込みだぜ」

「何ですって?」

「牛の胃袋《トライプ》だ」

「牛の胃袋?」

「牛の胃袋さ」

「ジョンスンは待たせましょう」モーズビーは同意した。

第十三章

リボルバーは予期した以上のことをやってのけた。あまりに多くのことがリボルバーから判明したので、のちにそれを聞いたロジャーは、自分が聡明な人物として書きとめた者の愚かさに呆れた。

まず、リボルバーにはただ一人の指紋しかついていなかった。ウォーグレイヴはそれを手にしているところを実際に見られたのだから、照合する指紋の記録は警察にはなかったものの、それがウォーグレイヴのものであるのは明白だった。第二にリボルバーは手入れもされていなかった。銃身は錆びつき、燼渣《じんさ》がいっぱいに詰まっており、専門家は充塡されてから約半年はたっていると言った。そして第三に、五つの弾倉には弾が装塡されていたが、六番目は空だった。

メアリ・ウォーターハウスを殺したのがこのリボルバーであると立証するものが何もないというきわめて重要な事実がなかったら、これはウォーグレイヴを絞首刑にするに十分だったかもしれない。

モーズビーは、弾丸が見つからないことを今さらのように嘆いていた。現在、専門家は特定の弾丸が特定のリボルバーから発射されたものか否かを判定することができるようになり、弾丸は銃と同じくらい重要になっていた。弾丸さえ入手できれば、モーズビーはウォーグレイヴを逮捕し、有罪をほとんど確実なものにできるのだ。だが弾丸がなくては、ウォーグレイヴが怪しげな行動を取ったという事実を除けば、立件はまったく進んでいないも同然だった。モーズビーはウォーグレイヴをまたスコットランド・ヤードに呼び出すべきか否かを思案した。

もしそこから何か得られるようなら、今回の騒ぎの件で再度尋問することはできる。実際にリボルバーを隠していただけでなく、それでジョンスンを脅しもしたのだ。ウォーグレイヴは本気でジョンスンを撃つ気だったのだろうか？　ジョンスンはそう思ったようだ。だがジョンスンはしっかりした男とはいえ、自分中心に物事を考えるきらいがある。ウォーグレイヴが本当に撃つ気でいたのなら、とんでもなく愚かな行為としか言いようがない。全体的に見て、モーズビーは彼がその気だったとは思わなかった。ジョンスンはおそらく、驚いたウォーグレイヴがとった反射的な行動を、威嚇と取り違えたのだろう。

モーズビーは今はまだウォーグレイヴを再召喚しないことに決めた。また何かほかのことが見つかって、併せて尋問できるまで待ってみよう。ウォーグレイヴは当然呼び出されるのを予測して、話の辻褄をぴったり合わせているだろうが、召喚されないとなると、何が起きたのか、なぜ自分が呼び出されないのか、不審に思うことだろう。リボルバーの一件がそのままうやむやにされるわけがないのは分かっているはずだ。自然のなりゆきとして、ウォーグレイヴは心配になり不安になるだろう。そして殺人犯が心配し不安になれば、通常、愚かしいことをする羽目になる。モーズビーはそうなればよいと切に願ったが、ウォーグレイヴがばかげたことをしでかすとはあまり思えなかった。

メッセンジャーがメモを持ってきたので、考えに耽っていたモーズビーは我に返った。開けてみると、陸軍軍需品部記録保管所からのメモで、その朝一番で送った質問に対する返答だった。

「貴下の電話によるご質問に関し、軍用リボルバーD7748番は、一九一七年九月十四日、ノーサンプトンシャー聯隊第七大隊のウォーグレイヴ少尉に支給されたことをお知らせします」

リボルバーは弾丸こそ見つからなかったが、語れることはすべてすでに語っていた。それはまた、この事件に関して次の二日間に判明したことのすべてでもあった。モーズビーが伸ばしておいたほかの数本の触手は空手で戻ってきた。アフォード部長刑事はユーストンとチャリングクロス両駅のすべてのポーターと元ポーター、手荷物預かり所の係員、検札係、それに事情聴取できそうなあらゆる人物に当たってみたが、八か月前にどちらかの駅で特別重いスーツケースが運ばれたというほんのわずかの形跡も見つけることはできなかった。指輪を追っていたフォックス警部にもツキはなかった。二人による調査は、難しい事件にはつきものの時間と労力のいつもながらの損失の一部と見なされた。

その間もウォーグレイヴは厳しく監視されていたが、こちらも収穫はなかった。学校の敷地以外へはほとんど出ず、出たとしてもせいぜい村に煙草を買いに行くといった無害な目的のためだった。死体の身元が分かってからは、アリンフォードの村人と学校の居住者の間ではもちろんのこと、事情聴取がひそかに進められてきた。だがミス・クリンプとマイケル・スタンフォード師を結ぶ絆以外、アリンフォードとローランドハウス校の二つの共同体は何らつながりを持たなかった。いずれにしても事情聴取からは何の成果も得られず、ローランドハウス校がアリンフォードのほかの地域からこんなにも自立し、隔絶していなければ期待できたであろう、ありふれた噂話の収穫さえも得られなかった。

事件は袋小路に入ったかに見えた。

リボルバーの発見から三日目、事件は一転してふたたび活気を取り戻した。

その日、『デイリー・クーリエ』紙の編集長がスコットランド・ヤードにかけてきた電話が、モーズビーの執務室に転送された。

「首席警部、あんたが送ってくれたウォーターハウスって女の写真を覚えてるかい？　実は、今こちらにいる男性が、去年の八月にケニントンで家具つきの家を借りた女性に違いないと言ってるんだよ。会いたいかい？」

「会わいでか！」モーズビーは叫んだ。「すぐにこっちへ寄越してくれないか？　途中で道に迷ったり、バスに轢《ひ》かれたりしないように、きみのところの記者を一人つけてくれるとありがたいな。今、いなくなられてはたまらん」

「それで、我社《うち》は特ダネにあずかれるんだね？」

「わたしがよしと言ったらすぐにな。むろんさ。だがわたしがその男に会って、きみに電話をかけ直すまで印刷に回すのは待ってくれ」

「分かった」受話器の向こうからくぐもった話し声が聞こえた。「喜んであんたの所へ出向くと言ってるよ。部下を一人、案内させる」

二十分もしないうちに新参者はモーズビーの部屋の椅子に座り、喜色満面の笑顔に迎えられた。

「進んで出向いてくださって、誠に感謝します。本当にありがたい。もちろん、これは市民の義務ではありますが、ご存じのように誰もが常に義務をはたしているわけではありませんからね。そうしてくれたら、ここでの仕事はずっと楽になるんですが」

プリングル氏と名乗った新参者は、非常にめかし込《プリーン》んでいた。赤ら顔に金縁の鼻眼鏡をかけたずんぐりした小男で、モーズビーに負けず劣らず仰々しくふるまった。

「どういたしまして、首席警部さん。何でもありません。わたしでお役に立てれば誠に嬉しい限りです」

モーズビーは質問に取りかかった。

プリングル氏はケニントンで営業している不動産屋であると分かった。氏の帳簿によれば昨年の七月二十三日、若い女性が彼の店を訪れ、短期間借りられる家具付きのフラットはないかと尋ねた。オーヴァルから遠くない静かな通りに一件、最上階で寝室一つに居間と台所、浴室付きで家賃週二・五ギニーのフラットがあった。若い女性は気に入り、その場で八月の一か月だけ借りることに決めた。八月一日に彼女は店を訪れ、鍵を受けとり、そしておそらく部屋に越してきたはずだ。

「なるほど」モーズビーは嬉しさに揉み手をしながら、相槌を打った。ローランドハウスが休暇に入ったのは、八月一日だった。

「鍵を取りに来たのは、一日の何時ごろだったか分かりますか？」

「何時か、ですって？　そいつは難問だ。いえ、分かりません。戻ったら従業員が覚えているか訊いてみますが、いや、わたしには分かりませんね」

「さてと、フラットを見せに行ったのはあなたご自身でしたか？　従業員ではなく？」

「はい、わたしが自分で案内しました。ですから彼女の写真を見て気づいたんです」

モーズビーは問題の写真の焼き増しを一枚取り出した。「ちょっとこれを見てください。新聞に載った写真より、むろんはっきりしています。これでもっとよく彼女と確認できますか」

プリングル氏は写真をまじまじと見た。「ええ、この人です。間違いありません。まさしく本人です。彼女のことは良く覚えているんです。というのも、最近どこでも見かけるようなタイプの女性とはまったく違って、見たところとても感じのいい、静かな女性だと思ったからです。いやはや、ええ、今のこの国の若い女性の行く末はいったいどうなるのか、一向に分かりませんな。ええ、そっくりです。確かに彼女です。確かに」

「宣誓していただけますか？」

「すぐにでも」プリングル氏は男らしく答えた。

「何か身元証明書のようなものを受け取りましたか」

「いいえ。一か月分の家賃を前払いしたいと言ったんです。丸四週間と三日分の家賃を払ってくれました」

「現金で、それとも小切手？」

「現金です。支払いが小切手だったら、当日領収書は出せませんでした」

「それで、もちろん、あなたはまるまる一か月、彼女がそこに住むと思ったんですね」

「確かにそう思いました。もちろん、家賃を払っていただければ、住もうと住むまいと、わたしの知ったことではありませんが」

「月末に鍵を返しに来なかったときに、少しでも変だと思いませんでしたか」

「いいや、鍵は返してきたんです。今朝、店を出る前に確かめてきました。九月一日に郵送されてきてました」

「ほう！」モーズビーは今度もウォーグレイヴ氏の細心の注意に感心した。「封筒をまだ持っておられるか、あるいは封筒の消印に気づかれたか、そこまで訊くのは無理というものでしょうな」

「無理です、首席警部さん、はい、そこまでは。確かに無理ですね、あいにくと」

「ええ、そこまでは期待できませんよね。もちろん、鍵には手紙はつけられてなかったんですね？」

「わたしは従業員にまさに同じことを訊いてみました。彼が言うには、紙が一枚入っていて、

『エルフリーダ・ロード四〇番地、最上階の鍵をお返しします』というような走り書きがあったと思うとのことでしたが、確かではないようです。いずれにしてもその紙は取ってありません」

「ええ、もちろん、そうでしょう。だが新聞を見たときにメアリ・ウォーターハウスという名前に心当たりがある、と思われたことは一度もありませんでしたか?」

「さて、さて」プリングル氏は舌を鳴らした。「申し上げるべきでした。警部、それはわたしどもが聞いた名前とは違います。ええ、帳簿にはミス・マージョリー・ウェストとありました。まるで違っておりますな」

「だが、イニシャルは同じだ」モーズビーは満足して言った。「それで決まり。当の女性です。名前を変えてもイニシャルを同じにするのは、おかしなものだな。スーツケースやハンカチにイニシャルを記してあるからだろう。ちょっと見せてください。ケニントン、エルフリーダ・ロード四〇番地。間違いないですね? そして最上階を借りたのか。そのフラットには誰かほかに住んでいますか?」

「ええ、もちろんです。一、二階ともに借家人がいて、家主夫妻は地下に住んでいます。せいぜいそれくらいしか思い出せませんが」

「では、あなたの記憶が正しいことを祈ります」モーズビーは立ち上がりながら、上機嫌で言った。「さてと、これ以上お尋ねすることはないかと思います。また何かあった場合には、ご住所を聞いていますから。ありがとうございました。この情報を持ってきてくださって本当に感謝します」

プリングル氏は晴れやかな笑顔で出て行った。

モーズビーはふたたび机に向かって腰をおろすと、唇をついて出そうな祝歌《キャロル》をかろうじて抑え、フォックス警部に電話をかけた。

「この事件でこれまでに我々が得た、最初の本物の情報だよ」不動産屋から情報を得たことを説明し終えると、彼は頬を紅潮させた。「そこできみに一つ、ごく簡単な仕事がある。メアリとウォーグレイヴの写真をケニントンに持って行って、フラットのほかの住人の誰かが二人を見たことがないか訊いてみてくれ。ついでに周囲の店や何かにもな。いいな。メアリがどのくらいの期間そこにいたか、最後に姿を見たのは何日か、調べるんだ」

フォックスは頷いた。「はい、これで死亡日を特定できるかもしれませんね。なんとかやってみます」

独りになると、モーズビーは記憶が鮮明なうちに、プリングルからの事情聴取の内容を調書に書きとめ出した。フォックスに言ったとおり、これは入手した最初の真に重要な情報だった。そしてそれがもたらすものは、本当に大きいかもしれなかった。

報告書を書きおえると、それをタイピストに回して、彼は椅子に寄りかかった。フォックスが今回まったく収穫なしで帰ることはほとんどありえなかった。モーズビーは、フラットに改造され、地下に家主が住む数階建てのこうした建物がどんなものか、よく知っていた。家主やその妻たちの目を逃れうる者はほとんどいない。そしていずれかの階に魅力的な容姿の独身の若い女性が入居すれば、彼らの警戒は百倍にもなろうというものである。フラットに変えた自分たちの家の評判が落ちることを何よりも恐れ、悪のかけらもないところに必死で悪を嗅ぎ出そうとするこれらの家主族は、ロンドンの中流階級の半分を占めるいわば自警団だ。どんなフランス人の管理人より善行を積むことに熱心で、詮索好きなことでは疲れを知らない。

モーズビーは電話帳を引きよせるとページを繰り、ケニントンの不動産屋、プリングルの店の番号を調べて取りつぎを頼んだ。

電話口の相手はいやにもったいぶって、プリングル氏はまだ戻っていないと告げた。緊急の用事で出かけてますが、何か……。

「ええ、そうでしょうね」モーズビーは言った。「こちらはスコットランド・ヤードのモーズビー首席警部です。たった今プリングルさんとお会いしました。従業員の方ですか」

「わたしはプリングルさんの店の主任です」胸を高鳴らせているのが、口調で分かった。

「それはよかった。プリングルさんがなぜわたしに会いにきたのか、知っていますか？　結構です。昨年の八月一日にエルフリーダ・ロード四〇番地のフラットの鍵をミス・マージョリー・ウェストに手渡した人と話したいんですが」

「わたしが渡しました」

「あなたが？　それはそれは。彼女を覚えていますか？」

「ほんの少し。プリングルさんに見せられた『デイリー・クーリエ』の写真は、確かにどこか見覚えがあるように思いました。ええ、今でははっきりと彼女を思い出したと言えるかもしれません」

モーズビーは電話線の先のうぬぼれた小心男を頭に描いて、笑いを浮かべた。「よろしい。ところで、あなたのお名前は……？」

「ワークソップです。アルフレッド・ワークソップ」

「さてと、ワークソップさん、記憶を辿ってみて、ミス・ウェストが鍵を取りに来たのはその日の何時頃だったか、思い出してみてくれませんか？　いかがですか」

沈黙が続いたが、電話線の向こうでワークソップ氏が意識を過去へと放り投げる音と、さらにそれがドサッと落ちる音がほとんど聞こえてきそうだった。

「間違っているかもしれませんが、昼食前だったというはっきりとした印象があります。かなりはっきりとした印象です。だが正確な時刻となると――いや、とても申し上げられません」

「構いませんよ。昼食前ということは重要です。なぜそう思ったんですか」

「その、ミス・ウェスト――失礼！　ミス・ウォーターハウスをエルフリーダ・ロードまでお送りしようと申し出ようとしたんです。そのとき、何かの都合でできませんでしたが、それが昼食ではなかったかと思うんです」

「なるほど」モーズビーはしかつめらしく相槌を打った。「ひょっとして彼女が外にタクシーを待たせていたからではないですか」

「いいえ」ワークソップ氏はきっぱりと答えた。「タクシーを待たせていたとしても、わたしがお手伝いするのに何の支障もなかったはずです」

「だが、タクシーはいましたか」

「モーズビーさん、それで思い出したんですが、タクシーはいたと思います。はい、確かに。タクシーを待たせているので鍵をすぐに欲しい、と彼女が言ったのを思い出しました」

「ほう！　ではタクシーの中をちらっとでも見ませんでしたか？　中に誰かほかに乗っていなかったか知りたいんですが」

「それについてはお役に立てませんね。わたしは断じてタクシーの中を覗いたりしませんでしたから。あまり、行儀のいいこととは言えませんでしょう？」

「そうですかね」モーズビーはあいまいに答えた。「いや、構いません。これは彼女がタクシーに乗っていたのと同じくらい大事なことなんですが。ありがとう、ワークソップさん」

「どういたしまして」ワークソップ氏は礼儀正しく答えて、電話を切った。

モーズビーは呼び鈴のボタンを押して、メッセンジャーにアフォード部長刑事を呼びにやらせた。

「さてと、アフォード」モーズビーはにんまりと笑った。「ユーストンのポーターの所へもう一度行く気はないかね。そうそう、思い出したぞ。『おお、ユーストンのポーターたち、ほら、来た、ほら、来た、ほら、来た！』これはいつごろの歌だっけ？　一九一三年ごろじゃなかったかな。はてさて」

アフォード部長刑事は驚いたように上司を見た。モーズビー首席警部が執務時間中に楽しげに歌うなんて、不吉な前兆と言うべきだった。「どんな情報が入ったんです？」

「アフォード、まったくきみは名探偵だな」モーズビーはからかうように笑った。「物語本に登場すべきだよ、きみは。だが、ちょっとばかりニュースがあるんだ」彼は詳しく情報を伝えた。

「だからユーストンに戻って、そこの常連のタクシー運転手を捕まえ、去年の八月一日にユーストンからケニントンのエルフリーダ・ロード四〇番地まで若い女性を乗せた男を見つけるんだ。途中ケニントン・ハイロード二〇七番地Bに立ち寄っている。ああ、以前にも運転手を探そうとしたが、あのときはケニントンの件は分からなかった。今回は思い出すかもしれない。そこで見つからなかったら、いつものようにしらみ潰しに当たれ。見つけるまでは、その見苦しい面をここに見せるなよ」

アフォード部長刑事は自分もにやりと笑いを返すと、文句も言わずに出て行った。

一方、モーズビーは昼食をとりに外へ出た。

その日モーズビーの喜びの杯に最後の一滴が加えられたのは、三時半ごろのことだった。

机上の電話のベルが鳴り、電話線の向こうから声をかけてきたのはフォックス警部だった。

「店のほうに取りかかる前に、ちょっと電話してみました、首席警部。吉報をお聞きになりたいかと思いまして」

「吉報だって？　言えよ、おい、無駄口をたたくな」

電話線の向こうから、かすかに笑い声が聞こえてきた。

「家主がメアリの写真を見て、認めました。それにもう一人のほうも」

「ウォーグレイヴか？」

「ウォーグレイヴです。二、三回彼女を訪ねてきたそうです」

モーズビーは抑えきれずに含み笑いを洩らした。「きみ、つかまえたぞ。今度こそお利口氏をつかまえたんだ」

第十四章

その夕方六時には、二人の部下は首席警部に直接詳しい報告をしていた。ようやく本当に運が向いてきたようだ。アフォード部長刑事は、今度は簡単にメアリ・ウォーターハウスをユーストンからケニントンまで乗せたタクシーの運転手を見つけ、二つの場所はようやくつながった。プリングル氏同様、その運転手もメアリの人柄に惹かれ、ケニントンという場所は彼女のような女性にはとうていふさわしくないと考えたことを思い出した。不動産業者のもとに立ち寄ったことも思い出し、総じて非常に満足のゆく証人となった。

フォックス警部のほうも同じく幸運に恵まれた。家主がウォーグレイヴを確認するという大当たり《クー》以外に、ほかの場所でも有益な事実を立証することができたのだ。ミス・ウォーターハウスの写真を武器に近隣の店に当たってみたが、少なくとも牛乳屋夫人、食料雑貨商氏、パン屋夫人の三人は、すぐにメアリを見たと明言した（特筆すべきは、三人のうち二人は新聞紙上の写真を見てほぼ確信していたのに、申し出「たい」とは思わなかったことだ。残念ながらスコットランド・ヤードは、このような偏見とも戦わなくてはならないのだ）。三人の話は要点においては同じだった。ミス・ウォーターハウスは勘定をつけにはせず、現金で支払った。一週間ほど定期的に、そう、ほとんど毎日のように買物に来たが、その後は来なくなった。牛乳屋夫人も食料雑貨商氏もパン屋夫人も、なぜだろうと訝った。

モーズビーは満足して言った。「それで辻褄が合う。八月の第二週が問題の週と分かっていたが、これで話が合うし、当の週の初めにかなり近づいた。しかし、だからと言って証明できるわけじゃない」彼は残念そうにつけ足した。「つまり、そのとき彼女が殺されたということは」

「はい、モーズビー首席警部、それは証明できません」フォックス警部は同意した。「地元の商店に行かなくなったからといって、死んだということにはなりません」

首席警部はさらに言った。「それを言うなら、そもそもあれがメアリ・ウォーターハウスの死体だという証拠は、わたしがそう望むほど確かではない。ウォーグレイヴ側の弁護士がいとも簡単にその点をずたずたに引き裂く音が聞こえるようだ。我々は確信しているが、陪審はどうだろうな」

「モーズビー首席警部、しっかりしてください。それじゃあ、えらく後退してしまいます」

「まあな。この事件がわたしをこんな気分にさせるのさ。我々の仕事は進展しているように思うし、いつの日かウォーグレイヴを縛り首にすることもできるだろう、やっと我々に運が向いてきたようにも思うさ。だがな」モーズビーは手厳しくつけ加えた。「わたしは奴が土の下に埋められて、すべてが終わっていたらいいのに、と思うよ」そして恐ろしく難しい顔をして言った。「いずれにしろ、今やお利口氏次第だな。明日の朝には呼び出すが、奴が今度もするりとかわしても、わたしのせいではない」

実際のところモーズビーは、捜査の進捗状況にまだ高揚してはいたものの、朝のうちほど成功に夢中になっているわけではなかった。今や避けられなくなったウォーグレイヴの事情聴取において、あの紳士が何度か気まずい思いをするだろうことは予想できたが、彼が冷静でいる限りその名誉が損なわれることはないのでは、とモーズビーはひどく気がかりだった。

ウォーグレイヴは冷静だった。

スコットランド・ヤードの再度の呼び出しにも、まったく異議を唱えなかった。完全な無表情のまま、モーズビーに軽く会釈すると、椅子にどっかと座って足を組み、腕組みをしたうえで、一言も喋らずに両眉をつり上げた。ウォーグレイヴ氏はお喋りしすぎて、自分の秘密を洩らす気はさらさらないようだった。

隅では巡査が鉛筆を持って、大っぴらに身構えていた。

モーズビーは穏やかに切り出した。「ウォーグレイヴさん、たびたびご足労いただいてすみません。しかし、一、二点、どうもまだ分からないことがあるもので」

ウォーグレイヴは何やら唸った。モーズビーは嘲笑われたような気がした。

「たとえばあのリボルバーですが、前回ここであなたはリボルバーは持っていない、と言われたと思いましたが」

ウォーグレイヴは何も言わなかった。

「事実ではなかったのですか」

ウォーグレイヴは何も言わなかった。

「いいですか。リボルバーを持っていないと言ったのは、真実ではなかったんですか」

ウォーグレイヴは初めて口を切った。「答える必要がありますか」

「必要？　もちろんありません。だが、あなたにとっては非常に重要なことです」

「どのように？」

「答えなければ、我々はあなたについて誤解してしまうかもしれません」モーズビーはすらすらと答えた。

「それなら、もうしているじゃないですか。しかし、お答えしましょう。ええ、リボルバーを持っていないと言ったのは嘘です」

「ウォーグレイヴさん、なぜ嘘をついたんです？」モーズビーは鋭く切り込んだ。

ウォーグレイヴは素っ気なく答えた。「まさしくあなたが今言った誤解のためです。そしてわたしがリボルバーを隠したのも、そのためです」

「そしてジョンスン部長刑事を脅したのも、同じ理由からなんですね」

「ジョンスン部長刑事を脅した？　いったい全体、何のことを言っているんです？」

「学校の敷地で部長刑事が近づいたとき、リボルバー――弾が五発こめられた奴を彼に向けたと聞いています」

ウォーグレイヴは薄笑いを浮かべた。「では、あんたがたはもう一つ対処すべき誤解をしている。しかし、あんたはその類のことを信じるほど愚かだとも思えないが。あんたの部下の部長刑事がそう信じたのなら、間抜けですよ」

「リボルバーを彼に向けたことを否定するんですか」

ウォーグレイヴはいくぶん強ばった笑いを浮かべて答えた。「そんなことを言い出すなんて、単に嘘というだけでなく、ばかげてる」

「分かりました、ありがとう。なぜリボルバーを隠したんですか」

「たった今言いました」

「あなたに関して我々が誤解するのを恐れたから？」

「そのとおり」

「ウォーグレイヴさん、どうも分かりませんね。正確なところ、我々があなたをどんなふうに誤解したと言うんですか？」

「いいですか、モーズビーさん」ウォーグレイヴはモーズビー流を真似て嘲った。「大人げないことは言わないでください」

「では、率直に言いましょう。あなたがミス・ウォーターハウスの死に関与していると我々が疑っていると思ったんですか」

「さらに率直に言えば、わたしが殺したとあんたがたが疑っているのを知っていますよ」ウォーグレイヴは無表情に答えた。

「ウォーグレイヴさん、あなたは間違っています。誰かに容疑をかけるには、まだ早すぎる」

「それを聞いて安心しました」

モーズビーは吸取り紙にいたずら書きを始めた。それ以上は進まなかった。ややあってから、彼はおもむろに訊いた。「ウォーグレイヴさん、お訊きしたいのですが。本当のところ、なぜリボルバーを隠したんですか」

ウォーグレイヴは激昂して椅子に座り直した。「あと何べん答えろと言うんだ?」

モーズビーは相手が激昂したのを見て満足し、リボルバーに関して尋問を続けた。なぜ所持していることを否定したのか、なぜ隠そうとしたのか、リボルバーを何のために持っていたのか、言葉は多少変えたものの、なぜ、なぜ、なぜという同じ質問をたたみかけるように繰り返した。彼の計画はごく単純なものだった。ウォーグレイヴをさんざん怒らせたあげくケニントンに関する爆弾を投げてやれば、相手は精神の平衡を失い、ぎょっとして致命的否認をするだろう。こうした戦術はグリーン警視なら認めないだろうが、モーズビーは気にしなかった。

「ええい、うるさい」ウォーグレイヴはついに我慢の限界にきた。「くそいまいましいリボルバーのことを、いつまで訊くつもりなんだ? 何度も何度も言ったじゃないか。これ以上、その質問に答えるのは断る」

モーズビーは機は熟したと見た。「よろしい、結構です。拒否なさるならどうぞ。ではその代わり、去年の八月一日から八日の間に、何度ケニントンのエルフリーダ・ロード四〇番地にミス・ウォーターハウスを訪ねたか、お答え願えますか」

言ったとたん、モーズビーはこの計略が失敗したことに気づいた。ウォーグレイヴは突然、体中を強ばらせたように見えた。顔からは苛立ちの色が失せ、先ほどの無表情に戻った。モーズビーはこの男の自制心の強さに感心せずにはいられなかった。

すぐにウォーグレイヴは抑揚のない口調で答えた。「悪いが、正確には言えませんね。二、三度だったと思います」

「では彼女の所を訪ねたことは認めるんですね」

「もちろん」

「だが前回あなたはここで、去年の夏学期末以降、ミス・ウォーターハウスには一度も会っていないと言ったはずですが」

「そのとおり。そう言いました」

「では事実を言っていなかったわけですね」

「そうです」

「わざとわたしを惑わそうとしたのですか」

「そうです」

「ウォーグレイヴさん、それはかなりゆゆしいことですね」

ウォーグレイヴは何も言わなかった。

「理由は何ですか？」

ウォーグレイヴは陰鬱な薄笑いを浮かべた。「理由は良くお分かりのはずだ」

「よろしければ、ご自分で言ってくださるとありがたいですね。だが、警告しておきますが――」

「ああ、部下に書きとらせたいのなら、わたしは構いませんよ。理由というのは、たった今あんたが言ったのと同じ誤解のためです」

「なるほど。では、あなたが恐れたのは……？」

「あんたが明らかに犯そうとしていたひどい間違いのことを考えると、たとえ表面的にしろそれを補強するような材料をわざわざ差し出す理由などないと思ったんです」ウォーグレイヴは巡査に向かって口述筆記するかのように話した。

「ではあなたの言うところの、わたしの間違いとやらを、かなり深刻に受け止めていたわけですね」

「まあね。それは言ってみれば、生命にかかわる間違いじゃないですか」ウォーグレイヴはにこりともしなかった。

モーズビーはウォーグレイヴがケニントンを訪れた理由に関して、さらに踏み込んで質問し続けたが、内心落胆していた。ケニントンを訪ねたことを、ウォーグレイヴがきっぱりと否定してくれるといいと思っていた。そうすれば、彼を見たという証言を次々に持ち出し、いつもの威嚇的な手順に持ち込むことができる。ウォーグレイヴにとっては、お先真っ暗となっただろう。だがウォーグレイヴは一瞬の閃きによって状況を判断し、危険を察知してそれを避けた。自分が対決している相手は、より巧妙で、より頭が良く、より強固な意志の持ち主だと察知したモーズビーは不安を感じた。

もちろん、ウォーグレイヴが説明した訪問の理由は単純で、彼の無罪を信じる人間なら誰をも納得させるに足るものだった。メアリ・ウォーターハウスのもとを最初に訪問したのは、前々からの約束で、お茶に呼ばれたからだった。メアリは住むつもりでいたフラットのことをウォーグレイヴに話し、独りでさびしいからとお茶に招いたのである。お茶の席で、メアリは電気スタンドの一つが故障していると言った。ウォーグレイヴは調べてソケットが壊れているのを確かめ、電気屋を呼ぶ費用を節約するために自分が新しいソケットを買い、取り付けてやろうと申し出た。二度目に訪ねたのはこの目的のためだった。三度目は、二度目に訪ねたときに借りた本を返すためで、数分いただけだった。

それだけですか？　それだけです。

「ウォーグレイヴさん、何か月もたっているのに、ずいぶん細かい点まで覚えているんですね」

「教師はごく細かい点を正確に覚えていなくてはならないんです」ウォーグレイヴは切り返した。

「ふーん！」モーズビーは不信を隠そうとしなかった。「ミス・ウォーターハウスは将来に関して、どんな計画を立てていたと思いますか？」

「メアリはロンドンに住まいを確保するためにフラットを借り、フィアンセがイギリスに着き次第、ケニントンの登記所で支障なく結婚できるようにしたんだと思います。実にもっともなことだと思いましたが」

「では、フィアンセはまだ着いていなかったんですね」

「そう言ってました」

「学期の半ばに、メアリが当時会うこともできなかったオーストラリアにいる男と突然婚約したことを、おかしいと思ったことはありませんでしたか？」

「いいえ。郵便ってものがありますからね」

「自ら手渡すことのできない男から指輪をもらったということも？」

「手紙のほかに小包というものもありますからね」

「では、ウォーグレイヴさん、ついに名前を知らされることもなかったこの婚約者が、まったく存在しないという可能性は、まるで考えたことはありませんでしたか？　それは単にミス・ウォーターハウスの想像によって生み出された人物だとは？」

「あいにく思い浮かびませんでした。普通、人は友人のフィアンセを想像上の人物とは思わないでしょう」

「彼女は身体の変調の言い訳にしたのでは？」

「彼女の身体のことは知りませんでした」

「我々が得た証言は先日お話ししたとおりですが、それらを考えると、あなたがこれほどの重大事を知らなかったというのは妙じゃありませんか」

「仕方ありません。ミス・ウォーターハウスはそこまで打ち明けるほど、わたしに気を許してはいませんでした」

「なるほど。では、あなたは彼女のフィアンセのことは、まったく疑っていなかったんですね」

「まったく。あんたはどうなんです？　話からすると、お相手は見つかっていないようだが」

「確かにまだ見つけていません。ミス・ウォーターハウスは」モーズビーは冷めた声で訊いた。「あなたをゆすっていましたか？」

「何だって？」ウォーグレイヴは確かにぎくりとしたが、モーズビーはそれが驚きのためではないと思った。ウォーグレイヴの答えから何かを得るというよりも、彼の反応を見るために、出し抜けにこの質問をぶつけてみたのだ。今度の尋問中初めて、相手の不意を突くことができて首席警部は満足した。次の瞬間には男は完全に自分を取り戻していたが、ぎくりとしたのは罪の意識からだという確信を得た。「何を言っているのか分からない」ウォーグレイヴは冷たく言い放った。

「分かりませんか？　ミス・ウォーターハウスが質の悪い人間だったことは、もちろん分かっていたでしょう？　いろいろな偽名を使って、ローランドハウス校へ行く前に少なくとも三回服役していることも」

「そんなことはまるで知りませんでした」じっとウォーグレイヴに目を注いでいたモーズビーは、この新しい情報によって、これまで曖昧だったある事柄の説明がついたとでもいうように、相手の顔に理解の表情がさっと過るのを見たと思った。そして、曖昧だった事柄とは何なのかも分かりそうな気がした。

「事実ですよ」

「本当ですか?」ウォーグレイヴは単に礼儀から興味を示すふりをして言った。「何とも驚きですね!」

「あなたにとっては、特にそうでしょうね。さて、ここにあるメモによると、エルフリーダ・ロード四〇番地のミス・ウォーターハウスをあなたが最後に訪れたのは、八月六日か七日ですね? もう少しはっきりしませんか?」

「残念ながらできません」

「それが最後に彼女に会った日ですね」

「はい。それにわずか数分間でした」

「フラットにそのあと行って、応答がないということはありませんでしたか?」

「いいえ、それから一日か二日のうちにクリザロウの実家に帰省したので、ミス・ウォーターハウスを訪ねる機会はありませんでした」

「ウォーグレイヴさん、それは残念ですな。あなたがもう一度訪れていれば、ことに約束をしたうえで行って応答がなければ、亡くなった日を特定する助けとなるんですが。もう一度、是非、考えてみてください」

「首席警部、あいにく事実を変えてまでお助けすることはできません。本を返してからはミス・ウォーターハウスを訪ねていません」

モーズビーはテーブルに身を乗り出した。「では約束して他所で会ったのですか?」

「いいえ」

「ほう」モーズビーはしばらく顎を撫でると、また質問をすばやく切り替えた。「ウォーグレイヴさん、建築に関してはお詳しいでしょうね？」モーズービーはくだけた調子で訊いた。

「わたしは建築家ではありません。そういう意味なら」

「煉瓦積みに関して、と言うべきでしたかな」

「煉瓦の積み方は知っていますよ、もちろん。実のところ、ローランドハウス校の一部の生徒に積み方を教えています。しかし、詳しいとはとても言えません」

「だが、あなたは単純な煉瓦積みなら、煉瓦職人並みにできるでしょう」

「と、思います。とても単純ですから」

「なるほど。砂とセメントの比率は、どうしますか？」

「仕事によりますね。普通の壁なら通常五対一です。継目の目地仕上げには一対一ですね」

「では、床に煉瓦を敷く場合は？」

「分かりません。床に煉瓦を敷いたことはありませんから」

「しかし、敷くとしたら？」

「ちゃんとしたコンクリートの土台の上に煉瓦を敷くとしたら、たぶん四対一にするでしょうが、五対一でも大丈夫でしょうね」

「では、コンクリートの土台なしに、地面に直接煉瓦を敷く場合は？」

「そんないい加減な仕事はしません」ウォーグレイヴはきっぱりと否定した。

モーズビーはもう一度質問の方向を変えた。「ミス・ウォーターハウスの電気スタンドの付属器具を買ったと言いましたね。どこで買ったのか、店の名前を教えてもらえますか」

「いいえ」

「言えない？」

「あいにくと」

「ほう！」

「だがどこにあるかは言えます。クロムウェル・ロードから分岐したグローヴ通りの電気器具とラジオの店です。ある日の午後四時半ごろに科学博物館の帰りに寄り、まっすぐにケニントンへ行きました」

「なるほど」モーズビーはいささか呆気にとられた。電気器具の話はてっきり作り話と思ったのだ。

彼は最後の質問を投げた。

「ウォーグレイヴさん、何の目的で、あなたはミス・ウォーターハウスに付いてルイシャムまで行ったんですか」これは訊くべきではないと分かっていたが、やけになっていた。

ウォーグレイヴはかすかににやっと笑った。「警部、わたしはルイシャムへミス・ウォーターハウスに同行してはいません。わたしの知る限りでは、これまでルイシャムに行ったことなどありません。間違いなく、バーント・オーク・ロードへも行ったことはありません」

モーズビーはウォーグレイヴを放免してやるしかなかった。

第十五章

ロジャー・シェリンガムは、ローランドハウス校でスパイ役をつとめてはくれないかというモーズビーの提案は拒否したが、この事件に興味を感じないわけではなかった。それどころか、強い関心を抱いていた。それはモーズビーが間違った線を追っていると確信しているせいでもあった。モーズビーがメスをふるおうが、狩り出そうが、ほじくろうが、ウォーグレイヴの逮捕を正当化する十分な証拠を発見することは決してあるまい。この事件についてはまた、モーズビーが見逃した心理学的な可能性があるとも感じていた。そしていつものことながら心理学的側面は、純粋な物証よりもはるかにロジャーの興味をかきたてた。彼はスコットランド・ヤードのどんな警官にも劣らず、証拠事実の発見に努力する心構えができてはいたが、蓋を開けてみると、ほとんど常に心理学的な事例だと判明するのだった。ロジャーはこの方面からメアリ・ウォーターハウスの死という問題に取り組んでみたいと考えた。

オールバニーであわただしい夕食をともにして以来、ロジャーはモーズビーから折に触れ捜査の進捗状況の報告を受けており、ウォーグレイヴの事情聴取が失敗に終わったことも数時間後には聞いていた。

「シェリンガムさん、奴はわたしには荷が重すぎる相手です、実のところ」モーズビーは率直に認めた。

「きみの攻め方が間違ってるのさ」ロジャーの言葉は手厳しいものだった。

「そうでしょうか？　では、あなたならどうしましたか」

ロジャーは頭をすばやく働かせた。自分ならどうしただろう？　あるいは、少なくともモーズビーにどう言ってやったものだろう？

ロジャーは不意に笑った。「ぼくならどうしたかって？」彼は電話の送話口に向かって繰り返した。「モーズビー、こうだよ。ぼくなら奴の有罪を確信してることを知らせなかったろうね」

「だが、奴は最初からそのことを知ってましたよ」

「それなら、とやかく言わずに、ただ彼を疑うふりをしていただけだと諄々《じゅんじゅん》と説いてみせただろうな。実際には他の男を疑っていたのだと。たとえば、ダフを」

「それが何になるんです？」

「こうさ。きみは奴を脅そうとし、失敗した。ぼくなら目一杯安心させようとしただろうね。安心は恐れよりも、はるかに舌を滑らかにする。ウォーグレイヴにしてはかなり口数が多くなったことだろう。少なくとも、捜査するうえで何か貴重なことを洩らしただろうね」

モーズビーは冷やかした。「シェリンガムさん、わたしのみるところでは、あなたはわたしほどお利口氏のことを知らないようですね。心理学ではどうこうと御託《ごたく》を並べたてるのはご自由ですが」

ロジャーは感情を害して言い返した。「ぼくのみるところでは、彼のことはぼくのほうがはるかによく知っているさ。さらに言えば、それをきみに証明してやろうかと思っている」

「いいですとも」モーズビーは不快そうに言った。「あなたにそうすることができたら、わたしだって信じるにやぶさかではありません」

「よろしい。やってみるよ」ロジャーは威嚇するように言うと受話器を切った。

電話線の先ではモーズビーがにんまりとして、やはり受話器を置いた。ほんのわずかの駆け引きと、彼が利口な人間と思わせてやることで、いとも容易にシェリンガム氏をこちらの思いどおりにさせることができるのは驚くほどだった。モーズビーは一つのことに関して、確信を持った。シェリンガム氏自身よりはるかによく同氏を知るのに、心理学的な御託などまったく必要ないということを。

書斎でロジャーは電話機に向かってしかめ面をしていたが、もはや首席警部の無礼さを伝える罪のない通信回線に思いを馳せていたわけではなかった。自分の脅しをいかに効果的にするかを考えていたのだ。

ウォーグレイヴを犯人とする論拠は、いまや一つの環——彼とバーント・オーク・ロード四番地を結びつける証拠——にかかっているのは分かっていた。それを証明できなければ、決して彼を逮捕することはできない。それができれば、絞首刑にしたも同然だ。ロジャーはそんな証拠は見つからないと確信していた。

それなら？

ともかく一つのことは確実だった。警察がウォーグレイヴをバーント・オーク・ロードに結びつける証拠を見つけられないのなら、ロジャーにだってできない。試みても時間の無駄だ。ロジャーは自身でこれを指摘してみてほっとした。この種の仕事はどう考えても願い下げだった。彼の得意の分野はほかにあった。たとえば、帰納的推理によってメアリ・ウォーターハウスがいかにあの地下室へと誘い込まれたかについての仮説を立て、ついでそれをいかに証明するかを考えるほうが面白そうだ。

ロジャーは机の横の椅子にどっかと座り、両手をポケットに深くつっこみ、両足をまっすぐに伸ばすと、しばし精神を集中して考えに没頭した。自分が殺人者だったら、どのような行動を取っただろうか？

モーズビーの考えの大方については賛成だった。メアリ・ウォーターハウスがウォーグレイヴの愛人であり、生まれてくる赤ん坊のことで揉め事を起こし、彼をゆすっていたことは半ば分かりきっていた。ウォーグレイヴのかねてからの野心が、エイミー・ハリスンと結婚し、ローランドハウス校の継承権を得ることにあるのは、彼自身が目にしてきたところだった。疑いなく、メアリ・ウォーターハウスもとうにそれを見てとっていたのだ。ウォーグレイヴが学校に関心を持ち始めるとすぐに、メアリが結婚を要求したのか、単に金、それも多額の金を要求したのかは、さしあたり問題ではなかったが、ロジャーは後者ではないかと思った。確かなのは、彼女がウォーグレイヴとの関係をエイミーにばらすと脅したことだ。エイミーはその種のことを決して我慢したりしない。ウォーグレイヴはそこでおしまいとなり、彼の望みは打ちくだかれる。それに対するウォーグレイヴの逆襲とは？　殺人？

ロジャーは考えた。「ぼくがウォーグレイヴなら、エイミーと結婚するまでメアリを遠ざけておき、結婚してしまってから、くたばっちまえと言うぐらいだな。とどのつまり、それが当たり前の行動だ」

ロジャーは頷いた。それがまったく当たり前の行動だ。

しかし、これはみんな核心からはずれている。問題は、もしロジャー・シェリンガムがローランドハウス校の教師で、ミス・メアリ・ウォーターハウスから恐喝されており、ルイシャムのバーント・オーク・ロードの地下室で当のメアリを殺そうと決意したとすれば、まずはいったいどうやって彼女をそこへ連れ込むかだ。

いや、違う。それは第一の疑問ではない。その疑問を最初に持ち出すのは、馬の前に荷車をつなぐようなものだ。まず問われるべきは、メアリ・ウォーターハウスをルイシャムの地下室で殺すという計画は、そこへ彼女を連れて行く可能性から始まったのかということだ。

ロジャーはすぐにこちらのほうが大いにありそうなことだと思った。言い換えれば、この計画は地下室から出発している。計画に従って地下室を見つけたわけではない。その場合、そしてこれが正しいと仮定すると、次の疑問は、殺人犯がメアリ・ウォーターハウスをいとも簡単にルイシャムの地下室に誘い込めたのはなぜか、となる。

ロジャーは顔をしかめた。こいつはちょっと変だ。若い女性に向かって「いい地下室があるんだ。行こうよ」なんて言う奴はいない。そのうえ、なかなかにもっともなモーズビーの仮説によれば、地下室へ入ったのは盗んだミス・ステイプルズの鍵があったためで、この鍵はメアリ・ウォーターハウスのほうから持ち出された。そうすると地下室へと案内したのは、メアリということになる。とすれば？　第二の疑問へと意外な、きわめて興味深い展開を見せる。本件の背後にはすこぶる頭の切れる人物がいることを念頭において、この考えを押し進めると第二の疑問はこうなる。いかにしてメアリ・ウォーターハウスは、殺人犯を地下室に案内する気にさせられたか？　あるいはもっとはっきりと言うと、どんな誘因によって、メアリ・ウォーターハウスは殺人犯を地下室に案内したのか？

ロジャーはさらに深くポケットに手をつっこみ、答えをひねり出そうともぞもぞさせた。このように質問を変えてみると、答えはすぐに出てきた。ゆすった金を取り立てるためだ！

確かに絶妙なやり口だ。ゆすられていた人間は、恐喝者がこの地下室に立ち入ることができるのを知っていた（どうして分かったかは今は問題にしない。知っていたと仮定する）。慎重に調べた結果（今のところはこれも仮定だが）、問題の家と両隣の家の三軒は八月の第二週にみな留守になると分かる。恐喝者と会うのはこの週にならざるをえないように、殺人者は事を運ぶ。次に犯人は、カーテンや郵便ポスト、ハリエニシダの茂みなど、赤の他人の地下室に積まれたがらくた以外の、ありとあらゆる物の後ろに隠れていた警官に捕らえられた恐喝者の話をさりげなく話したり、こきおろすふうを装って語ってみせるが、当の地下室には絶対に、一言たりとも触れない。メアリが自分で思いつくように仕向けるのだ。メアリが犯人から吹き込まれた線に沿って考えてゆくと、自然と地下室を思いつく。食堂でもなく、居間でもなく、寝室の一間でもなく、地下室だ。外を通りかかった浮浪者に、張り上げた声を偶然に聞かれることもない唯一の場所――地下室。

いや、もちろん、彼女はそんなにすぐには地下室を思いつきはしない。まず空家だ。ひとたび家の中に入れば、地下室はさらに都合の良い場所であることが分かる。

この点を考えれば考えるほど、ロジャーはこれが事の次第に違いないとの確信を持った。会う場所に前もって用意しておける、カーテンや郵便ポスト、ハリエニシダの茂みやその種の罠のことを恐喝相手が口にするのを聞いて苛立ったメアリ・ウォーターハウスは、非常に巧妙に頭に吹き込まれた計画を意識するようになった。彼女はまったく安全な場所でのまったく安全と思える面会を仕組み、次に尾行されないよう回り道をして十分慎重に、恐喝相手をバーント・オーク・ロードへ案内した。あげく彼女は言う。「ふふん、ここなら安全そのものよ。尾行されちゃいないし、わたしがここに連れ込むことをあんたは予期できなかったはず。あんたのスパイの誰からも監視されずに、安心して例の金を渡してもらえるというものだわ」そして、それがメアリ・ウォーターハウスの最期となる。

「すばらしく巧妙だ」ロジャーは心の中で舌をまいた。「ほかに考えられるだろうか」

実際には、この事件の再構成には一つだけ難点があった。なぜ恐喝の相手は、恐喝者が鍵を持っていることを知っていたのだろう？

それを知っていたとすれば、必然的に恐喝者の過去も知っていたことを意味する。鍵を持っていたことから過去を推し量ったとするのは、満足のいく説明ではない。ミス・ウォーターハウスがたとえ鍵を持っている事実を洩らしたとしても、その失言を言いつくろう罪のない言い訳をいくらでも見つけることができたはずだ。自分から前科があると白状することは、まずありえない。ということは、恐喝の相手はどこかほかの情報源からその知識を得たことを意味する。メアリ・ウォーターハウス自身がゆすられていたということはありえたか？　前科を持つ人間が堅気になろうとする場合にしばしば恐喝されることを、ロジャーは知っていた。そんなことにでもなれば、メアリは恐喝者の要求を満たすことができず、相手はメアリと最も親しいと思われる人物に告げ口していたに違いない。けれどもこのように責めたてられ、男の手に完全に証拠が握られてみると、メアリはおそらく開き直り、自身の悪事を認めるだけでなく自慢までし、鍵のことも話してしまったことだろう。それですべて辻褄が合う。恐喝相手に過去を知られたところで、メアリは彼に対する要求を少しも軽減する気はなかった。それどころか、増やそうとしたかもしれない。

そう、こうしたこと、あるいはこれに似たようなことがあったとすれば、ロジャーが先の仮説に見出した唯一の難点は解決される。実際にこの点がはっきりすれば、捜査に役立つ新たな情報源――メアリ・ウォーターハウスに関する密告がどのような状況でなされたかを提示できる。むろん、あらゆる角度から調べなくてはならない。

些細な難点がまだ残っているのは事実だった。この仮説が正しいとすれば、メアリ・ウォーターハウス殺しの犯人は、バーント・オーク・ロード二番地、四番地、六番地の入居者の夏期休暇について調べなくてはならながったはずだ。しかし、スコットランド・ヤードはそうした聞き込みがなされたという形跡を見つけることはできなかった。

モーズビーはこの件では正しい方針で調べたとは言えない、とロジャーは考えた。ほかの点であれほど狡猾な殺人犯が、本人自《イン・プロプリア・ペルソナ》らのこのこ訊きに行くようなへまをしたとは思えない。ウォーグレイヴの写真を持って、二番地と六番地の住人に見たことがあるか尋ねて回るのは無駄だった。そして角縁眼鏡にしろ何にせよ、変装のことをモーズビーが口にしたのは、この件に関しては、それ以上何もする気にならないほど絶望的になっていたことを示していた。

もう一度殺人者の立場になってみたロジャーは、自分だったら、今後の予定について尋ねても不自然ではなく、記憶に残らないような人物になりすますだろうと思った。どんな種類の人物が思い浮かぶか？　そう、品物を配達する商人のような職種の人物か、窓の清掃夫のように、今週は仕事がぎっしり詰まっているが次週なら安く請け負える臨時雇いの職人とか。ロジャーは可能性のある職種を書き出して表にしてみた。さらに、学校は八月一日に休みに入り、殺人は七日以降のいずれかの日に実行に移されたのだから、尋ねて歩いたとすれば八月の第一週でなければならない。週の前半であることはほぼ確実だろう。もうひとつ言えば、聞き込みは家主夫人ではなく、メイベルたちにされた可能性が高い。

考えつくものをすべて書きとめてから、ロジャーはモーズビーに電話した。

「モーズビー、きみにちょっとした仕事があるんだ。うん、きみから預けられた例の事件だよ。部下を一人、ルイシャムにやって、バーント・オーク・ロードの二番地と六番地のメイドに訊いてみてくれ。去年の八月初めの数日間に、その月の後半に仕事を安く請け負うか、何か品物を安く持ってくると言って訪ねてきて、二度と現れなかった男を覚えていないかと。分かったかい？」ロジャーは表に記した職種を読みあげた。

「あなたが何を狙っているか分かりますよ、シェリンガムさん」

「だといいけどね。ぼくが言わなくても、きみが自分で気づくべきだったんだ。ところで、男はたぶん変装していたことを忘れるな。顎鬚をはやしていたかもしれない」

「顎鬚はふつう、いかがわしく見えますがね」モーズビーは疑わしげに言った。

「だがいつもそうとは限らないさ。クラークソン（かつら職人のウィリー・クラークソン。変装術の権威で警察にも協力した）にでも訊いてみろ」ロジャーはそう言うと電話を切った。

ロジャーはまた椅子にもたれかかった。モーズビー氏をもう一度彼のゲームでへこましてやることができれば面白い。愉快このうえない。そうしたことは長いことなかった。絹の靴下にまつわるあの不愉快な事件以来だ（『絹靴下殺人事件』一九二八年）。モーズビーはこのごろどうも熟練しすぎてきた。奴の鼻をへし折ってやるいい機会だ。そして今度の事件では奴は捜査の方針を誤っている（この点、ロジャーは今ではかなりの確信を持っていた）、これは絶好の機会だ。

よし、よし。では次の一手は？

ウォーグレイヴの事情聴取をどう運ぶべきか、自分がモーズビーに言った言葉を思い出した。つまり、ウォーグレイヴへの疑惑は単にそう装ったもので、実際はほかの教師の一人、たとえばダフに向けたものであることを彼に伝えろ、と言ったのだ。

自分自身でこれを実行するには遅すぎるだろうか？　試すだけなら害はなかろう。アリンフォードへ行って、ウォーグレイヴに会うのだ。

それには、今日の午後行くにこしたことはない。

第十六章

ロジャーはいかにして殺人がなしとげられたか、その方法に関する自分の仮説に満足した。アリンフォードへ向かう道中ずっとそのことを考えていたのだが、考えれば考えるほど、自分は純然たる論理と消去法によって真実に到達したとの確信を深めた。しかし、残念なことに、その確信も事件の解決には何の役にも立たなかった。一連の出来事全体に、ほんのわずかの確たる証拠もなかった。

だがこの点に関しても、努力がまったく無駄だったわけではない。その朝開始した一連の推理を頭の中ですばやく再検討していくうち、その思考は突然、吹奏楽団《ブラスバンド》のように鳴り響くものにぶつかった。前回はその点にはさして注意をはらっていなかった。だが今、それが事件全体の方向を変えるかもしれない、と気づいたのだ。九か月ぶりにローランドハウス校の私道をゆっくりと歩きながら、ロジャーの頭はその可能性のことでいっぱいだった。

礼儀上ロジャーはまずエイミー・ハリスンに面会せざるを得ず、婚約を祝すと、客間で十分ほどとりとめもない話をした。その間エイミー・ハリスンがメアリ・ウォーターハウスのことをただの一度も口にせず、彼女が殺されたことも、事件が学校にもたらしたに相違ない騒ぎのことも、おくびにも出さないことにロジャーは気づいた。これが初めてではなかったが、エイミーは女性としては例外的な人間だと思った。そして彼女との結婚が予定されているのが自分でなくてありがたいとも。

ハリスン氏が執務室にいると聞いてロジャーはほっとした。エイミーも忙しいだろうから、そろそろ失礼して教師の談話室を覗いてこようといって、その場を辞した。ウォーグレイヴのことは口にしないように気をつけていた。

談話室にいたのはパーカー氏一人で、いつものように『タイムズ』を手に座っていた。パーカー氏は口髭の奥から歓迎の言葉を述べると、ためらいもせずすぐに当面の話題に入った。パーカー氏はそれから十五分間、名誉毀損の罪で長いこと服役することになってもおかしくないくらい誹謗中傷を続けた。事件に関する彼の明確な意見には悲壮感すら漂い、断固としてそれを言明した。それがローランドハウス校全体《イン・トウトウ》を代表する意見と受けとめていながら、なおこの場にいられるウォーグレイヴのあつかましさは何処から来るのか不思議だ。パーカー氏は男らしい単刀直入さで、そこまで言ってのけた。彼はまたはっきりと、自分がハリスン氏の立場だったらやっていただろうことをつけ加えた。それは主として彼の靴の爪先と、ウォーグレイヴ氏の身体のある部分に関するものだった（靴の爪先で尻を蹴飛ばす）。

「それでライスは？」ロジャーはいくらか意地悪く尋ねた。「きみの意見に反対かい」

パーカー氏は口髭を通して怒ったような声を洩らした。「わたしに反対だって？　いったいなぜ彼が反対するんだ？　いい男だよ、ライスは。まったくもって信頼できる男だ。未熟かもしれないが実に真っ当だ。今学期末にここを出ていくというのは本当に残念だな。ほら、チェルトナムに行くのさ。うん。本校のためにいろいろ尽くしてくれた。奴《やっこ》さんのクリケット・チームを覚えてるだろう？　すばらしい思いつきだ。子供らを鋭敏にする。ああ、ライスはとても真っ当な男だとも」

ロジャーは穏やかに驚いてみせた。

パーカー氏のいる場所を辞すと、彼はぶらりと庭へ出た。去年の夏学期に建造中だった塀は完成していた。ロジャーは考え深げにそれを見た。

ウォーグレイヴは庭には見あたらず、グラウンドにもいなかったが、そこにはライス氏がいて、ラグビー（ライス氏の赴任以来、当校のイースター学期のホッケーは見送られてきた）試合のレフェリー役を中断してタッチラインまでやってくると、ロジャーに向かって泥だらけだが心のこもった手を差し出した。ライス氏は数分間その場にとどまり、ときどき選手の誰かれを怒鳴りちらして中断しながらも、パーカー氏と同じ言葉を繰り返した。

「パタースンに会いたいだろうね」ライス氏はつけ加えた。「メリマン、大ばか野郎、なぜパスしない？　仲間のことも少しは考えろ！――まあ、今日はきみはついてないね。彼はちょっと町へでかけたよ――そこの縞、足だ、足を使え！――何を言ってたんだっけ――ほら、フォワード、フォワード！　スクラムを組め」激しく笛が吹き鳴らされた。

ロジャーはライスのそばを離れた。

ウォーグレイヴは実験室でようやく見つかった。

「やあ」ロジャーは親しげに声をかけた。「ウォーグレイヴ、元気かい？　一回り見て来たところさ。ここは新しい教室だね？」

ウォーグレイヴは太い眉の下から疑わしげにロジャーを見た。「やあ、シェリンガム。そう、新しい教室だ」彼は敵意も親しさもこめずに答えた。

「とてもいい。ここでまじめに科学に取り組むというわけか」

「簡単な化学の基礎を教えるのにちょうどいい、とハリスンが同意してくれたんでね」

「初等学校としては新しい試みだな」

「ああ」

気のない会話は虚しく途切れかかった。

「ありがとう」

「ところで、婚約おめでとう」

ロジャーは試験管をもてあそんだ。「何か大事なことをやってるのかい？　お邪魔かな？」

「ちっとも」

「グラウンドへ行ってみたところなんだ。ライスは相変わらず元気だね」

「ああ」

「パーカーは談話室にいた。ダフにはまだ会ってない」

「そうかい？」

いまいましい野郎だ、とロジャーは思った。汚物入れのバケツに話しかけるほうがまだましだ。

ロジャーは勇をふるって難局に当たってみた。「ところで、きみはメアリ・ウォーターハウスをどう思うね？」

「ライスとパーカーにも、どう思うか訊いてみたんだろう？」ウォーグレイヴはそれほど恨めしくもなさそうに尋ねた。

「ああ」

「それなら、ぼくには訊かないほうがいいだろう。ところで、きみは警察か何かと関係があるのか」

「関係はないよ。だがスコットランド・ヤードとは接触がある、非公式にね」

「ぼくにかまをかけようとやって来たのかい」ウォーグレイヴは素っ気ない薄笑いを浮かべて訊いた。

「ああ」ロジャーは答えた。

ウォーグレイヴの笑みは数ミリ広がった。「まあ、ともかくも率直だな」

「率直にいくのがぼくのやり方だ。だから今日ここへきたのさ。それもまったく自分の意志で来たんだ、えらくお節介な人間としてね。スコットランド・ヤードやなんかとはまるで関係なく」

「面白いかい？」

「もちろん。知ってたしね、メアリを――そしてきみも」

ウォーグレイヴは一インチの何分の一か黒い眉を上げたが、黙っていた。待っているようだった。

「その件で話したいことはないのかい」まるで夕食に何を食べたいのか訊くような気軽さで、ロジャーは訊ねた。

「何も言うことはないよ」

「それどころか、きみにはいくらでも言うことがあるはずだ。言う気があればだが」

「自分の罪を認めろ、とでも言うのか?」

「いや、身の証しをたてろ、と言いたいのさ」

「シェリンガム、本当のところ何を狙ってるんだ?」

ロジャーはとっさに考えを巡らせた。ウォーグレイヴがどんな方針を取るにせよ、大事なのは彼に口を開かせることだ。どんな方針であろうとも、興味深いことになるに違いない。どんなに隠そうとしていても、あらゆる心理的法則からいって、彼が話したくてうずうずしているのは間違いない。事件が起きてからというもの、彼には腹を割って話せる友人が一人もいなかった。エイミーに対してさえ、警察や周囲の人々がみな自分を疑っている理由を打ち明けることはできなかった。どんなに冷静で自足した人間でも、大きな精神的ストレスを抱えたときには、打ち明け話ができる友人が自然な安全弁となるものだ。ウォーグレイヴの心が爆発寸前なのは間違いない。

難しいのは安全弁をうまく開けさせるための、ぴたりと合うレバーを選ぶことだ。

ロジャーは心を決め、きわめて率直な調子で言った。「ぼくが何を狙っているか、だって？ ざっくばらんに言ってしまおう。警察はきみがメアリ・ウォーターハウスを撃ったと信じている。ぼくは違う。きみを助けたいのさ」モーズビーでさえ、言うのをはばかったであろう台詞だった。

「ご親切にどうも」長椅子にもたれて、ウォーグレイヴは無関心な様子で言った。「だがきみがなぜ助けてくれようとするのか、正直言ってよく分からない。いずれにしても、その必要はないよ」

「まあ、ぼくは自分が正しいことをスコットランド・ヤードに示して、自己満足を得たがっている、とでも思ってくれ」

「そのためには、誰かほかの人間を真犯人だと証明する必要がある。そう言いたいのかい」

「その必要はない」たとえ自身を救うためであっても、ウォーグレイヴは明らかにそれを望んでいないという事実を、心の中で書きとめながらロジャーは答えた。「きみにはアリバイがあるだろう」

「数日間分の？　いや、ないね。ロンドンにいてぶらぶらしていただけなのに、どうしてアリバイなんかあるというんだ？」

「きみがこの犯罪を行えるはずがないことを示すような何か、という意味さ」

「ぼくが犯罪を行っていないことを示すものなど、何もないよ」ウォーグレイヴは素っ気なく答えた。「その一方で、やったと示すものも何もない。だから、心配することなどないのさ」

「畜生」ロジャーはこの皮肉な物言いに我慢できずに叫んだ。「やってないと否定することもしないのか?」

「もちろんするさ。ぼくに認めろとでも言うのかい?」

「きみは暗黙のうちに、半ば認めてるように見えるよ」

「ではきみはぼくを誤解してるのさ」ウォーグレイヴはあくびらしきものをしながら言った。

「ぼくは何も認めない。すべてを否定する。どのみち、何も証明されることはないだろう。警察もそのことはきみやぼく同様分かってる。おおかた警察がきみをここに寄越して、ぼくをうまく丸め込ませようとしたんだろう? まあ、無理だね」

ロジャーは相手の頭めがけて反駁の一つもぶつけてやりたい衝動をこらえ、にやっと笑った。

「ぼくは自分の意志で来たといったろう。信じられないかもしれないが、事実なんだ。さらに言えば、ぼくはきみに腹を立てるつもりもない。事情を話したくないのなら、むろんそれでいい。いずれにしても、むりやり話させるつもりはない」

「分かってるさ。心配するな」ウォーグレイヴはむっつりと言った。

「それではぼくの考えを話すよ。きみがメアリ・ウォーターハウスを撃ったとは思わない、ほかの奴が撃ったと思うと今ぼくが言ったとき、信じていないようだったね。その点を説明して、ぼくの考えていることを伝えてみるよ。ぼくが思うに」ロジャーは恥ずかしげもなく真っ赤な嘘をついた。「彼女を撃ったのはダフだ」

ウォーグレイヴを驚かす目的で言ったとしたら、それは確かに成功した。

「ダフだって！　ダフはウサギだって撃てやしない」

「へえ、そうかい！」いかにも心得たといった顔でロジャーは言い返した。

「どういうつもりだ？　いったい、なぜダフだなんて思ったんだ？」

「いいかい。この犯罪は始めからぼくには弱い人間の犯行と思えた」願わくは誠意が伝わるように思いながら、ロジャーはすらすらと説明を始めた。「殺人というのはそれ自体弱さのあらわれであるという基本的な事実を別にしても、その証拠はずっとあった。実際、この事件を担当している犯罪捜査部の首席警部に、その点を指摘してやったほどさ。『モーズビー、恐喝者とその犠牲者の間の事件だとしても、殺人は弱い性格の証拠なんだ』」ロジャーは恐ろしく不正確な引用をした。「『ウォーグレイヴは弱い男ではない。だから殺人などには頼らなかったろう』とね」

「へえ！　シェリンガム、そう言ったのかい？」ウォーグレイヴは納得した様子ではなかった。

「そうさ」ロジャーはぬけぬけと嘘をついた。「そのときぼくはそう考えたし、今もそう思っている」

「結構。そう聞いて嬉しいよ」

ロジャーは期待をこめてウォーグレイヴを見たが、彼の性格に対するこのあからさまな称賛にも、相手は心を動かした様子はなかった。石のような男だ、ウォーグレイヴって野郎は。

ロジャーは次の手を試してみた。

「去年の夏は、あの女にすっかり騙されたよ。ぼくは虫も殺さないような女だと思った。泥棒のプロだなんて考えてもみなかった。ウォーグレイヴ、きみは彼女のことを少しは知ってたと思うけど」

この時初めて、ウォーグレイヴは少しばかり感情を示した。「おいおい、ぼくがきみより知ってたなんて思ってないだろうね？ もちろん知らなかった。知っていたら、相手にしなかったろうな」

「きみをゆすり出したときにも？」

ウォーグレイヴはロジャーを無表情な顔で見たが、ロジャーはいらついた仕種をした。「いや、認めるのを恐がる必要はないよ。最初からそのことははっきりしていた。それに、ここできみが何を言おうと証拠にはならんよ。証人がいないからな」

ウォーグレイヴはいささか憮然として言った。「まあいいだろう。彼女がぼくを——ゆすり出したときにも、だ。彼女のやり口はとても巧妙だった。最後まで無邪気な小娘を演じきっていた——最後に彼女を見たときまでね」ウォーグレイヴは急いで言い直した。

「では、彼女が前科者と分かったのはいつだい？」

「昨日の朝、きみの友人の首席警部に執務室で聞くまで知らなかった」

「ショックだったかい？」

「そうだな、腹立たしさは感じたよ。ある意味で自分自身にね。おめおめと騙されてしまったと感じたのさ」こいつは興味深い、とロジャーは思った。典型的な反応だ。

「あれは危険な女だった」彼はゆっくりりと言った。「誰が彼女を片づけたにしろ、世界にとって何ら損失ではない」

「たとえば、ダフが」ウォーグレイヴは皮肉な笑いを浮かべた。

「たとえば、ダフが」ロジャーは大まじめで同意した。

二人は視線を合わせた。

「ああ、そうだ」ウォーグレイヴが言った。「悪いが、ちょっと仕事があるんだ」

ロジャーは頷いた。「分かった。とにかくダフと話してみたい」

ウォーグレイヴはもう一度ロジャーをひたと見つめた。「ばかな真似はよせ」刺々しい口調だった。「きみはよく知ってるくせに――ダフじゃないことを」

ロジャーはダフではないことをよく知っていた。

ダフと話したいと望んでいたにせよ――望んではいなかったが――今はそんな余裕はなかった。もう四時半近かったが、客間で四時半にお茶にする、とエイミーに念を押されていた。さすがのロジャーも、エイミーのお茶に遅れる気はなかった。

フィリス・ハリスンがすでに客間にいて、いつものいたずらっぽい微笑を浮かべて、ロジャーを迎えた。ロジャーはフィリスに好意を抱いており、エイミーの大仰な愛想の良さや、ウォーグレイヴの重苦しい沈黙、ハリスン氏のどこかぼうっとした機械的な礼儀をよそに、両人は小半時ほどいとも自然に会話を進めた。ほかの教師やリーラ・ジェヴァンズはいあわせなかった。彼らのお茶はそれぞれ別個に運ばれていた。

辞去する前にロジャーはハリスン氏の執務室で氏としばらく話した。とどのつまり、情報が欲しいときは大元に当たることだ、とロジャーは思った。

「ミス・ウォーターハウスの事件はショッキングでしたね」ロジャーは無遠慮に口を切った。この話題はもちろん、お茶の席ではタブーだった。

「そう、そうですな」ハリスン氏はいささかぎょっとした様子で呟いた。「実にひどい、恐ろしい話です」

「この件に関して、ぼくはスコットランド・ヤードと接触してきました」

ハリスン氏はうるんだような青い目を大きく見開いた。「シェリンガム君、きみが？ ああ、そうでした。もちろん、覚えてますよ。ときどき、警察のために動いてるんでしたね……？ 今度の訪問もその……？」

「部分的にはね。だが目下は厳密に言って、彼らのために動いているわけではありません。実際のところ、まったく自分の意志でここに来てるんです」

「本当に？ なるほど。では教えてください」ハリスン氏は心配そうに言った。「警察は実際のところ、どう考えているんですか？ いや、わたしが本当に知りたいのは、その……」

「ぼくは警察がどう考えているかを言う立場にはありません」

「ええ、ええ、もちろんそうでしょう。よく分かりますよ。だが……」

「なんです？」

「つまり、警察がどう考えているにせよ、ここでみんながどう思っているかに、気づかずにいるわけにはいきません」

ロジャーはどこか軟弱な地面を手探りで進んでいるような感じがした。「お嬢さんの婚約は破棄されませんでしたね」ロジャーは慎重に言った。

「ええ、ええ」その名前を出さずにウォーグレイヴの問題を持ち出したこの巧みなやり方に、ハリスン氏はほっとして同意した。「いや、あの娘はその話を聞こうとしませんでした。わたしはそれを自分の義務だと思ったのですが……だが、いや。娘は噂など軽蔑して退けました」

「では、あなたは?」

「わたしもです」ハリスン氏はきっぱりと断言した。「わたしもです。もちろん。とても考えられない」

「殺人はいつだって考えられないものです」

ハリスン氏はちょっとひるんだが、弱々しく言った。「自殺ということは考えられないでしょうね? わ、わたしは詳細は知らないので」

「まったくありえませんね」

「そう」ハリスン氏は言った。「そうですか」

「なぜそう考えたのですか? つまり、なぜ彼女が自殺したかもしれないと思いつかれたのですか?」

「彼女の身体のことから……」

「今日び、女性はそんなことで自殺はしませんよ」

「そう」ハリスン氏はすぐに同意した。「そうですな」

「ほかに、彼女が自殺をしたのではないかと思えるような心当たりがありますか」

「わたしに？」ハリスン氏は混乱していなくもないような様子を見せた。「もちろん、ありません。なぜわたしが？」

「ハリスンさん、率直に話してくれませんか？　むろん、ウォーグレイヴを少しも傷つけることにはなりませんから。むしろ彼のためになるくらいです」

「わ、わたしにはどういう意味か、まるで分かりません」

「お分かりのはずです」ロジャーは穏やかに促した。「思いきって、ぼくの推測を言ってみましょうか？　あの夏学期中に、メアリ・ウォーターハウスが悪い人間で前科者だといったような情報が、何らかの方法であなたのところに届いた。あなたは内密にメアリに解雇通知をしたが、彼女が自ら辞職したことにし、オーストラリア人の婚約者の作り話をするのを認めた。あなたの頭の中にあるのはそのことでしょう？」

ハリスン氏は口をぽかんと開けてロジャーを見つめた。そしてふりしぼるように叫んだ。

「では、あの女は彼に話したんですね？」

「当たりですね？」ロジャーは得意になった。単に一瞬頭にひらめいたことを話したにすぎなかったのだ。「そういった内容の情報が届いたんですね」

「と、匿名の手紙がきました」ハリスン氏はまるで自分の犯行の現場が見つかったかのように、つかえながら言った。「わたしはその内容のことで、メアリを問い質しました。最初彼女は否定しました。それから彼女は――折れ、事実だと認めました。わ、わたしは学校を出ていくように言いました。シェリンガム君、きみが考えているのはまさか、そのことが……」

「いえ、いえ」ロジャーはなだめた。「それと彼女の死はまったく関係ありません。絶対に自殺ではありません」

「はあ」

「それでは、あなたは手紙の内容について、ウォーグレイヴに話しましたか」

「もちろん、話しません」ハリスン氏は力をこめて否定した。「いや、もちろん話しはしない」

「誰かに話しましたか」

「誰にも。誰にも話していません」

「ふーん」ロジャーは顎を撫でた。「匿名の手紙ね。破棄しましたか?」

「すぐには。わたしの考えたのは……」

「どこにしまいましたか」

「ここの机の中です」

「鍵をかけて?」

「い、いや、鍵はかけなかったと思う。実際、覚えていません。シェリンガム君、きみはいったい何を……?」

「何でもありません」ロジャーは再度校長をなだめた。「ただ、誰があなたの机に近づけたのかと思ったのです」

「わたしの個人的な書類を覗きに誰かがきたかという意味なら、ここではそんなことは問題外だ、と断言しますよ。まったくのところ」

「そうでしょうね。まあ、いいでしょう。こいつは興味深い。それだけです。それで、今はもう手紙を持っていないわけですね」

「ええ。ミス・ウォーターハウスが出ていったあと、捨てました」

「なるほど。そいつは残念ですね。だが、もちろん、あなたには知る由もなかった。ともかく、手紙をしまった引き出しに鍵をかけたかどうか、思い出していただけるといいんですが」ロジャーは机を見た。「引き出しのいくつかには、鍵をかけているんでしょうね」

「一つには、かけています」ハリスン氏は口ごもった。「そこに手紙をしまったかもしれません。実際のところはよく分かりません。それがそんなに大事なことですか？」

「いいえ、大したことじゃありません。さてと、もう行かなくては。ハリスンさん、お話しくださって感謝します。だが、これ以上お時間はとらせません。学期末に、あなたがどんなにお忙しいか知っていますからね。ああ、もう一つだけ。去年わたしがここにいたときの集合写真を覚えてますか？　どういうわけか、わたしは一枚も持ってないんです。一枚余分にお持ちなら買いたいのですが」

「一枚余分にありますが、買わせる気はありません」ハリスン氏は質問が終わって、明らかにほっとしたように言った。「喜んで差し上げましょう。ちょっと待ってください。二階にあると思います。少し待ってもらえれば取ってきます」

「それはご親切にどうも」ロジャーは礼儀正しく答えた。

ハリスン氏はあわただしく部屋を出ていった。

ロジャーはこの機会をどう使おうかと思った。ハリスン氏は匿名の手紙の件では恐ろしく曖昧だった。結局のところ彼は捨てなかった、ということもありうるだろうか？　もしそうならぜひ手に入れたいものだ。だがもちろん、直接頼んでみるわけにはいかない。

ハリスン氏が視線を向けた方向から、どの引き出しに鍵がかけられているかは明らかだった。ロジャーは屈み込んで、錠を見た。次にポケットから何の変哲もない鍵束を取り出すと、一つ選んで差し込んだ。錠前は簡単なもので、すぐに回せた。引き出しを開けると、そこには匿名の手紙ではなく、きわめて猥褻《わいせつ》な写真があった。

「中年男の多くがこういういやらしいものが好きなのは、どういうわけなんだろう」ロジャーは急いで引き出しを閉め、鍵をかけ直しながら、独り言を言った。

第十七章

ロジャーは大いに満足を感じていた。ローランドハウス校を訪問したことにより、期待以上の成果を得られたといえるだろう。ほかのことはさておいても、たとえばウォーグレイヴはメアリ・ウォーターハウスと関係を持ち、彼女からゆすられていたことを認めた。もちろんウォーグレイヴは、ああした状況で話したことは何にしろ証言として使えないことを知っており、だからこそ告白したのだった。実のところ、ロジャーは驚いてはいなかった。ウォーグレイヴがそれに類したことを洩らすだろうと予測していたのである。

それだけではなかった。もちろん一番重要なのは匿名の手紙だ。その朝ロジャーが推理したことは、驚くほど当たっていた。ロジャーが考えたとおり、メアリ・ウォーターハウスの過去をあばきたてる情報が寄せられていた。もっとも、この匿名の手紙が事件に片をつけることになるのかは、ロジャーにも皆目分からなかった。

オールバニーに戻ると、モーズビー首席警部が半時間ほど前に電話してきて、明朝電話してくれとの伝言を残していた。

翌朝、シェリンガム氏はモーズビーに電話した。

「シェリンガムさん、昨日あなたに言われて行った調査から分かったことがあります。一、二の可能性を見過ごされているようなので、あなたの提案より範囲を広げて調べさせました」

「ほう?」ロジャーはいくぶん冷ややかに言った。

「その、奴ではなかったんです。女でした」

「女!」ロジャーは驚いて、おうむ返しに言った。

「予想していませんでしたか、シェリンガムさん」

「ああ」ロジャーは自分の申し分ない仮説を未練がましく惜しみながら答えた。

「そう、これは信頼していいと思いますよ。二番地のメイドは去年の夏、家が留守になる直前に若い女がやってきて、肘掛け椅子の布カバーを作らせてくれないかと言ってきたことを思い出しました。見本の生地をいくつか持ってきたそうです。生地の値段よりも安いと思える縫い賃を持ち出したので、覚えていたんです」

「やりすぎなんだよ」ロジャーは呟いた。

「確かに。ミセス・コティントンは留守で、その女は――」

「たぶん奥方が出てゆくのを見ていたんだろうね」

「ええ。とにかく、その午後また来るといったきり二度と来なかったんです」

「へぇ!」

「そう、その点ではあなたの推理は正しかったんですよ、シェリンガムさん」

「その女がメイドに訊いたんだね」

「ええ。二人はいつカバーができあがるかというような話をし、メイドは次の週から二週間ほどは誰もいなくなるから、カバーを椅子に合わせてみることはできない、と言ったことを思い出しました」

「六番地のほうはどうだった？」

「そこの人たちは女のことを何も覚えていませんでした。でも、一度も訪ねてはいなかったのではないかと思います。女は六番地を訪ねたほうがいいか訊いた、とメイドは言っており、それについて何と答えたか覚えてはいないものの、ウォーターハウスはいつその家が留守になるかも、このメイドから聞いたんだと思います」

「メイドは彼女の写真を見て確認したかい」

「どっちとも言えませんね。その女は眼鏡をかけていたが、メイドはそれが写真の女だったかもしれないと今は思っています。宣誓証言する前は、まったく気づきませんでした。椅子カバーの一件が、記憶を呼び起こすヒントになったんです」

「よろしい。モーズビー、そんなふうにもう少しきっかけを与えてみるといい。次回は自分で少し考えてみることだな」

受話器を置く前に、ロジャーは自分の推理で間違っていた点に気づいた。大きな間違いだった。彼の推理は実際には、ミス・ステイプルズの家とその両隣の家が留守になるのを、男女両方とも知っていたという仮定に基づいていた。男さえ知っていれば十分だと考え、ロジャーはこのことに気づかなかった。だがウォーターハウスも知っていたのでなければ、そもそも男をあそこに連れていくことなど、どうやってできただろう？

仮説全体を捨てなくてはならないのだろうか？　細かい点まで断定しすぎたのは確かだ。真実はおそらくその近くにあるのだろう。とにかく、女が三軒の家の状況について男に話したことは、今やはっきりした。行く先を男に秘密にしておきたかったのなら、彼女はこんなことをしようとはしなかったろう。それは女が恐喝した金を受け取る目的で男を連れ込んだのではないことを意味していた。まあ、それはどうでもよい。二人がそこへ行った理由は、ほかにいくらでも考えられるだろう。結局、それはほとんど問題にならない些細な点だ。問題は、二人とも三軒の家が留守になると知っていたに違いないこと、そして二人とも、それぞれミス・ステイプルズの家を使用する目的があったということだ。男の目的は殺人だった。女のほうはさしあたり重要ではない。

モーズビー首席警部は口にはしなかったが、この新たな情報は彼をがっかりさせただろうとロジャーは考えた。それはウォーグレイヴとバーント・オーク・ロードを結びつける、彼の最後の望みを断つに等しかった。ありそうにもないことだが、新たな筋から別の証拠が出てくることでもなければ、モーズビーはウォーグレイヴを裁判にかける望みを今となってはすっかり諦めたに違いなかった。

この場合には、自分が何をしようと大して問題にはならないとロジャーは考えた。

そこでロジャーはウォーグレイヴに電話をし、夕食に招いた。

「夕食だって？」ウォーグレイヴは明らかに驚いていた。「あいにくだが無理だな。当直なんだ」

「学校で？」

「ああ。いずれにしても――」

「いずれにしても」ロジャーは断言した。「きみは今晩ここへ来て、ぼくと食事をするんだ。十一時四十分の列車で戻れるよ。きみが好きなときに一晩外出する許可ももらえないなんて言わないでくれよ、今となっては」ロジャーは最後の言葉を少し強調した。

「たぶん、ぼくがもらいたいときにはね」ウォーグレイヴは冷ややかに答えた。「だが今はあいにく――」

「いいかい」ロジャーはさえぎった。「これだけは言っておく。我々二人が知っている首席警部は、ある男を投獄する望みをほぼ確実に捨てた。ぼくは違う。事実ぼくは誰かを震えあがらせるような、新しい証拠をたくさん握った。だがそれを友人に手渡す前にきみと話をしてみたい。どうだい、夕食に来るかい？」

電話の向こうでは長い沈黙が続いた。

「ああ」ウォーグレイヴは承知した。

「来ると思ったよ」ロジャーはすっかりご満悦で言った。「ここに七時半ごろ来てくれ。食前にシェリー酒を一杯やれる。正装の必要はない」

電話を切ると、彼はフラットの台所に足を運んだ。

「メドウズ、今、友人を今晩の食事に呼んだ。いささか背筋の凍るような、ちょっとした料理を頼む」

「何ですって? どんなちょっとした料理ですって?」

「背筋が凍る、いやな、恐ろしい、寒気がするような」

「どうも分かりませんねえ」

「なら、いいさ」ロジャーは言った。「だが、残念だな。背筋が凍るようなものが、どうもふさわしいと思うんだが」

メドウズがその夜の料理に関して、背筋を凍らせるようないかなる手腕も発揮できなかったとしても、背筋を凍らせるような雰囲気は厳然とあたりに漂っていた。ウォーグレイヴのせいだった。この男は確かに殺人者に見える、とロジャーは思った。あの仏頂面といい、あの黒い眉、そして額に低く垂れた前髪といい、常に不気味な効果をあげている。ロジャーは自分の客を誇らしげに見つめた。ほとんど自認しているも同然の殺人者を、食事に招いたのは初めてだった。それと知らずに殺人者を招いたことは、何度もあったかもしれないと思わずにいられなかったが。誰でも、知人の二十人に少なくとも一人は看破されていない殺人者だというのが、ロジャーの持論だった。それはまったく根拠のない仮説だったが、問題の二十番目の人間を捕らえようとして、ロジャーは少なからず愚かしい喜びを感じた。

本やら芝居やらの話題をめぐるロジャーのお喋りに対して、ウォーグレイヴはうん、とか、いいや、とかいった素っ気ない返事をした。不安な気持ちでいたとしても、それを見せはしなかった。モーズビーがすでに見て取ったように、ウォーグレイヴの自制心は異常なほど強かった。ロジャーは彼を見つめながら、ひとり悦に入っていた。ウォーグレイヴはロジャーにとっては新しいタイプの人間だった。確かにこの男には冷淡な態度をとってきた。だがいいじゃないか？　少しばかり冷淡にしたところで、ウォーグレイヴはびくともしない。

食事が終わり、食卓にポートワインが出されると、ロジャーは初めて目的の話題を切り出した。食事の間中ずっと、ウォーグレイヴが自分から話し出すかと待っていたのだが、一言もほのめかしさえしなかった。だがそれでも彼は、今朝ロジャーが電話であからさまに脅しをかけたことを持ち出すのを、やきもきして待っているに違いなかった。

「ところで、ウォーグレイヴ」イギリスの私立初等学校における科学教育の欠点に関する会話を打ち切って、ロジャーはいきなり言った。「ウォーグレイヴ、殺人を成功させた気分はどんなものかね」

ウォーグレイヴは平然としてロジャーを見た。「殺人を成功させてなどいないが」

「謙遜するなよ。見事に成功したと言うべきだろうね。たった一つのとんでもない不運さえなければ、決して露見することはなかっただろう。だが、きみは適当に切り上げたりはしなかった。たとえありえないことが起き、死体が発見されたとしても、きみに不利な証拠は何もあがらないように仕組んでおいたのだ。心からおめでとうと言わせてもらうよ」

「殺人なんかやっていない」

「それでは、処刑とでも呼ぼうか。何でもきみの好きなように呼べばいいさ。ところで疑わなくてもいいよ。カーテンの後ろにスコットランド・ヤードの人間が隠れていたり、テーブルの下に口述録音器《ディクタフォン》を隠したりはしてないから。何なら、部屋を探してみるといい」

「こいつはいいポートワインだな、シェリンガム」

「気にいってくれて嬉しいよ。だが、もっと話をしてもらいたいね。きみも知ってのとおり、殺人がぼくの趣味なんだ。本物の殺人者が自分の犯罪について話すのを聞く機会はそうはないからね。実際、きみが最初の人間なんだ。話してくれてもいいじゃないか」

「話すことがあるのは、きみのほうかと思ったよ」

「うん、一つ二つ、きみに示したいことがあるのは事実だ。だがまず、いくつか質問に答えてくれないか」

「質問にもよるね」ウォーグレイヴはポートワインをすすりながら、呑気そうに言った。

ロジャーは椅子の上で上体を反らした。「では、最初の質問はこうだ。いつまでこれを続ける気だい?」

初めてウォーグレイヴはロジャーに疑うような視線を向けた。

「何を続けるって?」

「きみがメアリ・ウォーターハウスを殺したという話さ」

「ぼくは殺してない」

「きみがやってないのは分かってる。きみも、それにもう一人の人間も分かってる。だが知っているのは我々三人だけだ。そしてきみに真剣に訊きたいのは、それだけの価値があるのかってことさ」

「何に何の価値があるって？」ウォーグレイヴの口調はここにきて、ついにはっきりと不安を表し始めた。

「もう一人の人間をかばうために、きみがやったふりをする価値があるのか？　これまでのところ、とりたてて重大な事態にはなっていない。だが、いずれ必ずそうなる。現在のところはただの噂と、同僚のよそよそしい態度といったところだけだがな。しかし、きみはそれで止まると思うかい？　きみは破滅することになるよ。すでに公然の秘密なんだ。きみはローランドハウスを出て行かざるをえなくなる。二度と職につくことはできない。それに筋を通すつもりなら、婚約を破棄しなくてはならない」ロジャーはさらに慎重に言葉を選びながら続けた。

「きみが筋を通して事を運ぶつもりならな」

「なあ、シェリンガム。何の話をしてるのかまるで分からないよ」

「ああ、もちろん、きみには分かってるさ」

「ぼくは彼女を殺してない、と言ったろう。誰がやったか、ぼくが知っていると思ってるみたいだな」

「きみが誰がやったか知ってることを、ぼくは知ってる」

「ダフについてのきみのばかげた考えのことなら……」

「ダフのことなんかまったく考えてない。一度もダフだと思ったことはないよ。あれはただきみがどう反応するか見るためのはったりさ。本当にメアリ・ウォーターハウスを撃った人間のことを考えてるんだ。きみはそれが誰だか知ってる、ぼく同様——いや、ぼくよりもっとよくね」

　ウォーグレイヴはワイングラスの足をもてあそんでいた。顔色が見るからに青ざめている。

「なあ、シェリンガム。きみがどんなとっぴな考えを持っているか知らないが」その声は弱々しかった。「誰かまったく罪のない人間を本当に疑っているのなら……。ここは盗聴されてない、と言ったな？」

「もちろんさ」

「それなら、よし。思い切って言ってしまおう。彼女を撃ったのはぼくだよ」

「ほう！」ロジャーは息をのんだ。

「よくもうまいことぼくに吐かせたものだな。きみがはったりを言っているのかどうか、まだ分からない」ウォーグレイヴは憤慨した口調で言った。「だがそれでもきみには何もできない。今のは証拠にはならない。何なら警察に密告するがいい。ぼくはただ否定するだけさ」

「もちろん」ロジャーは認めた。「そうだろうとも」

　ウォーグレイヴは黙ったまま、苦い顔で相手を睨んだ。

「もっとポートをやりたまえ」ロジャーはそう言うとデカンターを廻した。

「きみのいう新たな証拠というのは何だい？」ウォーグレイヴはグラスをふたたび満たしながら尋ねた。

「ぼくが新しい証拠を握ったと聞いて驚いたかい」ロジャーは興味を持って問い返した。

「ちっとも。確実な証拠のはずがない。でなけりゃ、警察が自分で見つけているだろうからね。

きみが今朝ぼくを震え上がらせた、などと思う必要はないよ。ぼくは自分が安全だと良く知ってる。絶対に逮捕されることなどない」

「ほう？」

「決してない」ウォーグレイヴは断言した。「警察はどうやったって有罪にすることはできない。みんなそれは分かってるさ」彼は笑みとは形ばかりの堅い冷笑を浮かべた。

「ふん、きみは図太さの塊みたいな奴だな」ロジャーは感心したように言った。

「ぼくは冷静さを失ったことはないよ、そういう意味で言ったのなら」

「おそらく、リボルバーの件を除けばね」

ウォーグレイヴは顔をしかめた。「ああ、あれはまずかった。あの日は怖じけづいたのさ。だが、それは実際には問題にならなかった」

「きみは注意深く弾丸を持ち去っていたからな。そうしてなければ……」

「だが、ぼくはやった」ウォーグレイヴは率直に言った。「ぼくの知る範囲では、通常やりがちな愚かな間違いは一つもしなかった。シェリンガム、あの晩、きみがぼくらに言ったことは正しかったよ。普通の知能を持った人間にとっては、殺人は実際のところとても簡単だ」彼は椅子の背にもたれると、もう一度笑みを浮かべた。今度のは勝ち誇ったような笑みだった。

ロジャーは引き込まれるように相手を見た。「ほう、きみはあれを覚えてるのか」

「もちろんだ。あのとき、ぼくはとても深い感銘を受けた」

「あけすけに話せばせいせいする、ときみもついに分かったようだな」

ウォーグレイヴは考え込んだ。「ああ、そのようだね。ぼくは――その、想像できると思うが、ひどく危ない瞬間があったよ」

「ああ。それに想像力について言えば、きみはぼくが考えていたよりはるかに想像力が豊かだよ、ウォーグレイヴ」

「へえ？　どうして分かる？」

「殺人を成功させるには豊かな想像力が必要だと、ぼくは思う。殺人はとても簡単だと言ったとき、その点は頭になかった。実際にはそうじゃない。前もって予知し、予防しなくてはならないことは、数限りなくある」

「ああ、まあな……」ウォーグレイヴは謙虚に言った。

「二、三質問に答えてくれるかい？」

「さあね。とにかく訊いてみろよ」

「さて。ぼくを最も悩ませているのは、実際のところ心理学的な点なんだ。きみはミス・ウォーターハウスをいったいどうやってあの家まで誘い込んだのか。ところで、あの家を選んだのはメアリが鍵を持っていたことと、彼女があそこへ行って訊いてみた結果、八月の第二週いっぱい三軒そろって留守になることが分かった、ときみに話したからだと思うが」

ウォーグレイヴは頷いた。「ああ、そのとおりだ」

「ところで、どういうふうに彼女を説得して連れて行かせたのかね」

「それをきみに話していいものかな」ウォーグレイヴはおもむろに言った。

「言えよ。ほかに洩らしたりしないと誓うよ。個人的な好奇心から訊いてるだけなんだ。それに、いずれにしてもきみには害はない」

ウォーグレイヴはこの点を天秤にかけているようだった。「いいだろう。それは彼女の考えだった」

「二人であそこへ行くというのが？」

「うん」

「彼女が前科者なのは知ってたのか」

「いや、知らなかった」

「では、鍵を持っていた理由をメアリはどうきみに説明したんだい？」

「ああ！　いや、おばさんの家だと言っていた」

「そこへきみを連れて行くに当たって、どんな理由を言ったんだい？」

「うーん、さあね。すてきな空家だ、とか。便利だとかね」

「だがきみが訪ねていけるフラットがあるのに、なぜすてきな空家が必要なんだい？」

ウォーグレイヴはためらった。「いくつかの理由があった」

「つまりメアリはいきなり、出入りができるすてきな空家がある、と言い出したのかい」

「まあ、そうだ。そんなところだ」

「では、彼女を殺すつもりではなかったのか。二度とない好機到来と思ったのは、かなり突然のことだったんだな」ロジャーは意気込んで訊ねた。

ウォーグレイヴは頷いた。「シェリンガム、そんなところだ」

ロジャーはテーブルをどんと突いた。「きみは都合よく片手にリボルバー、もう一方の手に砂をまぜたセメントを入れたスーツケースを持っていたというんだな？ ウォーグレイヴ、ぼくはまったく正しかった。結局、きみの想像力は大したことはなかった」

「何を言ってるんだ？」ウォーグレイヴは驚いた顔で尋ねた。

「もう、こんな茶番はたくさんだ、ってことさ。きみがメアリ・ウォーターハウスを撃ったことを証明するチャンスをたくさん与えてきたが、きみにはできなかった。もちろん、できるわけがない。なぜなら、きみもぼくもよく知ってるとおり、結局のところ彼女を撃ったのはきみじゃないからだ」

「では誰なんだい？」ウォーグレイヴは挑むように尋ねた。

「ハリスンさ」ロジャーは答えた。

第十八章

　ウォーグレイヴはついに敗北を認めたかに見えた。

「それで」おもむろに訊いた。「どうしようと言うんだね？」

「それはきみ次第だね。あの好色な爺さんをかばうために、自分が殺人犯だと世間に向かって言いふらしたいのなら、ぼくには止めることはできない。だがともかくも、きみを説得するつもりだがね」

「なぜハリスンに目をつけたんだ」

ロジャーは両膝を組み、椅子をさらに少し食卓から遠ざけると、いくらか説教口調で切り出した。

「心理学的に言うと、あの殺人を犯すことができたのは、ローランドハウスでは二人の男だけだった。心の奥底ではぼくはそのことに最初から気づいていたのだが、明らかにきみに不利な証拠の多さに圧倒された。あれは特別臆病な人間の犯罪で、特別狡猾な男の仕業だ。きみは第二の点には当てはまるかもしれないが、最初の点は違う。昨日の午後きみにも話したが、モーズビーにも言ったとおり、殺人は弱さからくる行為であるというのはまったくの真実だ。だからはたしてきみがそんなことをするだろうか、と不思議に思った。結局、きみはやらなかったという結論に達した」

「証拠があるのに？」

「証拠があってもだ。その証拠とは、結局のところ、主として機会と動機に関する証拠にすぎない。ぼくはまた次のように考えた。ローランドハウスの職員の中では、パーカーはその度胸に欠け、ライスは創意に欠け、パタースンは単に問題外だ。ダフとハリスンだけが、疑ってもいない女性を背後から撃つような弱い人間だった。そして、ぼくにはどうしてもダフの犯行とは思えなかった。性格の蓋然性からいって、このように臆病で、優柔不断で、袋のネズミ式の殺人には、ハリスンが最もふさわしい容疑者に思えた。ここまでは賛成してくれるかい？」

「ある男が特定の殺人を犯すような性格を有しているということと、彼が実際やったということは、まるで違うと思うがね。その種の主張は、警察にはあまり通用しないだろうな」

「警察だって！」ロジャーは馬鹿にしたように繰り返した。「警察が関心をもつのは有罪判決につながるような主張だけさ。ぼくは有罪判決などにはまったく関心がない。興味があるのはただ、問題の真相をきわめて、それを証明し、自分を満足させることとさ。そのあと殺人犯がどうなろうとぼくの知ったことじゃない」

「なるほど」ウォーグレイヴは言った。「それで？」

「そう、ハリスンについてだよ。いいか、ウォーグレイヴ、ぼくは人の評価を即座に下せないほどのばかじゃない。とどのつまり、それはぼくの本職にとっては大事なことでもある。きみたちローランドハウスの面々にもとづいて書き始めた小説の中で、ぼくはハリスンをモデルにした人物を登場させたわけだが、ぼくが創りあげたのは、それを拒めない状況につけこんで女性にキスするような男だった。その事実が強く印象に残っていたんだ。それが実際に起きたことだとは少しも思っていない。要はそのころからぼくは、ハリスンをその手の人間と見ていたってことなんだ」

「それで?」ウォーグレイヴはやや当惑したような顔をした。

「うん、これは重要な点だ。つまり、こんな具合だ。この事件をよく検討してみて、殺人者はメアリ・ウォーターハウスの過去を知っていたに違いないという結論に到達した。きみは知らなかったと言ったが、ぼくもそれを信じる。それによってぼくは、きみは無実だという確信を得た。ハリスンは自分がそれを知っていたことをぼくに洩らした。それによってぼくは、彼は有罪だという疑惑に確信を得たのだ」

「ハリスンは彼女のことを知ってたのか?」

「ああ。彼女の前科を知らせる匿名の手紙を受け取っていた。ああいう前科を持つ人間にはよくあることだ。ところでこの手紙には、ローランドハウスの誰かがメアリ・ウォーターハウスの過去を知っていたに違いないとするぼくの意見を裏付けることとは別に、もう一つの重要性がある。ハリスンとミス・ウォーターハウスの情事がどのように始まったか、この手紙はほとんど明かしているも同然じゃないか」

ウォーグレイヴは首を振った。「分からないな」

「きみに想像力が欠けている、と言ったのは正しかった」ロジャーは面白そうに言った。「ウォーグレイヴ、きみにはああいった犯罪はできなかったし、警察以外は、誰もきみにそれができると思うものはいない。だがハリスンについては、昨日彼の机の引き出しを探していて実に不愉快な写真を見つけたと言ったら、すこしは呑み込めたかな？　同じような写真の山の上にあったのさ」

「ぼくが想像力にまるで欠けていると言うのは正しいかもしれないし、そうじゃないかもしれない」ウォーグレイヴはゆっくりと言った。「だが、いや、やっぱり少しも分からないな」

「では説明しよう。ハリスンは明らかに抑圧に苦しんでいる。考えてみればすぐに分かることだ。妻君はまったく彼を愛してない。そのうえ、彼女は夫の気づかいを露骨に嫌がっている。ハリスンが夫人とライスの関係を知っている可能性は高いと思うが、またそれがどこまで進んでいるか目をつぶっているという可能性も同様にあると思うね。恐れから、妻の浮気に半ば目をつぶる夫《マリ・スミ・コンプレゾン》を演じてるのさ」

「恐れから？」

「そうだ、ハリスンは、ライスも妻も自分より強い性格であることをよく知っていて、実の娘を恐がるのと同様に二人を恐れている。弱い男なので、『仕返しする』という考えに取りつかれたに違いない。それは十中八、九ハリスン夫人の過ちだ、とぼくなら断言するね。

まあ、状況を考えてみたまえ。ハリスンはひどくいらいらしていた。そこにこの匿名の手紙がきて、メアリをたちまち自分の支配下においた。彼はどうしたか？　彼女を呼び、手紙の件で問い質し、解雇を告げた。メアリは泣き、自分は誠心誠意、再出発しようとしていた（実際そのとおりだったと思うが）と言い、もう一度チャンスをくれと頼む。よし分かった、とハリスンは言い、チャンスをやるからここにいていい、ただ……そして、ほとんど選択の余地はなかったメアリは、それに従う。

ところで、これは二人にとって非常にまずいことだった。メアリは堅気になろうとしてもばかをみるだけと知って、ますます苦々しい気持ちを強く抱くようになった。ごく自然に彼女は昔のようにプロの犯罪者の気分、社会と戦っている気分に逆戻りした。そして戦いの最初の相手は、ハリスンその人だった。

見方を変えれば、ハリスンは自分がつかまえたのが手に負えない女であることを知った。あるいはむしろ、手に負えない女が彼をつかまえたのだ。メアリは彼を恐喝し始めた――彼は払わなければならなかった。これは恐喝の犠牲者がゆすられて当然だと思う、唯一の事件だね。やがて妊娠したメアリは、ハリスンときみの両方を別々の糸で自在に操って、どちらにも自分が子供の父親だと思い込ませた」

ウォーグレイヴはポートをすすると、「そこはちょっと違うよ」と感情を交えずに言った。

「えっ？」

「ミス・ウォーターハウスとぼくの間には、その種のことは何もなかったんだ」

「何だって？　だが彼女はきみの部屋に入るのを見られてる。だからこそ警察はきみに疑いを抱いたんだ」

「分かってる。あれはちょっとおかしかったな」ウォーグレイヴはにこりともせずに言った。

「メアリは気を引いてきたけど、ぼくにはその気はなかった。大急ぎで彼女を追い出したんだ」

「ほう！　だがあそこではきみたち二人の噂で持ちきりだったよ」

「ああ、そうさ。ぼくはあの娘が好きだった。彼女がそんな女だなんて考えてもみなかった。一、二度、彼女とロンドンに出かけたが、何もなかった。いちゃつくことさえね。きみはこの手のことを誇張する女性生来の傾向に迷わされたんじゃないのか」

ロジャーは相手を睨《ね》めつけた。もちろん、エイミー・ハリスンに対抗意識を持たせ、張り合わせるというはっきりとした目的をもって、ミス・ウォーターハウスを少しばかりちやほやしたことを、ウォーグレイヴは口にするつもりはないだろう。ロジャーはそれが本当のところだと確信していた。だが、いずれにしても、それは目下の問題には関係がない。

「まあ、それを聞いて良かったよ」とロジャーはウォーグレイヴの言葉を躊躇せずに受け入れた。「きみの本心がまるで違う方向にあるときに、あの娘と遊びまわるのはいささか卑劣だとは確かに思ったからね」ウォーグレイヴは鋭い視線を上げたが、ロジャーはためらわずに続けた。「きみをもっと良く知っておくべきだった。だが、もう一度訊くが、なぜきみはみんなにそう思わせておくんだい？　昨日きみは、彼女にゆすられていたとあっさり認めたな」

「そのほうがいいと思ったのさ」ウォーグレイヴは怒ったように言った。「きみはぼくが望んでいるより、ちょっとばかり真相に近寄りすぎたからね」

「まあ、そのことはあとで話そう。では、我々にわかったのは、メアリ・ウォーターハウスが全力を尽くしてハリスンを恐喝していた、ということだ。自分がどんなタイプの人間を相手にしているかを知って、メアリはおそらく貪欲というより法外な要求をしたのだろう。まるで容赦しなかったと思うよ。彼を絶体絶命の窮地に追い込んだことをよく知っていたんだ。何と言って脅したのかは知らないが、何もかも暴露すると言ったに違いない。ライスとの件でミセス・ハリスンと離婚し、自分と結婚することを要求したとしても、少しも驚かないね。校長はともかくもスキャンダルを起こすわけにはいかないことを、彼女は知ってたんだな。

だが、おおかたの女性と同じように、彼女もまたやりすぎたのさ。自信満々で、ハリスンが殺人という手段で逆襲してくるなんて考えてもみなかった。だが取り乱したハリスンにとって、殺人は唯一の突破口に見えたに違いない。そして一つのことを長い間熟考していれば、殺人すら成し遂げることが可能になる。かくしてハリスンはメアリ・ウォーターハウスを殺す決意を固め、あとはその具体的な計画と機会が熟すのを待つばかりとなった。そこに彼女は自分から両方を差し出したに違いないね。

メアリが持っていたバーント・オーク・ロード四番地の鍵のことが、どうやって話題にのぼったのかは分からない。だが明らかに話題になったのだから、問題ではないだろう。ハリスンは好機到来とみた。ハリスンは周到な準備で、地下室を密会の場所として使う考えをメアリの頭に植え付けた。八月中は空家になるに違いないと思った彼女は（おそらく自分でその計画を立てたと思い込んで）、いつ留守になるかを調べに出かけた。ハリスンの打った手を辿ることはできる。メアリをまずケニントンの家具付きのフラットに住まわせる。そこなら彼女が何も言わずに姿を消しても大丈夫だ。そして自分ではそこを訪問しない。不測の事態が起きてメアリの足取りが掘り起こされたとしても、きみがしたように、あとから身元が割れるようなヘマをする気はなかった。だから、ほかに会う場所が必要となる。メアリが提案するホテルなどはいっさい拒否したので、彼女はついに彼がずっと目論んできたように、バーント・オーク・ロード四番地というすばらしい場所を思いつく。もちろん、これはすべて仮説にすぎないが、これに似た事態が起きたに違いないと思う。

そして二人はある日、日が暮れてからそこへ行くことにした。おそらく二人は現地で落ち合うことにし、ハリスンは砂とセメントを詰めたスーツケース、もしくはそれに近い入れ物を持っていき、前庭に隠したのだろう。もちろん、早めに来てそこに置いておいたのかもしれない。当然、あとから足がつくようなタクシーには乗らない。すぐ角までバスの路線が走ってるだろう。五、六十ヤードだけ重いケースを運べば良かった。それと、在処を知っていたきみのリボルバーを持っていった」

ウォーグレイヴは頷いた。「いつもあそこにしまっておいたんだ。秘密にしたことはない。休暇中はいつもあそこにあった。だが、弾丸は装填してなかった」

「うん。だが、きみは弾薬を持っていただろう?」

「ああ」

「よろしい。そう、そして彼は女を撃った」ロジャーはずけずけと言った。「指輪に関して警察の目をあざむくため思いついた小細工で手袋を残すと、服をはぎとり、死体を埋め、きちんと煉瓦でおおった。もちろん彼はきみが煉瓦を積むのを見ていて、覚えたんだ」

「一度か二度、試してたよ」ウォーグレイヴは解説した。「生徒たちを励ますため、と言って」

「ますますいいぞ。それから彼女の服をセメントを詰めてきたスーツケースに入れ、出て行った。死体の周囲の土をしっかりと踏み固めなかった、という大変な間違いに気づかないまま。それさえなければ」ロジャーは裁判官よろしく言った。「完全犯罪となったんだ。それがなければ決して露見することはなかった。決して。

ところで、これを全部やるにはかなりの時間がかかったはずだ。調べてみれば、ハリスンには八月第二週中の一夜、何をしていたか説明できない日があることが分かると思うがね」

ウォーグレイヴは首を振った。「いや、きみは間違ってる。彼にはアリバイがあるんだ。彼はあそこにいったん女を残し、その週何日か泊まっていたクラブに戻ってから、またこっそり抜け出して仕事を仕上げたに違いない。鍵を持っていたろうし、あそこには夜警はいないから」

ロジャーはウォーグレイヴを見た。「やあ、きみは自分でも少々調べたとみえる」

「そのとおり。それに宿舎のほうもちょっとばかりね。スーツケースを見つけたよ。きみの考えたとおりだ。中にはセメントを入れた跡がまだはっきりとあった。学校の焼却炉で燃やした」

「ばかなことをしたな！　では、ハリスンの仕業だと分かったのはいつだ？」

「被害者がメアリ・ウォーターハウスと聞いた瞬間に」ウォーグレイヴはこともなげに答えた。

「去年の夏学期にメアリが出てゆく前に、事態の見当はついていた。確信はなかったが、学期の最終日にメアリが執務室でハリスンに話している口のききかたを耳にして、跳び上がるほど驚いた。むろん、そのときは彼が殺すつもりだったとは知らなかった。ハリスンが金を払って追い払ったものと思っていた。そして何が起きたのか気づいたとき、きみの知り合いの首席警部がパーカーから事情聴取している間に、ハリスンに会いにいった。そうして、ぼくは何も知らず、知りたくもないが、あなたはとにかく黙っていることだと言ってやった。あのときすでに首席警部の態度から、ぼくは自分が疑われていると知っていた。そして自分はやっていないのだから、連中は絶対にぼくを有罪にすることはできない、と分かっていた。だからハリスンはただじっと腰をすえていればよかったのだ。そしてそうなった」

「モーズビーはいつも、きみが図太い男だと言っていた」ロジャーは訝った。「事実そうだ。だがきみは大きな賭けに出たものだな。あやうく殺人犯にされるところだったんだぞ。今だって、きみとバーント・オーク・ロードを結びつける何らかの証拠をモーズビーが握りさえすれば、たちどころに逮捕されるさ。そしてきっと有罪になるだろう」

ウォーグレイヴは落ちつきはらって言った。「しかし問題の場所にぼくは一度も足を踏み入れていないんだから、警察がそんな証拠を入手するのは不可能だよ。いやいや、ぼくはまったく安全さ。ハリスンが自暴自棄にならない限りはね。ぼくに対する証拠より、彼に対する証拠のほうがはるかに少ない」

「ああ、リボルバーから彼の指紋を拭っただけで、弾丸を抜き取らず、手入れもしなかった許しがたい不注意のために、きみは完全に容疑をかけられている。ところで、なぜ銃を隠そうとしたんだい?」

「まあね、きみなら隠さなかったかい? ハリスンがぼくのリボルバーを持ち出して女を撃ったと分かって、ひどいショックを受けた。学校がそんなにすぐ監視下におかれるとは思わなかったよ。運河に捨てるつもりでいたんだ」

「そうしたら警察はたぶん運河で見つけただろうな」

「今では分かってるけど、当時はそこまで警察が骨を折るとは思わなかった」

ロジャーはポートを自分のグラスに注ぎ、デカンターを相手に廻した。「ウォーグレイヴ、きみがなぜあの老悪党をかばうために、こんなに危険をおかし、汚名をかけられてまで頑張るのか分からないな。きみは奴の娘と結婚するんだったな、だがそれにしても……。きみは奴が逮捕されることはないと言うが、少なくとも噂をたてるくらいはしたらどうだい?」

「彼が自白しないとは限らない」ウォーグレイヴは深刻そうに言った。「噂はすぐに消えるが、校長が殺人罪で実際に逮捕されたとなると、学校はおしまいだ。その点を考えてくれ。それに」彼はおざなりに言った。「あの女は撃たれて当然だった」

ロジャーは驚いた。ウォーグレイヴはなるほど実際的な人間だ。

「ではきみは警察が疑うに任せていただけではなく、学校の利益のために、故意にそう思わせていたんだね?」

「ああ、いろいろ考えて、それが最上と思えたんだ。ぼくにはさしせまった危険はなかったからね」

「そしてきみはこの方針を取り続けるつもりなのか?」

「もちろんだ。今夜きみに言ったことはすべて、ごく内密の話だと思っているが」

「それは確かだ。だがぼくが警察に行って、今夜より以前に辿り着いた結論を述べても、秘密を洩らすことにはならないよ」

「ハリスンについて?」

「ハリスンについてだ」

ウォーグレイヴはためらった。「シェリンガム、言わないでくれるほうがありがたいな」

「だが、正義はどうなる?」

ウォーグレイヴは肩をすくめた。

「それにきみの婚約者は?」

「エイミーには関係ない」相手は素っ気なく言った。「必要と思えば、ちょっぴり知らせることにする。今は彼女はぼくの言葉を信じている」

「なるほど。だがきみはスキャンダルは平気なのか」

「いずれ消えるさ」

「きみの無実を証明してやりたいな」ロジャーは物足りなさそうに言った。

「それはご親切にどうも。だが、放っておいてほしいね」

ロジャーはポートをすすった。

「そうだ」彼は興奮したように叫んだ。「メアリ・ウォーターハウスがどこの誰とも分からない昔の仲間の一人に殺されたと証明して、きみの無実を晴らすことにするよ。面白くなりそうだ。

それに」彼は考え深げに付け足した。「そうすればモーズビーにうまく一発、お返しできるってもんだ」

そして、そうなったのだった。

シェリンガム vs. モーズビー

真田啓介

※本書の内容について立ち入った吟味を行うので未読の方はご注意ください。

「ぼくの見るところ、レストレイド君、すこしばかり明々白々にすぎるようですな」とホームズはいった。「君はいろいろとすぐれた能力をおもちだが、想像力にだけは欠けておられるようだ」

（コナン・ドイル「ノーウッドの建築業者」）

本書は、アントニイ・バークリーのロジャー・シェリンガム物の長篇第八作、『Murder in the Basement』（一九三二）の翻訳である。英国探偵小説の黄金時代を代表する作者の、脂の乗りきった時期に発表された作品であり、面白さは保証付きといってよい。

本書の特徴としてまず目につくのは、その構成の新奇さであろう。A・B・コックス（バークリーの別名義）のユーモア小説風のプロローグ――地下室での死体の発見――に始まり、第一部は、通常の作者の視点で、モーズビー首席警部を中心とする警察の捜査活動により、被害者の身元が判明するまでの経緯が描かれる。第二部は、ロジャー・

シェリンガムの未完の小説の草稿で、この中で、被害者を取り巻く（といっても、この時点では誰が被害者なのか、読者には知らされていないのだが）事件の背景事情が明らかにされる。第三部はまた作者の視点に戻り、警察の捜査活動の続きと、それが行き詰まった後のシェリンガムによる解決が語られる。――という構成であるが、作者の視点による叙述の間に、作中人物が書いた小説の草稿が挿入されるというスタイルが、（当時の作品としては）目新しい印象を与える。

もっとも、異なる種類のナレーションの組合せで作品を構成するという手法じたいは、特に新しいものではない。『アクロイド殺害事件』に先立つアガサ・クリスティの作品、『茶色の服を着た男』（一九二四）では、女主人公による一人称の語りと、ある登場人物の日記が組み合わされていた。ドロシー・L・セイヤーズとロバート・ユースタスの合作『箱の中の書類』（一九三〇）のテキストは、複数の人物間に交わされた手紙を主体に、覚書や陳述書、新聞記事などを並べたものである。コナン・ドイルのホームズ物の長篇でとられた二部構成も、ワトスン博士の記録と三人称の物語の組合せだったし、さらに遡れば、複数の人物によるナレーションのリレーで物語られた、ウィルキー・コリンズの『月長石』（一八六八）の例なども思い起こされる。

しかし、本書の場合は別種のテキストの単純な組合せではなく、その間に有機的な関連があり、さらに第二部が「草稿の登場人物のうち、被害者になるのは誰か」という新たな謎を提供している点で、一ひねりの工夫を加えたものといえる（この謎解きは第三部の冒頭で行われ、

『地下室の殺人』というミステリの中に埋め込まれた被害者探しという小ミステリをなしているわけだが、それはちょうど、地下室の床下に埋め込まれた被害者の死体の隠喩のようでもある）。被害者探しという趣向が、レオ・ブルースの『死体のない事件』（一九三七）や、パット・マガーの『被害者を捜せ！』（一九四六）のアイデアのヒントとなった可能性も考えられる。

また、小説の草稿がほかならぬロジャー・シェリンガムの手になるものということなので、シリーズの読者は、小説家ロジャーのお手並み拝見、といった興趣も味わうことができる。草稿の内容や文体は、ベストセラー作家による大衆小説のイメージにはそぐわない感じもするが、そこまで言っては作者に酷であろう。

こうした構成上の工夫は、『第二の銃声』の序文に言うところの、プロットを作る際にさまざまな実験を行うという方向への試みの一つとして、とりあえずは理解することができる（注1）。

ここで「とりあえず」と書いたのは、本書の構成はそれじたいが目的なのではなく、もともとは本書のテーマを作品化するにあたって、技術的な必要から採用されたものであろうと思われるからである。それでは本書のテーマとは何かということになるが、筆者の見るところでは、「警察の捜査との対比における、想像力豊かなアマチュア名探偵の推理の輝かしさ」がそれである。これには少し説明が必要だろう。

バークリーのシェリンガム物に通じるテーマの一つに、ロジャー・シェリンガムとモーズビー警部（『絹靴下殺人事件』〔一九二八〕からは首席警部に昇進しているが、以下では便宜上警部と呼ぶ）の関係がある。二人が顔を揃えるのは長篇十作中の半数に過ぎないが、それらの作品では、常に二人の間の関係が一つの焦点になっているのだ。それは、事件を巡ってライヴァル関係に立つ二人の勝敗の問題なのだが、勝負の結果を見る前に、まずモーズビー警部の人物紹介をしておこう。

モーズビー警部の風貌は、彼が初めて登場する『ロジャー・シェリンガムとヴェインの謎』〔一九二七〕の中で、次のように描かれている。

モーズビー警部は、人が名探偵と聞いて想像するイメージとはかけ離れていた。その顔は剃刀どころか、手斧とも似ても似つかない（あえてそうしたものに喩えるとするならば、バターナイフといったところだろう）。その眼差しは幼少の頃から鋭くて有名だったということもなければ、人に厳しい意見をたたきつけることもない——ただ普通に話すだけだった。遠まわしな説明はやめてはっきり言おう。警部はなんの特徴もないごく普通の風貌で、ごくごく普通に振る舞う男だった。

さらに細かなことを説明すれば、がっちりとした体つきで、両端が垂れ下がった濃い白髪混じりの口ひげをたくわえ、ずんぐりとした不器用そうな指をしていた。その顔には常に邪気のない穏和な表情を浮かべていて、陽気で朗らかな性格で知られていた。そしてどんな相手にだろうと、決して敵意を抱くということはなかった。

外見こそ人目をひくところはないが、その言動を見るに、モーズビー警部というのは、まことにしっかりとした、頼りになる男なのである。ロンドン警視庁の大物といわれるだけあって、めったなことでは動じない、百戦錬磨のつわものである。軽佻浮薄な気味のあるシェリンガムに比べると、なお一層その感を深くするのだ。

シェリンガムがアンチ・シャーロック・ホームズとして造形されていたとすれば、モーズビーはアンチ・レストレイド警部であり、従来の探偵小説における警察官のステロタイプに対する作者の批評意識が、このような人物像を生み出したのである。この間の事情は、『Jugged Journalism』の「探偵小説講義」(注2)中の、「ヤードから来た警部」像を諷刺した次の一節を読むと、さらによく理解できる。

よく知られているように、このロンドン警視庁の人間は、あらゆる愚かさを一身に集めたような人間でなくてはならない。事件の捜査中、彼は考えられる限りの失策をしでかす。彼はまた大変怒りっぽく、ひどくうぬぼれていて、自分以外の人間のすることはすっかり馬鹿にしてかかる。もし彼がこうした人物でなかったら、作者自身の探偵が結末において圧倒的な勝利を収めることはできなくなるし、それでは読者はひどく失望してしまう。読者を失望させてはいけない。

講義の中の実作例に登場するピフキン警部は、まさに右のような人間なのだが、我らがモーズビーは、ピフキンとは似ても似つかぬ人物である。モーズビーは、筋金入りのプロフェッショナルであり、アマチュア名探偵の引立て役に甘んじてはいない。短篇には彼が主役を務めるものもあるし、本書における活躍ぶりも目覚ましく、途中までは誰が主役か分からないほどである。

さて、そんなモーズビー警部とシェリンガムとの探偵合戦は、いかなる様相を呈しているのか。二人が共演する五つの事件について、星取り表を作ってみると次のようになる。

	A事件	B事件	C事件	D事件	E事件
シェリンガム	×	○	×	×	○
モーズビー	○	×	×	○	×

モーズビー警部が単なる脇役ではなく、シェリンガムと対等に渡り合っていることがお分かりいただけよう（逆に言えば、シェリンガムが「名探偵」と呼んでよいのか疑問に思われるほどの実績しか上げていないことが）。

ここで各事件の作品名を特定することは慎むべきであるが、C事件が『毒入りチョコレート事件』（一九二九）であることと、E事件が本書であることくらいは、明かしてもかまわないだろう。そして、A事件とB事件、D事件とE事件がそれぞれセットになることも。つまり、C事件を間にはさんで、D・E事件はA・B事件の関係を（より端的に、また、大規模に）再現しているのである。本書はもちろんそれじたいで完結し、単独に読んでも十分面白い作品だが、D事件（シェリンガムの想像力豊かな――豊かすぎる――推理が、モーズビーの実直な捜査の前に敗北するケース）と対比して読むことによって、さらに面白味が増し、テーマもより鮮明になるのである。

そのテーマを改めていえば、モーズビーに対するシェリンガムの勝利であり、それはすなわち、プロの警察官に対するアマチュアの名探偵の、足の捜査に対する頭脳の推理の、物的証拠に対する心理的証拠の、忍耐力に対する想像力の勝利である。想像力――これこそは名探偵を名探偵たらしめる特質であり、レストレイドやモーズビーに欠けているものなのだ。この想像力を駆使して華麗な勝利を収めることによって、シェリンガムもまた、輝かしき名探偵の伝統につらなるのである。

このテーマを効果的に表現するためには、モーズビー側の描写を多くする必要があるだろう。警察の手堅く粘り強い捜査ぶりを十二分に描き、これ以上のことは人間には望めないと思わせてこそ、それが行き詰まった後で展開される、快刀乱麻を断つごときシェリンガムの推理の見事さが映えるのである。第一部が（そして第三部も大半が）クロフツばりの警察捜査小説の趣を呈しているのは、そのためと考えられる。

しかし、人間関係を中心とした背景事情をその調子で描くことには無理がある。能うかぎりの努力が払われたとしても、足の探偵が探り出せる事柄には、自ずから限界があるからである。そこで作者は、警察の捜査結果とは別に、一種の便法として、背景事情をひとまとまりの物語として読者に提示することにしたのではなかろうか。そして、そのための手段として採用されたのが、小説の草稿という形式だったのではないかと思うのである（この構成を成り立たせるために、作者は、シェリンガムが被害者の在職していた学校に一時勤めていたという偶然を設定しているが、そこは目をつぶるしかあるまい）。先に本書の構成が技術的な必要から採用されたものだろうと書いたのは、このような意味である。

構成上の工夫には嘆賞すべきものがあるにしても、名探偵の勝利という本書のテーマは、これだけを取り上げて見れば、いささか陳腐と感じられるかもしれない。真っ当すぎるくらい真っ当な作品であり、ホームズ譚をはじめとする、他の多くの作家の多くの作品と同様の結構であって、我々がバークリーに期待する皮肉さやひねりの感覚とは遠いところにある。しかし、この真っ当さはバークリーとしてはむしろ異色なのであり、シリーズの他の作品と読み比べてみれば、ストレートが逆に変化球のように見えてくるという、一種アイロニカルな趣を味わうこともできる。

バークリーの本来のテーマは、推理の不確実性（注3）であるが、推理が常に的をはずすということになれば、逆の意味で確実性に通じることにもなろう。つまり、たまには当たることがあってこそ、その不確実性は、より強固なものとなるわけである。本書は、その「たまには」のケースを描くことによって、シリーズ全体に通じるより大きなテーマに奉仕しているのである。――などと理屈をつけてみても、その真偽のほどはそれこそ不確実である。単純に、作者もたまにはシェリンガムの顔を立てる必要があったのだろう、という程度に考えておけばよいのかもしれない。

（注1）バークリーが『第二の銃声』（一九三〇）に付した有名な序文においては、今後の探偵小説が進むべき道として、①プロットを語る上でさまざまな実験を試みること、及び②性格描写や作品の雰囲気を深化させることの二つの方向を示し、特に後者を重視しているが、もとより前者の試みもなおざりにされてはいなかったのである。

（注2）バークリーが文筆業の最初期に著した『Jugged Journalism』（一九二五。A・B・コックス名義）は、さまざまなタイプの小説の書き方やその雑誌への売り込み方を伝授するという触れ込みの、いわば文筆商売指南の書であるが、その第三章が探偵小説作法の講義なのである。同書の各章はもと「パンチ」等に発表されたユーモア・スケッチで、読者を笑わせることを主なねらいに書かれたものであるから、その内容を額面通りに受け取ることはできないけれども、その後の作品なども思い合わせると、多くの部分はホンネで語られているように思われる。

（注3）名探偵の失敗というのは、バークリー作品の大きな特徴の一つといえるが、これは作者がE・C・ベントリーの蒔いた種――『トレント最後の事件』（一九一三）に描かれたフィリップ・トレントの失敗事例――を大きく育てたもので、探偵の役づくりの一材料を物語のテーマへと転化させているのである。そのテーマとは「推理の不確実性」ともいうべきもので、一見完璧に見える推理がいかに不完全なものであるかが、『毒入りチョコレート事件』をはじめ

多くの作品に見られる多重解決の趣向によって例証されている（この意味において、バークリー作品では、探偵のキャラクターと物語のプロットが深いところで通底しているといえる）。

※引用テキスト――コナン・ドイル『シャーロック・ホームズの生還』（阿部知二訳、創元推理文庫）／バークリー『ロジャー・シェリンガムとヴェインの謎』（武藤崇恵訳、晶文社）

（『地下室の殺人』国書刊行会版解説から「5　本書について」を抜粋、改稿再録）

シェリンガムさん、今度は何をしてくれるのですか？

大山誠一郎

●ロジャー・シェリンガムという男

名探偵ロジャー・シェリンガムが『レイトン・コートの謎』で登場したのは一九二五年、彼の登場する最後の作品『パニック・パーティ』の刊行は一九三四年。英米ミステリの黄金時代の真っただ中です。この時代、さまざまな個性を持つ名探偵が登場しましたが、その中でもシェリンガムの個性は際立っています。自信家で、うぬぼれ屋で、皮肉屋で、おしゃべりで、お節介で、変わり身が早い。独身主義者なのにすぐに女性を口説く。しばしば思わぬ苦境に陥《おちい》ってはあたふたする。その人間臭さは並みいる名探偵の中でもトップクラスです。

シェリンガムは売れっ子作家でもあります。新作の売れ行きを聞かれて「五週間で七版だ、おかげさまで」と答えたり（何とうらやましい）、捜査で会う相手の多くが作家シェリンガムの名を知っていたりという具合。おかげで彼は捜査にお金をかけることができます。たとえば、探偵活動の競争相手が現れないよう事件現場の村にあるパブの部屋すべてを借りたり、事件関係者の一人を秘書として雇ったり、スコットランド・ヤードの顔馴染みのモーズビー首席警部を高級な酒や食事でもてなし情報を聞き出そうとしたり。人気作家が道楽で探偵をし、スコットランド・ヤードの方でも相手が人気作家なので無下《むげ》にはできないといったところでしょうか。ちなみに、シェリンガムが書いているのはミステリではないようです。

推理においては、物的証拠ではなく心理的側面を重視。この辺は小説家の面目躍如《めんもくやくじょ》です（もっとも、心理的側面を重視したことが誤りだったとわかる作品もあるのですが）。

このように実に個性豊かなシェリンガムですが、彼のシリーズをミステリ史に残る不朽の作品群にしているのは、彼の事件との関わり方だと思います。シリーズの大半で、事件は奇を衒《てら》ったものではなくどちらかといえば平凡なものです。事件が平凡なのに面白いのは、シェリンガムの強烈な個性もさることながら、彼の事件との関わり方が実にユニークで、事件を活性化させるからです。

探偵が事件を活性化させるといえば思い出すのは、一見単純な事件に次々と意外な推理を繰り出し複雑化させるコリン・デクスターのモース警部。シェリンガムも次々と推理を繰り出すので、モース警部の先駆者とも見なせますが、シェリンガムが事件を活性化させるやり方はそれだけではありません。

シェリンガムお得意（？）の活性化のさせ方、それは「解決に失敗すること」です。たとえばある作品では、シェリンガムが複雑で見事な推理を披露したあと、モーズビー首席警部が現実的で平凡な真相を指摘してみせ、シェリンガムの推理は結局、誤りだとわかって終わります。別の作品では、シェリンガムの推理で事件が幕を閉じたあと、それが誤りであることが読者にだけ明かされます。

活性化の別のかたちは「多重解決の場を設けること」。『毒入りチョコレート事件』で、シェリンガムは「犯罪研究会」なるものを結成し、実際に起きた事件に対してメンバーそれぞれが推理を披露するという企画を立てます。そしてシェリンガムが自信満々で披露した推理（同作に先立って発表された短編「偶然の審判」の真相）は否定されてしまう。だから「解決に失敗すること」の一変形とも見なせますが、名探偵自身が多重解決の場を設けるという点で、独自の活性化といえるでしょう（ちなみに、他の会員たちが推理対決で険悪な雰囲気になり、会長のシェリンガムがおろおろするさまが実に笑えます）。

活性化のさらに別のかたちは、『ジャンピング・ジェニイ』で登場します。同作でのシェリンガムの事件との関わり方は前代未聞のとんでもないものですが、ここで明かすのは未読の方の楽しみを奪うことになりかねないのでやめておきます。

とにかく、こんなユニークな名探偵は滅多にいないでしょう。麻耶雄嵩《まやゆたか》氏の創造した名探偵たちにどこか通じるものすら感じさせます。

●ロジャー・シェリンガムのしわざ

（以下で本作の真相の一部に触れていますので、本作未読の方はご注意ください）

本作『地下室の殺人』は、住宅の地下室で身元不明の女性の他殺死体が発見される場面で幕を開けます。事件を担当するのはスコットランド・ヤードのモーズビー首席警部。彼と部下たちが地道で根気強い捜査で被害者の身元を特定する姿を描く第一部は、警察小説とも見紛うほどです（警察小説は本作刊行当時はまだジャンルとして成立していませんが）。そしてこのパートからわかるのは、モーズビーがいかに有能な警察官であるかということ。黄金時代のミステリにしばしば登場する愚鈍《ぐどん》な警察官とは一線を画《かく》しています。

捜査の結果、被害者はシェリンガムが代理で教師を務めたことのある私立初等学校の関係者だったことが判明、ここでシェリンガムが登場します。そして彼は、小説の題材として学校関係者たちを描いた原稿があると明かす。本作でのシェリンガムの事件との関わり方は、関係者たちを描いた原稿を捜査陣に提供するという、いかにも小説家らしいものです。

モーズビーはちょっとした悪戯《いたずら》心からか、シェリンガムに被害者の身元を明かさず、原稿から当ててみるように挑戦する。こうして、シェリンガムの原稿を元に被害者捜しを行うという、実に魅力的な趣向が登場します。レオ・ブルースの『死体のない事件』やパット・マガーの『被害者を捜せ！』に何年も先んじる〈被害者捜し〉のアイデアが素晴らしい。

この原稿を読者も読むことができるのが第二部。学校関係者たちのあいだで不和と緊張が高まっていくのを三人称多視点で活き活きと描く筆さばきは、事件が起きる前の関係者たちの人間模様を活写した中期以降のアガサ・クリスティの諸作を思わせる鮮やかさです。

第三部冒頭で、シェリンガムは学校関係者たちの性格を分析して被害者をあっさりと特定。そのあとは、モーズビーの指揮による警察の捜査がふたたび克明《こくめい》に描かれます。モーズビーは重要容疑者を特定しますが、決定的な証拠や目撃証言がなく逮捕に至れず、最後の手段としてシェリンガムに助けを求めることになる。シェリンガムはある人物を前にして犯人を明かしますが、読者はこのとき初めて、中盤で登場した原稿が果たす真の役割を知ることになります。

その役割とは、（シェリンガムが意図したものではありませんが）「犯人を隠すこと」です。原稿は三人称多視点なので、犯人の視点からも描かれている。原稿に描かれた時点において、現実には犯人は大きな秘密を抱え、被害者への殺意を胸に秘めていたはずですが、シェリンガムの筆になる犯人は、執筆したシェリンガムがそのことを知らないので、そうした秘密や殺意を抱えていないように描かれており、結果として犯人から縁遠く見えるのです（こうした効果は読者だけでなく、作中で原稿を読んだモーズビーにも働いたことでしょう。警察が真相に到達できなかったのは、ひとつにはそのせいかもしれません）。真相を知ってから読み返すと、「あれ（＝原稿）をあんまり信用しすぎないほうがいいよ」（一五六頁）というシェリンガムの言葉には苦笑するほかありません。こうした原稿の真の役割を読者に隠すために、作品の中盤で〈被害者捜し〉の趣向を出し、原稿を登場させたのはそのためだと読者に思わせたのではないでしょうか。とすれば、本作でのシェリンガムの事件との関わり方は、「犯人を隠すこと」だといえるかもしれません。

彼は今度は何をしてくれるのだろうか？　シェリンガムものを手にするとき、事件の内容以上に期待するのはいつもそのことです。そしてその期待は必ず応えられます。

本書は一九九八年、国書刊行会から刊行されたものの文庫化である。

本書の原著（英国版初版、一九三二年）には、日付をめぐる記述で作者の勘違いと思われる箇所がいくつか見られる。それぞれに訳注を付すことも考えたが、あまりにわずらわしく、またかえって読者の混乱を招きかねないと判断し、明らかに誤りであると思われる記述については、編集部の責任でこれを訂正することとした。ご諒解をいただきたい。

編集　藤原編集室

訳者紹介　関西学院大学社会学部卒業。歌人。訳書にヘアー「英国風の殺人」、共訳書に「書物の王国6　鉱物」「書物の王国12　吸血鬼」「短篇小説日和」「怪奇小説日和」がある。

地下室の殺人

2024年12月20日　初版

著者　アントニイ・バークリー
訳者　佐《さ》藤《とう》弓《ゆみ》生《お》

発行所（株）東京創元社
代表者　渋谷健太郎

162-0814 東京都新宿区新小川町1-5
電話　03・3268・8231-営業部
03・3268・8201-代　表
URL　https://www.tsogen.co.jp
組版　萩原印刷
暁印刷・本間製本

乱丁・落丁本は、ご面倒ですが小社までご送付ください。送料小社負担にてお取替えいたします。

©佐藤弓生　1998　Printed in Japan

ISBN978-4-488-12310-9　C0197

探偵小説黄金期を代表する巨匠バークリー。
ミステリ史上に燦然と輝く永遠の傑作群！

〈ロジャー・シェリンガム・シリーズ〉

アントニイ・バークリー

創元推理文庫

毒入りチョコレート事件 ❖高橋泰邦 訳

ジャンピング・ジェニイ ❖狩野一郎 訳

レイトン・コートの謎 ❖巴 妙子 訳

最上階の殺人 ❖藤村裕美 訳

地下室の殺人 ❖佐藤弓生 訳

名探偵の代名詞！
史上最高のシリーズ、新訳決定版。

〈シャーロック・ホームズ・シリーズ〉

アーサー・コナン・ドイル◎深町眞理子 訳

創元推理文庫

シャーロック・ホームズの冒険
回想のシャーロック・ホームズ
シャーロック・ホームズの復活
シャーロック・ホームズ最後の挨拶
シャーロック・ホームズの事件簿
緋色の研究
四人の署名
バスカヴィル家の犬
恐怖の谷

不可解きわまりない謎に挑む、
フェル博士の名推理！

〈ギディオン・フェル博士〉シリーズ

ジョン・ディクスン・カー◎三角和代 訳

創元推理文庫

帽子収集狂事件
曲がった蝶番
テニスコートの殺人
緑のカプセルの謎
盲目の理髪師
死者はよみがえる
連続自殺事件
幽霊屋敷

完全無欠にして
史上最高のシリーズがリニューアル！

〈ブラウン神父シリーズ〉

G・K・チェスタトン◎中村保男 訳

創元推理文庫

新版・新カバー

ブラウン神父の童心 ＊解説＝戸川安宣
ブラウン神父の知恵 ＊解説＝巽 昌章
ブラウン神父の不信 ＊解説＝法月綸太郎
ブラウン神父の秘密 ＊解説＝高山 宏
ブラウン神父の醜聞 ＊解説＝若島 正

〈読者への挑戦状〉をかかげた
巨匠クイーン初期の輝かしき名作群
〈国名シリーズ〉
エラリー・クイーン◎中村有希 訳
創元推理文庫

ローマ帽子の謎 ＊解説＝有栖川有栖
フランス白粉の謎 ＊解説＝芦辺 拓
オランダ靴の謎 ＊解説＝法月綸太郎
ギリシャ棺の謎 ＊解説＝辻 真先
エジプト十字架の謎 ＊解説＝山口雅也
アメリカ銃の謎 ＊解説＝太田忠司

彼こそ、史上最高の安楽椅子探偵

TALES OF THE BLACK WIDOWERS◆Isaac Asimov

黒後家蜘蛛の会1

新版・新カバー

アイザック・アシモフ

池央耿 訳　創元推理文庫

◆

〈黒後家蜘蛛の会《ブラック・ウィドワーズ》〉——その集まりは、

特許弁護士、暗号専門家、作家、化学者、

画家、数学者の六人と給仕一名からなる。

彼らは月一回〈ミラノ・レストラン〉で晩餐会を開き、

四《よ》方《も》山《やま》話に花を咲かせる。

食後の話題には不思議な謎が提出され、

会員が素人《しろうと》探偵ぶりを発揮するのが常だ。

そして、最後に必ず真相を言い当てるのは、

物静かな給仕のヘンリーなのだった。

ＳＦ界の巨匠アシモフが著した、

安楽椅子探偵の歴史に燦然と輝く連作推理短編集。

ミステリ史上に輝く傑作!

THE GREEN MURDER CASE◆S. S. Van Dine

グリーン家殺人事件 新訳

S・S・ヴァン・ダイン
日暮雅通 訳　創元推理文庫

◆

発展を続けるニューヨークに孤絶して建つ、
古色蒼然たるグリーン屋敷《マンション》。
そこに暮らす名門グリーン一族を惨劇が襲った。
ある雪の夜、一族の長女が射殺され、
三女が銃創を負った状態で発見されたのだ。
物取りの犯行とも思われたが、
事件はそれにとどまらなかった——。
姿なき殺人者は、怒りと恨みが渦巻く
グリーン一族を皆殺しにしようとしているのか?
不可解な謎が横溢するこの難事件に、
さしもの探偵ファイロ・ヴァンスの推理も行き詰まり……。
鬼気迫るストーリーと尋常ならざる真相で、
『僧正殺人事件』と並び称される不朽の名作。

ポワロの初登場作にして、ミステリの女王のデビュー作

The Mysterious Affair At Styles◆Agatha Christie

スタイルズ荘の怪事件

新訳版

アガサ・クリスティ

山田 蘭 訳　創元推理文庫

◆

その毒殺事件は、
療養休暇中のヘイスティングズが滞在していた
旧友の《スタイルズ荘》で起きた。
殺害されたのは、旧友の継母。
二十歳ほど年下の男と結婚した
《スタイルズ荘》の主人で、
死因はストリキニーネ中毒だった。
粉々に砕けたコーヒー・カップ、
事件の前に被害者が発した意味深な言葉、
そして燃やされていた遺言状——。
不可解な事件に挑むのは名探偵エルキュール・ポワロ。
灰色の脳細胞で難事件を解決する、
ポワロの初登場作が新訳で登場！

クリスティならではの人間観察が光る短編集

The Mysterious Mr Quin◆Agatha Christie

ハーリー・クィンの事件簿

新訳版

アガサ・クリスティ

山田順子 訳　創元推理文庫

◆

過剰なほどの興味をもって他者の人生を眺めて過ごしてきた老人、サタスウェイト。そんな彼がとある屋敷のパーティで不穏な気配を感じ取る。過去に起きた自殺事件、現在の主人夫婦の間に張り詰める緊張の糸。その夜屋敷を訪れた奇妙な人物ハーリー・クィンにヒントをもらったサタスウェイトは、鋭い観察眼で謎を解き始める。
クリスティならでは人間描写が光る12編を収めた短編集。

収録作品＝ミスター・クィン、登場，ガラスに映る影，
鈴と道化服亭にて，空に描かれたしるし，クルピエの真情，
海から来た男，闇のなかの声，ヘレネの顔，死せる道化師，
翼の折れた鳥，世界の果て，ハーリクィンの小径

世代を越えて愛される名探偵の珠玉の短編集

Miss Marple And The Thirteen Problems◆Agatha Christie

ミス・マープルと13の謎 新訳版

アガサ・クリスティ
深町眞理子 訳 創元推理文庫

◆

「未解決の謎か」
ある夜、ミス・マープルの家に集《つど》った
客が口にした言葉をきっかけにして、
〈火曜の夜〉クラブが結成された。
毎週火曜日の夜、ひとりが謎を提示し、
ほかの人々が推理を披露するのだ。
凶器なき不可解な殺人「アシュタルテの祠《ほこら》」など、
粒ぞろいの13編を収録。

収録作品＝〈火曜の夜〉クラブ，アシュタルテの祠《ほこら》，消えた金塊，舗道の血痕，動機対機会，聖ペテロの指の跡，青いゼラニウム，コンパニオンの女，四人の容疑者，クリスマスの悲劇，死のハーブ，バンガローの事件，水死した娘

名作ミステリ新訳プロジェクト

MOSTLY MURDER◆Fredric Brown

真っ白な嘘

フレドリック・ブラウン
越前敏弥 訳　創元推理文庫

◆

短編を書かせては随一の巨匠の代表的作品集を
新訳でお贈りします。
奇抜な着想と軽妙なプロットで書かれた名作が勢揃い！
どこから読まれても結構です。
ただし巻末の作品「後ろを見るな」だけは、
ぜひ最後にお読みください。

収録作品＝笑う肉屋，四人の盲人，世界が終わった夜，メリーゴーラウンド，叫べ、沈黙よ，アリスティードの鼻，背後から声が，闇の女，キャスリーン、おまえの喉をもう一度，町を求む，歴史上最も偉大な詩，むきにくい小さな林檎，出口はこちら，真っ白な嘘，危ないやつら，カイン，ライリーの死，後ろを見るな

名探偵の優雅な推理

The Case Of The Old Man In The Window And Other Stories

窓辺の老人

キャンピオン氏の事件簿 I

マージェリー・アリンガム

猪俣美江子 訳　創元推理文庫

◆

クリスティらと並び、英国四大女流ミステリ作家と称されるアリンガム。

その巨匠が生んだ名探偵キャンピオン氏の魅力を存分に味わえる、粒ぞろいの短編集。

袋小路で起きた不可解な事件の謎を解く名作「ボーダーライン事件」や、20年間毎日７時間半も社交クラブの窓辺にすわり続けているという伝説をもつ老人をめぐる、素っ頓狂な事件を描く表題作、一読忘れがたい余韻を残す掌編「犬の日」等の計７編のほか、著者エッセイを併録。

収録作品＝ボーダーライン事件，窓辺の老人，
懐かしの我が家，怪盗〈疑問符〉，未亡人，行動の意味，
犬の日，我が友、キャンピオン氏

正統派の英国本格ミステリ

THE WILL AND THE DEED◆Ellis Peters

雪と毒杯

エリス・ピーターズ
猪俣美江子 訳　創元推理文庫

◆

クリスマス直前のウィーンで、オペラの歌姫の最期を看取った人々。チャーター機でロンドンへの帰途に着くが、悪天候で北チロルの雪山に不時着してしまう。

彼ら八人がたどり着いたのは、雪で外部と隔絶された小さな村のホテル。ひとまず小体《こてい》なホテルに落ち着いたものの、歌姫の遺産をめぐって緊張感は増すばかり。

とうとう弁護士が遺言状を読み上げることになったが、その内容は予想もしないものだった。

そしてついに事件が――。


修道士カドフェル・シリーズの巨匠による、本邦初訳の傑作本格ミステリ。

新訳でよみがえる、巨匠の代表作

WHO KILLED COCK ROBIN?◆Eden Phillpotts

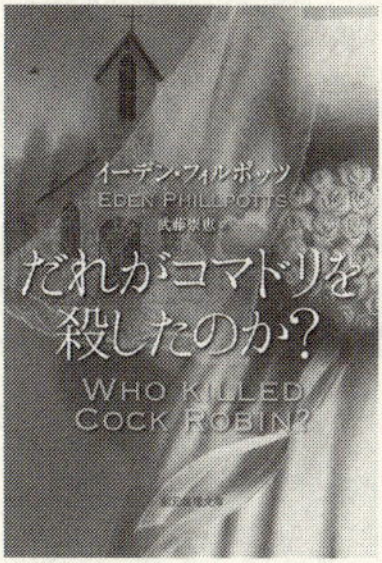

だれがコマドリを殺したのか?

イーデン・フィルポッツ

武藤崇恵 訳 創元推理文庫

◆

青年医師ノートン・ペラムは、
海岸の遊歩道で見かけた美貌の娘に、
一瞬にして心を奪われた。
彼女の名はダイアナ、あだ名は“コマドリ”。
ノートンは、約束されていた成功への道から
外れることを決意して、
燃えあがる恋の炎に身を投じる。
それが数奇な物語の始まりとは知るよしもなく。
美麗な万華鏡をのぞき込むかのごとく、
二転三転する予測不可能な物語。
『赤毛のレドメイン家』と並び、
著者の代表作と称されるも、
長らく入手困難だった傑作が新訳でよみがえる!

シリーズ最後の名作が、創元推理文庫に初登場!

BUSMAN'S HONEYMOON◆Dorothy L. Sayers

大忙しの蜜月旅行

ドロシー・L・セイヤーズ
猪俣美江子 訳　創元推理文庫

◆

とうとう結婚へと至ったピーター・ウィムジイ卿と
探偵小説作家のハリエット。
披露宴会場から首尾よく新聞記者たちを撒いて、
従僕のバンターと三人で向かった蜜月旅行《ハネムーン》先は、
〈トールボーイズ〉という古い農家。
ハリエットが近くで子供時代を
過ごしたこの家を買い取っており、
ハネムーンをすごせるようにしたのだ。
しかし、前の所有者が待っているはずなのに、
家は真っ暗で誰もいない。
訝《いぶか》りながらも滞在していると、
地下室で死体が発見されて……。
後日譚の短編「〈トールボーイズ〉余話」も収録。